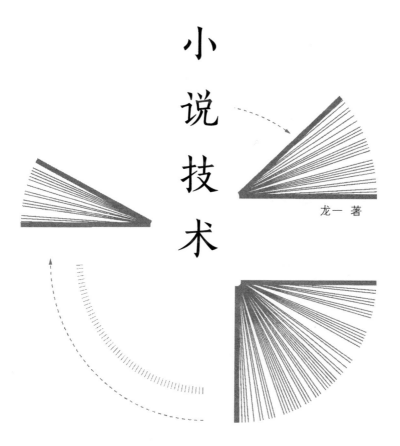

小说技术

龙一 著

天津出版传媒集团

天津人民出版社

图书在版编目(CIP)数据

小说技术 / 龙一著. —— 天津：天津人民出版社，
2021.8
ISBN 978-7-201-17375-7

Ⅰ.①小… Ⅱ.①龙… Ⅲ.①小说创作–文学创作研
究 Ⅳ.①I054

中国版本图书馆 CIP 数据核字(2021)第 119165 号

小说技术
XIAOSHUO JISHU

出　　版	天津人民出版社
出 版 人	刘　庆
地　　址	天津市和平区西康路 35 号康岳大厦
邮政编码	300051
邮购电话	(022)23332469
电子信箱	reader@tjrmcbs.com

责任编辑	赵子源
技术编辑	汤　磊
营销编辑	苏　晨
封面设计	姚立扬
版式设计	李　颖

印　　刷	河北鹏润印刷有限公司
经　　销	新华书店
开　　本	880 毫米×1230 毫米　1/32
印　　张	9.25
插　　页	4
字　　数	180 千字
版次印次	2021 年 8 月第 1 版　2021 年 8 月第 1 次印刷
定　　价	68.00 元

再版自序

我写了二十多年小说，至今仍然时常因为小说的技术和艺术问题深深自问，两者的辩证关系很像"禅那"，既需要循序渐进的修炼，又需要刹那间的顿悟。这种修炼与顿悟在长年累月的写作实践中，驱使着小说家不断自我批判、自我推翻和自我重建，直至在一部又一部作品中达到短暂的平衡。然而，当一部新作品开始写作时，面对空白的文档，自我批判和自我重建又会开始一次新的循环，或许这便是一个作家形成创作自觉并走向成熟的表征吧。

感谢天津人民出版社抬爱，能够再版这本小书。我多年前写作这一系列文章，不仅探讨小说写作的技术问题，也坦然讲述本人在创作和生活中遇到的一些疑难问题。这些学习成果和写作经验，我想要拿出来与同仁分享，然后便有了这本小书。

多年之后再看这些文章，我仍然感觉欣慰，因为我发现自己走的是一条简洁明了的小说创作道路，遵循小说的艺术规律，边学习边创作，没有被文学潮流和同行的成就所引诱，坚持既定的自我认知。其实，不论我选择的这条道路是铺满鲜花，还是遍布荆棘，都是必经之路，由个人的知识结构、思维方式和人生阅历所决定，任何另选坦途的尝试对我而言都是歧途，至少是在走弯路。

我一直认为小说家大约有三种：第一种生活阅历极为丰富，又有相当的文学素养，而他们的个人阅历恰好应对了时代需求，于是形成文字并赢得读者的喜爱，这样的作家每个时代都有不少，而且成功的例子极多；第二种是天纵奇才，这种小说家没什么可讨论的，虽然稀少，但确实存在；第三种则是大多数，就是像我这样的小说家，生活阅历有限，一边吸收间接生活经验，一边学习小说技术，并将每一部作品的写作过程都当作学习过程，在实践中寻求寸进。

以上三种小说家不是只代表三条道路，而是每一种作家都拥有千百条道路。当我们踏上小说创作这条道路的时候，首要的一点就是要在千百条道路中选择出属于自己的那条路，否则难免会走几年弯路。其实，对于小说家来讲，走弯路的风险时时存在，而走弯路的原因只有一个，就是我们被不属于自己的东西诱惑了。

最后，祝各位同仁创作顺利，成果丰硕。

2021 年 3 月

自 序

我开始学习写小说的时候，是 1997 年，已经 36 岁了，于是不得不去寻找一条能够尽快掌握小说创作方法的途径。十几年过去，我陆续将自己学到的和自以为有所发现的小说创作规律记录下来，编成这样一本小书，目的很简单，既是总结，又是奉献。

小说创作是一件奇妙的事，如今网络发达、发表自由，任何人只要有兴趣，都可以将自己的作品发表在网上，小说创作从当年的"金榜题名"变成全民自主的"业余爱好"。网络生活的成效之一，便是文学创作再也没有门槛。因此，在未来的生活中，绝大多数作家很可能都会先经历网络创作之后，再逐步成熟起来。这是一件大好事，是文学创作前所未有的一次革命，也是作家训练自己、发展自己的新途径。同时，数量巨大的网络作家群体，也给日后专门从事文学创作的作家群，提供了充沛的人力资源。我相信，未来最有成就的汉语作家中，必定会有许多人曾经历网络创作的训练。

从实际情况来看，目前网络文学创作良莠不齐，原因有多方面，其中相当重要的一点，就是这些作家面临着与我当年开始写作时同样的问题——无处学习小说创作的基本规律。我奉献给诸位同仁的这本小书，绝非教科书，而是关于小说技术、小说创作基本规律的书，或者说是一本谈论怎样讲故事的书。另外，在这本小书中我还将个人发现的一些文学创作难题，以及小说与影视剧的关系，做了一些抛砖引玉的表述，其中种种，或许对正在从事小说创作的年轻人有所启发和助益。

2011 年 3 月

目 录

第一章　小说趣味的来源　　　001

第一节　开端　　　004

第二节　转折点　　　014

第三节　主要人物　　　030

第四节　对抗人物　　　055

第五节　次要人物　　　078

第六节　喜剧人物　　　101

第二章　小说技术点滴　　　109

第一节　小说是什么　　　111

第二节　如何培养创造力和想象力　　　115

第三节　脚踏实地，自尊自爱　　　120

第四节　间接人生经验与直接人生经验　　　124

第五节　回家深入生活　　　128

第六节　真实的历史与历史的真实　　132

第七节　作家需要给自己出难题　　135

第八节　"折叠"叙述技术　　139

第九节　小说设计中常见的三个难题　　143

第十节　一篇小说的诞生　　146

第三章　小说与影视剧　　149

第一节　谈谈小说与影视剧　　151

第二节　小说家须尊重编剧的劳动　　154

第三节　《潜伏》影视剧改编意见　　158

第四节　《借枪》影视剧改编意见　　174

第五节　《代号》影视剧改编意见　　203

第六节　《接头》影视剧改编意见　　246

第七节　《古风》电影设计方案　　275

后记　为小说技术说几句话　　281

第一章 / 小说趣味的来源

即使是最寻常的阅读经验也可以告诉我们，曾经有一些小说极为强烈地吸引着我们，让我们为之迷醉、手不释卷，而另有一些小说则让我们昏昏欲睡、难以卒读。造成如此巨大差异的原因，从小说技术上来讲，我们通常称之为"趣味的差异"。那么趣味又是什么东西呢？其实，趣味就是能让读者长久地保持注意力的那种东西。而研究小说的趣味，便是研究如何把读者牢牢地拴在我们笔下的技术手段。这是些可以传授的原理，而非不可传授的才华。

作为一位小说家如果不能尽早掌握这些原理，他就只能在艰苦的个人实践中去摸索，而他花费数年得来的宝贵经验，其实早在百年前便已经有了完备的归纳和总结。同样，如果我们能够自觉地学习小说技术，并将之运用到创作中去的话，我们也就不必在漫长的摸索中浪费宝贵的生命，而能够使自己尽早地成熟起来，即使才智不足以成为伟大的小说家，也完全可以把自己教育成为还不错的普通小说家。

一部好的小说通常由三部分组成：内容，现在人们称之为"题材"；才华，有时也被称作"天分"，指的是每一位小说家的描述才能；技术，这是小说三个组成部分中唯一可以通过学习来掌握的，有操作性的东西。不论是多么伟大的人，不掌握这项专门技术，也无法成为一位好的小说家。本章谈的主要是中短篇小说的技术问题，这只是小说技术的一部分内容。

第一节 开 端

多数小说家在创作一部作品之前，先要草拟一个提纲，有详有略，其实多半是个故事梗概。然而，即使是完全相同的提纲，交由两位不同的小说家来写作，最终得到的却常常是两个完全不同的结果，有的读起来让人兴味盎然，有的却可能含糊不清、味同嚼蜡。那么，同样的故事为什么有如此巨大的差异呢？原因其实很简单，这是由技术水平的高下不同所造成的。

由此我们可以得出一个结论：精彩的故事梗概并不意味着精彩的小说。

有人会问：故事梗概难道不是小说设计吗？我可以回答是，但小说设计与传统的故事梗概毕竟有着巨大的区别。它们最重要的差异在于，故事梗概是讲给人听的，听的是情节；而小说设计的目的则是在此基础上完成作品，是给人阅读的，读的是文本。于是，小说设计便有了自己独特的设计需要——作品完成后能够保持读者注意力的需要。正因为如此，一部小说的初步设计首先要完成以下几项工作。

◎ 故事情境的设计

我们首先要弄清楚的是，一部小说的结构是由什么组成的？简单地说，它是由一系列危机组成的，由危机构成小说的一个又一个高潮，而在高潮之间还不能少了妙趣横生的起连接作用的聚合与交流，当最后一个也是最大的一个高潮结束之后，我们还必须要给出一个意味深长的结尾。仅此而已吗？不是，上述的小说结构还缺少一个至关重要的部分——开端。

开端通常能够决定这部小说的风格、人物设置和危机产生的合理性与走向，以及它的内容是史诗性的还是心灵史的，或者仅仅是生活的切片。

中短篇小说的结构通常被粗略地分为三个部分：开端、主体和结尾，开端是最先被读者接触到的那一部分内容。不过，开端并不意味着只是小说的第一个自然段或第一节，开端是整部小说中具有完备功用的一个部分，在有些短篇小说中甚至会占据全篇三分之二以上的篇幅。在开端部分，作者所要完成的工作有许多。

首先，角色出场，刺激因素（指给主要角色制造困难的对立角色）也将出场。最常见的情况下，这是两组人物。人物是产生小说趣味的重要因素，我将在后面详谈。

其次，阐发主要叙述目的，亦即故事情境的构筑。到目前为止，还没有任何一部成功的小说没有主要叙述目的的存在，年代久远的作品如莫泊桑的《项链》、都德的《最后一课》，近一些的如海明威的《杀人者》、毛姆的《雨》。即使是伍尔芙的《墙上的斑点》和《邱园纪事》，也同样有着强烈的主要叙述目的，只不过这两部作品中的角色是叙述者自己，而叙述目的则是叙述者的主观目的。这是现代主义小说对叙事手段的改进，到如今也已经成为传统了。

再次，引进说明性材料。这是个容易被初学者忽略，却又至关重要的技术。对于任何一部小说来讲，读者是从何处了解到小说角色的身份、性格特征与个人历史等相关内容的？是说明性材料；你又是如何让读者发现这部小说的社会生活背景的？是说明性材料；主要角色为什么要去完成主要叙述目的？是说明性材料；主要角色在生活中有无数选择的可能，为什么偏偏要选择这个主要叙述目的呢？是说明性材料；主要角色如果不完成主要叙述目的会带来多么大的危害，而他完成这个主要叙述目的又将面临多么严峻的考验？还是说明性材料。恰如其分地处理好说明性材料，是一位小说家水平高低的标志之一，因为它往往无法描述，不得不求助于最没有文采的叙述。而让说明性材料产生阅读趣味，则又是更大的难题。这也恰好说明近年来我国的中短篇小说为什么会放弃描述，而一窝蜂地选择了叙述文体的原因。

讲了这么多，那么故事情境又是什么东西呢？简单地说，就是一个人不得不去做某件事。我之所以要用主要叙述目的和故事情境这两个概念来说明同一件事，是因为这两个概念围绕同一内容表述了两个侧重面，主要叙述目的倾向于情节和行动，而故事情境则意味着更多的美学与伦理意义，这是同一件事所负担的无法分割的两种责任。此事虽然说起来简单，但有许多作品正是因为没有在开端部分设计出一个很好的故事情境，或在编辑的废纸篓里安身，或无声无息地发表并无声无息地消失。

方才我讲，故事情境就是一个人不得不去做某件事。这件事也许是去求爱，或是要拯救某个人乃至全人类，或是要做出一个关乎个人命运的重大决定，或是去复仇，当然也可能是为了实现某种野心。不管这个人或件事多么伟大或多么渺小，这个目的对这个人物都必须是至关重要的，关乎生命、前途、理想、道德等一切我们所能想到的重大内容的一部分。

我们不妨举一个例子来说明故事情境的生成方法：

比如"上任"，一个人做官了要去上任，这显然是一件再普通不过的生活内容，不足以成为小说。那么，如果我们让一个前土匪做了官前去上任怎么样？我们只是将主人公的身份略加变化，于是文学意义便出现了。所以，无论在任何时候，只要我们在写作，我们选择的唯一标准只有"文学性"一条。而在这个时候，读者也必然会对这位特殊身份的官员产生好奇心。注意！读者的好奇心是小说趣味的发端，不能引起读者的好奇心，小说的趣味性便无从谈起。

然而，仅此一点不足以支撑小说的开端，于是我们不妨给这位官员增添几位助手——同样是前土匪，还是以往平起平坐的同伙。于是读者根据自身的阅读经验，就会嗅到同谋或火拼的味道，就会产生期待，读者的注意力便这样被短暂地保持住了。

我们绝不能忽视读者的期待，否则必将会被他们抛弃。我们不妨再使出第三招——强加给这伙前土匪的任务是必须去捕捉现土匪和革命党。于是主要叙述目的被引了出来，故事情境也得以建立，危机发展的空间也被拓展开来，下面就是主要角色面临选择了，而只有选择才能揭示人物真相。

以上是老舍的短篇小说《上任》的开端。由于内容的原因，这篇作品很少被人提起，但它在小说技术上的示范作用却是极为出色的。

由此我得出的结论是：出色的故事情境是小说趣味的第一个来源。

同时，这个例子也很明显地说明，构建故事情境需要有几个必不可少的因素：

首先，需要一个有发展前途的、强壮的主要叙述目的。要求主要叙述目的强壮，就是要求它本身便具有相当强烈的内在趣味性，即使不加说明，它本身也足以让读者产生兴趣。这种内在的趣味性，往往在一些新奇、刺激性较强的题材上容易找到，例如"正义"，一个年轻人为了解决正义事业的经费问题而参加拳击赛（杰克·伦敦的《墨西哥人》）；或者是"前途"，一个妾室为了保全自己在家庭中的地位，冷酷地把另一个妾室拒之门外（林希的《小的儿》）；再或者是"恐惧"，一个男人为了逃避与未婚妻的婚约而在东亚各个荒蛮之地狼狈逃窜，或以寻找新房为借口探查了几百处公寓以消磨未婚妻的耐心（毛姆的《梅布尔》和《逃脱》）。

所有具有内在趣味的主要叙述目的，都具有简洁明朗的特征，它的骨干足以支撑起整部作品，而它的内涵也往往明确而深刻。但这并不意味着小说失去了复杂性，恰恰相反，正因为主要叙述目的强大到足以自立自为，不需要小说家过多地关照，所以小说家便有了足够的文字空间引进更多、更复杂的生活内容，甚至哲学内容，而不至于担心它们会威胁到主要叙述目的的中心地位。

另外还有一种常见的情况，就是小说的主要叙述目的并不强壮，它本身并不具备足以引动读者好奇心的力量，文学史上多数中短篇小说都带有这种特征。在这种情况下，就需要动用故事情境的另一个侧面，必须让主要叙述目对人物具有重大的意义，它的实现与否决定着他的生命、前途、灵魂，或决定着他所爱的人们的生命、前途与灵魂等重要内容。这样一来，这部小说中的趣味性便不再是先天生成的了，它所具有的是合成的趣味，是需要后天培育生长的，而生长的来源则是我们前边谈到的说明性材料。

川端康成有一部著名的中篇小说《千只鹤》，开端部分讲一个年轻人去一个茶会上相亲，牵线人是他去世的父亲的旧情人，而他在茶会上却遇到了父亲的另一个旧情人，并与之发生了关系。此后，这位女士的女儿前来请求年轻人与她母亲断绝关系，很快他又得知父亲生前与这个女儿又有着父慈女孝般的亲情。小说一直写到与年轻人有关系的那位母亲自杀，开端部分才告结束。这是一个精彩绝伦的开端，却并不具备一个我前面所说的那种强壮的主要叙述目的，初读之下甚至是有些散乱的，摸不清脉络的。那么，我们来看一看川端康成是如何处理这种故事情境的：

首先，故事中出现的所有人物都与主人公已经去世的父亲有着非同寻常的关系，主人公便成为陷入父亲阴影中的"弱者"；其次，主人公与那位母亲的性关系带有某种反叛的意味，同时也有了乱伦的暗示，于是他在父亲的阴影中便陷得更深。而那位母亲的自杀，以及前面种种沉重的内容，都成为主人公在后面与那位女儿若有若无的恋爱关系的巨大阴影。

这样一来，一次无关紧要的相亲，一个年轻人正常的生活内容，便被附着上了沉重而复杂的内容——让平淡无奇的故事情境由于说明性材料的作用而具有了重要性，这是小说趣味的第二个来源。

◎ 令人头痛的说明性材料

我方才谈过，在小说写作中，最难处理的就是说明性材料，因为它往往延迟小说的进展，使文本拖沓，分散读者注意力，甚至会中断读者已经产生的好奇心。大致说来，说明性材料主要集中在三个方面：故事情境、人物、危局设计的需求。

即使是最强壮的、有内在趣味的故事情境，仍然需要由说明性材料来为它向读者讲明人物行为动机的合理性、对手的危险程度，以及实现主要叙述目的的迫切需要，或其他种种使读者对事件、人物不至于产生怀疑和迷惑的必不可少的内容。像威尔基·柯林斯的《一个旅客关于恐怖床的故事》，讲的是一个上流社会的绅士到一个最下层赌馆里赌钱的故事。有了这样一个开端，也就必然有了强壮的内在趣味，但还不够，作家在构建故事情境的同时，必须要给这位绅士的行为一个合理的解释，于是作家表明这是一个大学刚刚毕业的年轻人，正在过着一段放荡的生活，已经不满足于上流社会的刺激，便在朋友的引导下深入下层社会去冒险。在简短地解释过主角的身份与动机之后，作家又花费了相当多的笔墨描绘了下层赌场的情景，以及他们出人意料的好手气，既说明了人物身处其间的环境和精神状态，也为此后不久出现的危机做好了铺垫。在这篇小说短短的开端中，作家运用了叙述、交流（对话）和描述等多种手段，完成了人物说明，以及人物将面临的不可知危机的铺垫，使故事的发生、发展具有了合理性。

话说到此处，便产生了一个问题，到底哪些材料是小说的说明性材料？其实，世间的任何东西都能够成为小说的说明性材料，问题的关键在于，不论是叙述还是描述，作家必须要尽最大的努力，让说明性材料在起到解释作用的同时，也要产生程度不同的趣味性。

另一种情况下，在那种主要叙述目的不够强壮的小说中，说明性材料对产生趣味所起到的作用就越发地明显了。例如，在最常见的婚姻、爱情题材小说中，只有哥特式小说或消遣小说，才会将公主与骑士、漂亮女人与富有绅士拉在一起，以寻求故事情境的不平常；而在绝大多数内容丰富而又深刻的作品中，却都是普通人与寻常事。

那么，由普通人做出的寻常事本身不会具有任何趣味性，在这个时候，就像我前面所讲的，就需要利用说明性材料给这个故事情境与人物制造出重要的意义，来使它对读者产生足够的吸引力。这种意义可以涉及人类社会的最高标准，也可以只是对人物本身具有决定性意义，只有人物即将做出的决定或即将采取的行动对人物本身有了重大意义时，读者才会产生好奇心，小说的趣味才会产生，因为没有人愿意读没有意义的普通人的寻常事。

这种合成趣味的小说涉及的题材极为广泛，我以威廉·福克纳的

《献给爱米丽的一朵玫瑰花》为例,谈一谈说明性材料在其中是如何起作用的。

这部短篇小说是那种不常见的没有主体的小说,它只有开端和结尾,而结尾只占用了不到全篇十分之一的篇幅。小说一开篇作家便告知读者,主人公爱米丽过世了;而主要叙述目的更平淡无奇,是"至少已有十年光景谁也没进去看看这幢房子了"(爱米丽的住宅)。

这样的故事情境无法让任何读者满意,于是在不足一百字的第一个自然段,作者立刻拿出了第一个引动读者好奇心的说明性材料:"全镇的人都去送丧:男人们是出于敬慕之情,因为一个纪念碑倒下了。妇女们呢,则大多数出于好奇心,想看看她屋子的内部。"

一个男人们认定的"纪念碑"的"屋子的内部"会告诉我们些什么? 也正是因为被激起的这份好奇心,才会吸引读者继续阅读,去寻找能够保持好奇心的更多内容。而完成这么复杂的工作,福克纳只用了不到一百个字。最伟大的作家尚且如此,这也恰好证实了我一向坚持的一个观点:对于初学者来讲,如果不能在开篇三五百字之内激起读者的好奇心,这部短篇小说的寿命便很是令人担忧了。

福克纳这篇小说开端部分设计的独特之处在于,既然读者已经明白了小说的主要叙述目的是"进入爱米丽的住宅",那么关于这所"四方形大木屋"的外部描述自然属于说明性材料;同时,镇长和居民两次阴谋进入爱米丽住宅的行动,也被当作故事情境的说明性材料。另外,爱米丽那次短暂的恋爱和所谓买毒药自杀的行为,同样使主要叙述目的具有了更值得期待的意义,因为那个恋爱的男主角是唯一进过房屋的人,而爱米丽在失恋后也没有自杀。当然,小说的结尾证明了前面说明性材料的伟大:人们在爱米丽的房间里发现了她的恋人的干尸。

我选择这篇小说来阐释小说中说明性材料的应用,目的在于指出说明性材料在产生趣味性方面具有多么重要的功效,同时还想指出,不论是简单的叙述,还是详尽的描绘,甚至一段情节或功能完备的戏剧性场面,都可以作为开端部分的说明性材料来使用,条件只有一个——产生趣味,激发好奇心,吸引并保持读者的注意力。

在以上文字中,我着重分析了小说趣味的第一种和第二种来源,小说趣味的其他来源将在后面的章节中详细阐述。

第二节 转折点

现代小说描述的是人物面临刺激因素时的反应和行动，这些行动被安排进一种带有转折点的格局当中。构筑小说中的转折点，是小说趣味的第三种来源。

◎ 转折点的设计

小说的转折点通常都会出现在小说的主体部分，也就是说，此时的小说已经进入了由一系列事件组成的叙事部分，在这一阶段当中，戏剧性场面是起决定性作用的内容。

戏剧性场面，就是对主要人物在实现主要叙述目的的过程中所遇到的障碍与冲突的描述。带有转折点的戏剧性场面是人物本质或命运出现转折的关键所在，也是人物在下一个阶段进入新的层次与情境的基础。它可以使主要人物与刺激因素的斗争水平在此后得以提高，也能使人物真相得到更深入的揭示，并且因为新悬念的产生而使读者的注意力得以保持。

因此，能够制造转折点的戏剧性场面是小说结构的重要支柱，是读者的注意力得以保持的加油站。

小说的基本结构可逐级放大为：遇合、交流、小情节、场面、戏剧性场面、幕结构和小说。通常中短篇小说只是一幕结构，这样一来，带有转折点的戏剧性场面在其中的作用便非常突出了。

先举个小例子，海明威的《弗朗西斯·麦康伯短促的幸福生活》，这是一部几乎包含了所有现代小说元素的中篇小说，与多数中短篇小说不同的是，它被设计成一幕半的结构，而多出来的那半幕则发生在小说开篇之前。海明威的高明之处在于，他将那半幕的高潮部分，用回叙的手法放在了单幕剧的次高潮位置。也就是说，作家有意选择了在这个位置上揭示出小说主要人物，也就是那位本性还不算太坏的富家子麦康伯先生，原来是一个不负责任的胆小鬼，是文明社会中最常见的那种外强中干的人物——面对负伤的狮子，他逃跑了。这样一来，小说开端部分麦康伯太太对他的冷淡与职业猎手对他的鄙视也就得到了充分的解释，而他原本在自负掩盖之下的软弱也得到了证实，人物真相被部分地揭示。同时，这个戏剧性场面也使读者能够清楚地意识到，从这一刻起，故事和人物命运都发生了转折，这个从小说开篇之前借来的戏剧性场面造成了故事和人物的转折点。

海明威只用了一个戏剧性场面，不但造成转折点，还让它承担起如此众多的叙事任务，这就是才能，是小说在叙事简洁的同时得以保持内容丰富的高妙手段。由此看来，我们有必要清楚地记住，小说中的任何一部分，哪怕仅仅是一个小情节，它起到的作用也绝不能是单一的，我们应该让进入叙事部分的任何内容都要同时承担起尽可能多的任务，并出色完成。

显然，海明威的这个转折点是一种必要的设计，也只有这种通过精心设计的转折点才能达到最大的戏剧效果。那么，设计一个出色的转折点，又有哪些需要我们特别留意的内容呢？

首先是主要人物，这涉及人物塑造与人物真相的差别问题。十九世纪的小说家们在引导一个人物出场的时候，总是要将此人的相貌、服饰、家世、职业，甚至性格特征做一番冗长的说明，现代小说家已经将这项工作大大地简化了。但是，不论这个人物出场后被介绍乃至描绘了多少，这都属于人物塑造的内容，就如同我们刚刚结识的一个新朋友，此时我们绝不会认为已经很了解对方了，我们深知在这些显而易见的特征之下，他的内心深处必定隐藏着极为丰富的内容。因此，小说家绝不能犯这种低级错误，用人物塑造代替人物真相，让主要人物从出场到结束始终如一，没有变化。

除去故事本身之外，现代读者最关心的其实是人物真相，是主要人物在外表掩盖之下，骨子里到底是个什么货色，这也是小说家和读者的水平已经比十九世纪大幅度提高的表现。然而，在我们当代的汉语小说中，却经常会看到这样一种落后现象，就是由作者出面，直截了当地告诉读者：这个人物变化啦，你看他跟以前不一样啦，他的命运也随之转变啦。其实，这只是十七世纪小说初创时从说唱史诗中继承来的低级手段，早已被证明是笨拙而没有表现力的了。

那么人物真相应该从哪里得到揭示呢？是转折点提供了这个机会。只有主要人物在追求主要叙述目的的过程中受到重大挫折的时候,才会暴露出他的一部分真相,比如勇士内心深处的软弱、慈善家的吝啬与不道德、英雄品性中卑劣的成分,或恶魔的情感中也有会被感动的可能,等等。

注意,这只是部分的真相,是转折点设计中的一个组成部分,仅仅是小说多次转折中的一次而已。任何一个人物,都是需要经过多次事件检验之后,才能够被人部分地认清。如果要想彻底地认清一个人物,那是精神病医生的事,不是小说家的任务。小说家的工作是利用挖掘人物真相的过程,利用这个过程中产生的深层次悬念,保持住读者的注意力,来达到他在故事背后隐藏着的情感目的与思想目的。

因此,转折点的运用是提高小说趣味性的有效手段,是技术。

其次,除了人物真相,转折点在小说结构中的位置,也是需要小说家精心设计的内容。

早期的小说家们认为,小说是时间性的叙事艺术,它是一个线性的叙事过程,表现在一个时段之内发生的事件。而现代主义和后现代主义小说家对此有所发展,他们认为小说中线性的时间早已腐朽了,当代的小说艺术已经进步为文字的空间艺术。

我本人并不反对"小说是文字的空间艺术"这种说法,但是我并不认为这是对传统小说技术的革命或者反叛,我只认为这是小说技术发展的途径之一,是小说技术大树上新生的枝叶,而绝非一株新树。因为小说发展到今天,故事依旧是它的本源,不论新技术尝试者怎样变换小说形式,故事仍然会以各种不同的形态存在其中,没有故事元素和叙事缺乏明晰性的小说,至少今天的读者还无法接受。

那么,在叙事性的小说当中,我们应该把作用巨大的转折点放在什么位置呢?在中短篇小说中,最容易被人接受的办法,就是将第一个重要的转折点作为次高潮放在小说进程的三分之二或五分之四处。

有的人说,他喜欢在小说一开篇便制造一个或几个高潮,而且读者也很欢迎。小说的结构没有一定之规,在掌握了小说设计原理之后,我们确实需要有创造性的发挥,没有创造性只能是平庸的表现,也无法赢得真正的读者。然而,小说的转折点虽然必定是高潮,但并不是所有的高潮都能成为转折点,只有那些揭示了人物真相,同时使人物的本质或命运发生了重大转折的戏剧性高潮才能够被称为转折点。而一个转折点的出现,首先意味着小说前一阶段的内容告一段落,同时它也标志着主要人物即将进入一个更高层次,进入更痛苦或更危险的对主要叙述目的的追求阶段。因此,在一部中短篇小说中虽然可能会出现许多推动情节的转折,但不可能也不应该有太多的转折点。当然,在中短篇小说中也不应该有太多的高潮,太多的高潮就意味着没有高潮,而没有充分准备的高潮还不如没有高潮。

我得出这个结论是因为中短篇小说的篇幅中没有多余的空间,它不是长篇小说,不允许在充分叙事的前提下安排过多的转折点,除非要像当代汉语小说中常见的那样,用故事梗概般的强叙述来代替描绘,表面上看起来好像是内容丰富了,"高潮迭起",其实其中每一部分都很薄弱、很乏味。

我们将第一个主要的转折点作为次高潮放在小说的后半部分，这是因为在前半段的开端和主体部分里，我们已经利用了所有的手段(故事情境、主要叙述目的、人物塑造、说明性材料、一部分叙事情节等等)，彻底地吸引住了读者，他们的注意力已经从被情节所吸引进步到被人物真相所吸引。读者对人物真相的好奇心，是小说家前半段叙事成功的标志之一。同时，那位在前半段被我们塑造完成的主要人物，此刻也已经满足不了事件进程的需要，小说家只有给这个人物身上注入新鲜的内容(不论是性格的或道德的，还是本质的或命运的)，才能使他进入一个更高层次的斗争阶段，才能使小说对生活本质的揭示进入更高的水平，才能让小说家的认知能力和独特思想得到高于读者的表现机会。同时，这也是对小说结尾处更大的高潮、更深刻的揭示和更本质的转折所做的充分准备。

话说到此处，我们就有必要研究一下，形成转折点需要有哪些必备的条件。

其实，小说中的每一个戏剧性场面，每一次主要人物与刺激因素的冲突，都会对情节发展与人物本身造成部分的转折，没有发生转折的戏剧性冲突，只是在浪费篇幅和时间，是结构臃肿和小说家技术不精的表现。但是，这种相对细微的转折只是事件发展所必需的推动力之一，是情节性推动。能够真正给小说进程带来强有力推动的是对人物真相的揭示，是人物本质的转折。这样一来，就需要有经过充分准备的转折点来揭示人物真相，使人物本质而非仅仅是事件发生重大的转折。

因此,形成转折点的第一个条件便是主要人物面临重大选择。

海明威让麦康伯先生面临的第一个重大选择,是在他深知即将失去妻子(也包括所有人)对他的必要尊重时,本应该选择以勇敢的方式来挽救自己,结果他却不由自主地逃跑了。于是,主要人物与刺激因素(麦康伯太太)之间裂开了一道鸿沟,麦康伯先生在商业社会中伪装出来的一切优良品质被这次逃跑击得粉碎,他身上最后的一点点尊严也因此被剥夺了。由此可以得出这样的结论,选择是揭示人物真相的重要手段。即使是在日常生活中,一个人也总是在面临选择时才会暴露真实的内心和品质,那么在小说当中我们应当给主要人物设计什么样的选择呢?其实,效果最强烈、对人物揭示最深刻的选择便是我们常说的“两难的选择”。只有人物在面临艰难的“两害相权”或“两利相权”时,才不得不揭去伪装,露出真相。“两害相权取其轻”的选择意味着权衡、明智或退缩、畏惧,而“两害相权取其重”则意味着糊涂、愚蠢或者勇气和“义”。

形成转折点的第二个条件,是转折产生于人物的行动之中。没有读者会喜欢被动的主要人物,成功小说中的主要人物也很少是完全被动的。不论人物的性格怎么样,在主要叙述目的阐明之后,他都必须得行动起来。也许最初他是被迫反应,但在转折点上他必须是主动行动,并且因此遭受重大挫折。这是因为,对打击做出被动的反应只能引起读者低级的怜悯,而主动进取造成的失败却能产生悲壮,能够使读者得到情感的满足,并产生移情作用。

形成转折点的第三个条件, 是必须要为转折点的来临做好充分的准备。稍微有一点小说创作经验的人都知道，戏剧性高潮不是凭空而来的，那是小说家与读者共同努力的结果，同样在高潮处的转折点则更需要读者的充分理解和认同。如果在此之前我们没有做好合理化的工作，没有使读者认同小说的真实性，那么这个转折点就会因为读者的怀疑而失去必须要产生的情感效果。同样，如果对主要人物的描绘和揭示没有达到产生本质性转折的强烈需求，只是由小说家插手硬生生地给主要人物来一个大转弯，这必然会违背生活的常理，读者也就自然会对小说的真实性产生怀疑。要知道，小说家在任何时候都应该小心地培养并维护读者对我们的信任，而不单单是在转折点上，读者一旦对小说的真实性产生怀疑，我们便会失去一切。看看《西游记》和《哈利·波特》是怎样被制造出真实性的吧，像神怪这么困难的题材尚且有人取得成功，何况是描绘人类生活？顺便说一句，赢得读者信任最重要的手段是生活化、细节化和人性化，小说家应该充分地掌握并运用"世故"这一内涵丰富的社会学问，把讲述的一切"弄假成真"。

现在我们已经知道了产生转折点必需的几个条件，那么转折点必须要完成的任务又有哪些呢？

我在前边曾多次强调，转折点之后，主要人物将进入一个更高层面的斗争阶段，这就是转折点要完成的第一个任务。我有意使用"斗争"这个词，是要强调人物的主动行为。即使主要人物在小说的前半段一直处于被动，采取的行动仅仅停留在对外来刺激的反应上，那么在次高潮位置的转折点上，他就必须要采取由个人意志指导的主动行动。被动的反应是不会给主要人物造成本质性转化的，也是没有趣味的。只有在主要人物自觉地做出选择的情况下，他才会走向觉悟，走向更新。选择的压迫与自觉的意志既让他暴露了自己，也让他改变了自己。

转折点要完成的第二个任务，是主要人物对事物的认识的提高，这包括他对事件的认识，对刺激因素的认识和对自身的认识，甚至对世界观和人生观的认识。麦康伯先生面对狮子选择了逃跑之后，他发现妻子已不再是他曾经了解的妻子，同伴也不是原来的同伴，生活也不是原本的生活，甚至他自己也已不再是逃跑之前的自己，于是他必须要行动，要再次检验自己、证明自己。基于这种认识，他便将小说引向了最后的高潮。

转折点要完成的第三个任务，是产生见解。在十九世纪的小说中曾经兴盛过一种讲述哲理的做法，时间已经证明那是不成功的。只有不成熟的读者才会在小说中寻找哲理性的句子，以希望对自己有所启示，他们甚至会将这些句子抄写在笔记本上，但终究不会记住，而且不会对他们的生活产生真正的影响。小说中的思想不应该由小说家讲述出来，而是在主要人物的命运发生重大转折的时候，被形象地演示出来，小说中思想的载体是故事，是人物命运的转折点。当主要人物在转折点上遭受重大挫折（长篇小说中偶尔也会出现取得阶段性胜利的转折点），便会在他与刺激性因素之间产生一条鸿沟。这个刺激因素不一定是你的敌人，也可能是你的家人或伙伴，然而当他们处在主要人物的对立面并给他造成重大挫折时，他们所产生的作用和小说家对他们的使用,是与敌人相当的。

那么这条鸿沟意味着什么呢？它意味着主要人物会暴露出自身的缺陷或真相,意味着错误的选择和再次选择,意味着需要对双方的关系重新认知和定位,甚至意味着敌人不是敌人、朋友不是朋友、亲人不是亲人等等混乱的发生或澄清。

于是,在鸿沟之中见解产生了,小说家的思想被形象化地表演了出来。当然,小说家也有被演化出来的新思想吓上一跳的机会,而且有很多这样的机会。

讲到此处,对于转折点我们已经有了粗略的了解。其实,任何一个戏剧性高潮,只要是被小说家当作转折点来使用,它的形态和要求基本相同,所不同的是小说家如何创造性地运用这些原理。我在此处讲述的这些原理,是对历代小说家创作规律的总结,是一种行之有效的技术,但是小说创作的原理就如同化学公式,只有通过小说家的聪明才智才能将它们点石成金,如果没有创造性思维,掌握再多的原理也不会产生打动读者的功效。因此,我要再次强调,小说技术应该是被拿来创造性发挥的,而不是僵化地照猫画虎,只有当我们的小说能够顺利地感动读者,而读者又在我们的小说中轻易找不到技术的痕迹时,我们才算学会了小说技术的初步运用。

◎ 最后的转折点与结尾的设计

次高潮作为转折点出现在小说三分之二或五分之四的位置,并不单单由于小说家的设计，从前边分析中可以看出，这是小说叙事进程的必然结果，也是中短篇小说将事件引向最后高潮的必需。次高潮的转折点一方面使主要人物的斗争进入一个更高级的层面，另一方面也是为了迎接最后的高潮必须要做好的准备。作为最后高潮的戏剧性场面是需要小说家拿出一半以上的精力与心血小心经营的，到了此处已不再单纯是一个设计的问题，而更多考验小说家的情感水平和认知能力，考验的是才能。

在面临最后的高潮时，读者的情感已经被充分调动了起来，这是小说家与读者共同的大餐，是一场有关生存与毁灭的较量（如果在前边没有令读者信服并保持住他们的注意力，他们在读到次高潮之前便早已放弃了）。也正因如此，读者便会因为期待而越发地敏感和挑剔，小说家也会因为稍有疏忽而功亏一篑。

因此，最后的高潮除了前边讲到的转折点所需要达到的一切要求之外，还应该有更高水平的要求，因为最后的高潮其实就是小说最大也最关键的转折点，是小说家在整部小说中追求的最高目标，同时它也应该是整部小说中最为精彩的戏剧性场面。

对最后的转折点的要求是，主要人物必须得走上一条不归路，也就是说，转折点之后，这个人物已经发生了本质上的变化，这种变化是不可逆的。

麦康伯先生在小说的最后，选择了再一次检验勇气的行动。当他面对比狮子更加危险的野牛时，他在自己的内心之中找到了勇气，或者由于此前的经历使他赢得了勇气，然而也就在勇气降临的那一刻,他被麦康伯太太"误杀"了。在这里我们必须要加以区分的是,麦康伯先生的不可逆的转折点并不是他的被杀,这个"误杀"行动是麦康伯太太最后的转折点——她认识到,如果麦康伯先生赢得了勇气,也就意味着她将失去生活。这是最后的鸿沟,也是小说意味深长的结尾。而麦康伯先生最后的转折点则是他的行动和选择,是勇气的降临,是一个被蔑视、被践踏的娇生惯养的男人从深渊中走出来的"动作",是自我觉醒与自我拯救,是一个新人的诞生。海明威将这部小说最后的转折点与结尾紧密结合在一起的手段,使读者能够感受到最强大的冲击,同时又获得了最大的情感满足。

小说的主要目的就是要给读者以最大的情感满足,海明威能够将高潮的力量与结尾的意味深长结合在一处,所以他伟大。

因此,最后转折点的不可逆,是我必须要强调的重点,也是小说趣味的第四种来源,它的成功与否,决定着整部小说的成败。

以往我们经常会读到这样的小说,前边大部分写得都很好,很让人信服,但是在读完之后,我们却被一种深深的遗憾与不满足所笼罩。造成这种结果的原因有许多种,而最主要的原因只有一个,就是小说家在最后的转折点上没有让主要人物的本质和命运发生不可逆的转变。

我们不妨试着想一想,这世间什么东西最可能打动人?应该是同类的遭遇。那么人类哪一种遭遇会给我们带来最大的情感冲击呢?是离别。在世间上演的多种多样的让人感动的行为当中,一多半都是离别的变体,其中最简单易懂的离别是死亡,而最复杂、最耐人寻味的离别则是人在本质上的觉悟与转变。小说家必须要学会敏锐地抓住这个最难表现却又最具有冲击力的内容——人类本质上不可逆的转变，新生的人物告别了旧有的自己。其实，这种故事结构并不是小说家的发明，在人类的故事原型中，早被反复演绎过，例如亚当与夏娃因偷吃禁果而被放逐、普罗米修斯因替人类偷盗天火而遭受惩罚、奥赛罗因妒忌而杀死了爱人、李甲因内心矛盾和背叛导致杜十娘怒沉百宝箱等等。

需要我们特别注意的是，这些故事原型的意义不在于具体的行为与事件，其最重要的意义在于，转折点之后主要人物已经不再是原来的那个人，他也不可能而且不应该变回原来的那个人，因为他是一个新人，一个本质和命运都发生了重大变化的人。

因此，不论小说中有几个转折点，前边的转折点都可以设计成可逆转的，是可以在后来的行动中挽救的，唯独最后的这个转折点，在最后的高潮中，在被小说家用全部努力为之准备与推动的最后的戏剧性场面中，主要人物的转折必须要达到不可逆的水平，否则便是小说家的不负责任，或者学艺不精。

一旦主要人物完成了最后的转折，小说便该结束了，这也就引出了小说结尾的设计问题。而意味深长的结尾，则是小说趣味的第五种来源。

我在这里之所以要将最后的转折点与结尾放在一起研究，是因为我认为小说的结尾没有丝毫独立性，它的设计完全依赖于最后转折点的走向，而最后的走向则常常是小说家注入他打算传达的最突出的个人思想的地方。当然，这并不意味着小说家在其他地方不传达思想，我想说的是，小说家在结尾处的思想，往往是他个人的世界观、价值观或人生观在这部小说中的总结，是他最想告知读者的那一点点内容，通常总会有些独到之处。

我还是以麦康伯夫妇为例，麦康伯太太只用一枪便同时结束了她与丈夫的最后转折点，她在结尾处变得只会讲一句话——"别说了"。结尾的这一连串"别说了"，是对事件的参与者——那位职业猎手讲的，因为猎手揭示出了麦康伯太太潜在的动机："他早晚也要离开你的。"于是，在这场表面上的事故里，便被注入了多重内容：是麦康伯太太对丈夫的无情践踏引发了他对勇气的追求；所有人都清楚麦康伯先生在赢得了勇气之后必将变成另外一个人；麦康伯太太是在解救丈夫与杀死丈夫这两种潜意识下完成的"误杀"；麦康伯太太虽然能逃脱罪责，但从此便不再是过去的那个女人；职业猎手因与麦康伯太太私通，而参与对麦康伯先生的激励与"误杀"，他也同样完成了一次本质的转变——在最后的鸿沟中产生了这一系列见解的同时，海明威又在结尾处注入了什么样的个人化思想呢？很显然，是那种最终导致他自杀的虚无主义思想。

从这一段简单的分析当中我们可以看到，结尾的意味深长不是一件简单的事，在设计结尾的时候，有几项重要的工作必须得完成。

第一点，小说家应该从最后的转折点上借取重要性，来暗示主要人物在小说之外的命运。海明威的这部小说就是一个最典型的例子。在"误杀"发生之后，麦康伯先生的勇气被消灭了，那么活下来的这两个人在最后的转折点之后将会怎样？显然，小说中所有主要人物的本质与命运都已经发生了改变，他们未来的生活只能被固定在这个转折点上。此处读者并不需要小说家做出明确的回答，他们需要的是暗示，是对思索精致的引导，是给小说之外的生活开出一扇窗，而窗外的景物仅在想象之中而已。

由此可见，如果我们不从最后的转折点上借取重要性，那么结尾就难免与小说主体相脱离，会变得单薄，没有生命力，因为只有相互借重，小说的各个组成部分才能够得以相互支撑，形成强有力的立体结构。

第二点，终结悬念。小说的结束应该意味着读者的情感已经得到了应有的满足，这种满足除了情绪激动过后的恬适，还包括小说事件中的一切线索和疑问都得到了应有的解答，在读者的心中不再存有牵肠挂肚的疑惑不解。如果仍有悬念得不到解答，便有可能使结尾变成粗俗的"且听下回分解"，而读者由于分心于此，也就无暇品味小说家在结尾处所暗示出来的余味了。文学史上有许多作家擅长在短篇小说中将悬念的终结与小说的结尾结合起来，例如欧·亨利，他喜欢利用解答悬念的机会来使小说的结局发生逆转，产生出人意料的效果。当然，这只是其中的一种方法。不论我们采用哪一种结尾方法，都应该把线索和人物交代得干干净净，使读者专心于小说家在结尾处所暗示出来的独到思想与人物命运的意味深长。而那种用悬念来代替结尾的做法，只是愚蠢的故弄玄虚，是初学者才会犯的错误。

第三点，避免多种方法混杂的结尾。就像有些小说家喜欢写多角恋爱一样，有的小说家也喜欢将太多太复杂的因素注入小说结尾当中，这是不明智的，同时也是不便于操作的。写作中短篇小说不同于长篇小说，长篇小说虽然有篇幅的优势，但也要将事件中众多的人物和线索分阶段、分层次地结束，以避免将所有难题都挤在结尾处一起解决。长篇小说尚且如此，中短篇小说的篇幅更不允许小说家在结尾这一点点地方做出大块文章。中短篇小说的结尾应该如同盛大宴席最后的那一道甜点，用来平静读者激动过后的心情，增添回味，需要的是简洁与意味深长。如果一定要无端在小说结尾处再次挑起事端，那就如同假扮好心的主人给醉饱的食客又塞上一盆蟹粉狮子头，菜虽是好菜，但此时只会惹人生厌。

第三节　主要人物

　　我在第三节才讲人物设计，并不等于人物设计必须得等到故事设计完成之后才能进行，其实人物设计与事件设计是同步进行的，有的时候人物最先形成，而有的时候则是事件、高潮和转折点最先出现。但是，事件的发展永远都是依赖于人物的选择来进行的，即使是完全被动的选择，也仍然对事件的走向起到决定性的作用，所以事件永远为人物服务，这就是"人物即结构"原理。

　　当我们准备进行人物设计的时候，有一些基本原理我们必须得认清，那就是人的境况是怎样的。不论是小说人物还是自然人，他们存在的意义都完全表现在他们与自然的关系结构之中。换言之，人永远处在不同层面的冲突之中，没有这些冲突来证实，人物根本就不会存在。为此，在设计人物之前，我们有必要先弄清人或人物存在的结构。

　　任何一个自然人都存在于三个冲突层面之中，即内心冲突、个人冲突和外界冲突，这三项内容涵盖了人类生活的所有层面。内心冲突涉及人们的思想、情绪、心理和身体等方面，这是最神秘也最复杂的冲突层面，是现代主义小说家认为最有文学价值的层面；个人冲突主要表现在人物个人关系上，如家人、朋友、恋人、宠物等，以及由此衍生出来的人伦、道德等内容，是人之所以为人的最切近的证据，也是现实主义小说家的最爱；外界冲突是人与社会、自然等方面的冲突，这个层面所引发的意义最为宏大，也最具有冲击力，浪漫主义作家往往偏重于此。

区分这三个层面并指出不同类型作家的偏爱，并不等于作家自树藩篱。其实任何一个小说家，不论他被强行划定还是自我标榜为某一文学流派，只要他是一位成熟的作家，他笔下的人物就必定会在这三个层面上发生全面的冲突。冲突层面的变化绝不仅仅是小说描绘对象的变化，而是人物在实现主要叙述目的的过程中不同冲突量级的提升，每经历一个重要的转折点之后，人物都将进入一个新的斗争层面或同一层面中更高的斗争级别。向不同冲突层面的转移，首先意味着小说正在从人物塑造走向人物真相，同时这也是扩展冲突范围，使事件走向史诗的必然趋势。不论是攻城略地的历史巨制，还是天人交战的内心史诗，在不同冲突层面之间的反复转移与跳跃，都是揭示人物真相的必由之路。

然而，这三个冲突层面的分析仅仅是人类基本状况的简述，是一个大原则，具体到人物设计这项工作的时候，我们还要对人物本身有着更加细化的、可操作的认识。在这一点上，现代文学理论家们曾提出"人物维"的理论，它很有趣，也有相当的启发性。

◎ 人物维

我们都知道"维"是一个空间概念，两维是平面，三维变成了立体，而四维则是加入了时间因素,除此之外,在物理学和数学上还没有四维以上的可证实的学说。文学理论家们既然借来这个"维"的概念描述人物,那么"维"在这里就变成了另一个概念,它指的是"矛盾"。

在人物的内心之中,人物维可以表现为慷慨与贪婪、勇气与怯懦、真诚与虚伪、纯洁与放纵等许多种矛盾,它们既存在于人物的深层性格之中,也存在于人物塑造与人物真相之间。小说家的工作,特别是在设计人物与事件的相互作用时,人物维既可以当作叙事目的,也可以当作叙事手段。旧理论家们常说的要对人物进行深入挖掘,而挖掘的对象其实就是人物深层性格之中的内在矛盾。

在小说中,人物维不会存在四维的限制,它可以是六维、八维,甚至二十维以上。哈姆雷特是有史以来人物维最丰富的形象之一,至今也没有人真正统计得出他身上到底有多少重矛盾。同样的道理也适用于其他人物,有多少内在矛盾,便有多少人物维。

我认为,人物维对小说人物内在矛盾的描述,虽然在理论分析上很实用,但它对人物深层性格中各维之间相互作用所产生的特殊效果却阐述不足,这样一来,便会给从事小说创作的作家们带来四种误解。

第一种误解是认为人物身上的维越多小说越精彩,这是一个明显的误读。小说人物与真实的人毕竟不同,无限制地增加人物维是愚蠢的行为,是缺乏创作经验的表现,因为小说的目的在于激发读者的情感,传达作者的思想,所以人物身上应该具备多少人物维,要视小说的需要而定,并不是人物维越丰富,作品越成功。

第二种误解是对人物维的反向强调，这也是我们常常在各种理论专著上读到的观点，它认为最出色的小说人物必须以一个显著的特征为标志，例如麦克白与曹操的野心、阿巴贡与葛朗台的吝啬等。其实，这种理论观点是一种教条主义的误导，对后人影响极其恶劣。

文学作品中的人物之所以能够深深地打动读者，最根本的一个原因在于"移情"。移情作用可以使读者从人物身上找到与自己的相通之处，能够产生参与小说人物生活的欲望，恨不得亲自出演所有的悲喜剧。如果莎士比亚当年在剧本中只是罗列麦克白为了实现野心而做的所有坏事，或者再把这些坏事增加数十倍，也绝不会产生一个如此伟大的人物形象。麦克白身上真正的动人之处在于知道自己是在干坏事，并且为此深深地悔恨和自责。正是由于在麦克白身上出现了这两股强大的对抗力量，组成了一个人物维主干，于是悲剧的力量也由此产生。

至于另外一个野心人物曹操，却与麦克白完全不同，因为他并不认为自己的奸诈、残暴等所有恶行是错误的，他认为这是历史赋予他的责任，是为了实现更伟大的目标必须要经历的过程。他认为统一国家、建立政权的政治理想远远超越于这些恶行之上，而这些理想一旦实现，以往所有被世人斥责为恶行的东西，都会得到重新评价和赞颂。在这样的政治理想驱使下，曹操只会责怪自己太软弱，不够狠毒，有妇人之仁，不肯在"煮酒论英雄"的时候杀掉政治敌手，或应在"土山约三事"之后立即反悔。

于是，在强大的人物维主干的折磨与揭示之下，这些人物才最终成为文学史上不可替代的伟大形象。因此，单方面强调人物的某个特征是一种不负责任的行为，任何一个强大的人物维主干，都必须在矛盾两方面交战之时才能产生美感，才会产生移情作用。

第三种误解是错置了各条人物维之间的相互作用。从原则上讲，任何矛盾都可能同时存在于一个人物的内心之中。但是，小说人物毕竟不同于真实的人，小说家将自然人改造成小说人物，然后引入篇幅有限的文学作品之中，目的在于通过揭示人物真相来反映生活、阐述思想。这样一来，作家在设计人物的时候，就不得不对人物维进行取舍，以适应故事的需要。

人物与故事毕竟是相互扶持、相互依存的，如果作家给人物引入了不恰当的人物维，它所揭示的内在矛盾与事件的进程和转折无太大关联，或者更可怕的是这条人物维有着独特的魅力，它对人物维主干构成了威胁，抢夺了人物维主干的风头，使小说趣味发生分裂。这种情况的出现不但会分散读者的注意力，而且会使读者产生迷惑，小说的叙事也就必定不会成功。

小说设计的目的是要让作者明确地知道自己在创作过程中需要什么，利用什么，同时还能够敏锐地辨别出哪些是可能会造成干扰的内容，并避免这些有害因素进入叙事之中。人物维的设计是小说设计的核心，作家对此还是应该抱有审慎和精益求精的态度为好。

第四种误解是将人物身上的外部特征当作人物维来使用。举例来说，有的作家可能会设计出这样一个人物，并且自以为精彩，这个人物躲在山中不与人来往，只靠互联网了解外部世界，数年之后他下山后，却已经把自己修炼成股票或期货投资奇才、电脑黑客、拉丁舞高手、浪漫诗人、滑雪或搏击专家、古董鉴定行家或高科技探宝专家，以及美食家和烹饪大师等。不等听完这些令人眼花缭乱的外部特征，我们就已经明白了，这些东西分拆来使用都可能是人物很好的外部特征，但如果掺杂在一起，即使这位作者学习过小说人物设计原理，懂得人物维的必要性，他的作品中也已经没有空间再揭示人物的深层性格了。

过于繁杂的外部特征必将封闭人物的内心，同时也会使读者目迷五色，他们即使能够从中得到趣味，也是低水平的，毫无打动人的力量，更不要说产生移情作用。移情来源于人物和读者的内心，外部特征只能起到辅助作用。

◎ 主要人物设计

主要人物在小说中通常指主人公。一般情况下小说只有一个主人公，但有时也有多个主人公，例如《战争与和平》，然而在中短篇小说中还是一个主人公居多。主人公是小说的中心，也是推动事件进程的核心力量，对主人公的塑造与揭示的成功与否，直接决定着小说叙事的成败。在整个文学史中有着无数成功的主人公，也有许许多多经典人物至今已经被人们奉为某些情感、处境、命运、性格的代名词，每位主人公各有各的精彩之处。我们总结主要人物设计原理的目的，则是要找出小说家在创作过程中使主人公精彩起来的充分必要条件，认清有哪些东西是必不可少的，又有哪些东西是必须加以强调的。

第一点，人物塑造的尺度。在小说中，人物塑造指的是对人物外部特征的描述。主人公既然是小说的核心，那么在他身上所展现的外部特征也就必然应该是最丰富的，这其中可能涉及的内容会很多，例如相貌、职业、财产状况、品味、性取向、家庭和教育背景、语言特征、社会关系、宗教活动或类似的外部约束、以往的经历与经验、特殊技能、娱乐爱好等，越是经历和内涵丰富的主人公，他所具有的外部特征越多，这就和日常生活中的各种人物一样，如果仔细分析起来可能会有数百种。那么，在如此丰富的内容当中，哪些才是对小说家有用处的呢？其实，人身上的所有内容对小说家都有极大的用处，都可以借此塑造出精彩的人物，只不过小说家必须得克制自己，认清自己正在面对的这部小说需要什么。

对人物外部特征的选择是个非常容易造成小说失败的陷阱，特别对于那些写作经验还不够丰富的作家而言。在这里有一个比较简便的原则可以利用，就是将人物与事件结合起来考虑，只保留那些对未来的事件进程和人物真相揭示有重要作用的外部特征，与此关系不是非常紧密的内容要果断地舍弃，以免它进入文本后会对读者造成干扰。从另一个角度来讲，在作家完成作品后再回过头进行修改的时候，需要完成的重要任务之一，便是对所有人物身上不必要的外部特征进行删除，以便保留下来的外部特征在整部小说中发挥最大的作用。举个最简单的小例子，一部小说的主要人物是一个热爱滑雪的银行家，如果后边的事件中没有滑雪的内容，那就必须去掉滑雪这个特征，只保留银行家，或是根据需要用其他特征来替换。作家不能因为小说有几万甚至几十万字的篇幅，便像十九世纪小说家那样任意挥霍，对于现代小说来讲，短篇小说中的每一个词都是至关重要的，而长篇小说中的每一个句子都可能会给作家引发灾难或营造永恒。

　　既然我们已经知道了在设计主人公时要保留哪些外部特征，下一步就该考虑将它们运用到小说叙事当中的方式和方法。根据近几十年来读者对小说叙事速度的要求和叙事技术的发展，当代小说家必须得放弃十九世纪那种一股脑将人物外部特征强行灌输给读者的早期技术，代之以将人物塑造作为事件推动或转折点的前提来使用的小说技术。这种技术的特征之一便是极简主义，将人物外部特征压缩到无法回避的地步，然后让它们在叙事中部分地起到"悬念"的作用。试想，如果一个银行家在办公室里不是在练习高尔夫球推杆，而是穿着滑雪板，挥舞着滑雪杖，那么读者必然会对此产生一种期待，因为滑雪场是个非常浪漫而又极度危险的所在，所以读者就有理由期待这个故事绝不仅仅是枯燥的对话，而一定充满了行动。当然，如果在后边的叙事中没有出现与滑雪有关的戏剧性场面，那么小说家还不如让他干些别的事情为好，这倒便于引出其他与事件进程有关的东西。

　　由此可以得出结论，主人公外部特征对未来事件的暗示所引发的好奇心，是小说趣味的第六个来源。

从另一方面来讲，虽然我们已经将人物的外部特征压缩到"极简"，但我们仍然没有权力将它们一股脑地抛出来，以早早地推卸掉对人物塑造的责任。现代小说技术进步最重要的特征，就是对小说各种元素的功能性运用。人物塑造的各个方面是最容易对事件和读者产生作用的内容，所以完成人物塑造与揭示人物真相都应该与整部小说同步进行，有必要的话，人物的某些外部特征也可以在小说结尾处才透露出来，以加强这些特征对小说进程的功能性作用，同时也避免了两次描绘同一特征。这样做不但增强了外部特征在阅读中产生的效果，同时也节省了篇幅。当然，在特殊情况下，小说家也可能会在同一部作品中反复多次地描绘同一外部特征，以达到某种独特的效果。

话说到此处我有必要再次强调，任何一项进入小说的内容都必须要对事件进程、人物真相和情感效果承担起重要的作用，否则此项内容就必定会对小说造成伤害，删除它们就如同消除病痛。

第二点，人物真相设计。主人公的人物真相是小说趣味的核心，对主人公内心真相的多层次揭示，是小说趣味的第七个来源。

一部成功的小说应该由人物维主干与小说事件的核心内容紧密地结合在一起，让事件与人物揭示同时达到高潮。创作中短篇小说时，由于篇幅有限，主人公身上很难容纳太多的人物维，所以对人物维主干的要求就会更高，这就像中短篇小说要求有一个强壮的主要叙述目的一样，它也同样要求主人公有一个强壮的人物维主干。只有在它被揭示出来的时候才能足以打动读者，使读者不会因为篇幅短而享受不到强烈的情感体验。

　　毛姆有一部中篇小说《雨》，有名有姓的人物只有传教士戴维斯先生（主人公）和太太、麦克法尔医生（叙述者）和太太、汤普森小姐（对抗人物）和小客店店主洪恩。这部小说的事件并不复杂，讲的是二十世纪初这两对夫妇和汤普森小姐在南太平洋上乘船旅行，因传染病流行耽搁在一个偏僻的地方，住进了洪恩的小客店。汤普森小姐是被从某殖民地驱逐的妓女，此时借机在小店中开张营业，这便引起了在南洋土著中间传教多年的戴维斯先生的愤怒和拯救堕落之人的仁爱之心。在规劝不成的情况下，他利用传教士的势力让地方长官命令汤普森小姐停业，并且由下一班轮船将她押解回原籍地，而在原籍地等待她的将是可怕的感化院。汤普森小姐走投无路，陷入深深的恐惧之中，并在戴维斯先生的引导之下，激发起了宗教狂热。戴维斯先生也同样燃烧起全部热情，日夜照应汤普森小姐的灵魂，但在最后一晚，戴维斯先生却将汤普森小姐强奸了。小说的结局是戴维斯先生自杀，汤普森小姐故态复萌，并对这些"好人"们表现出极大的蔑视。

　　在这部小说中，主人公戴维斯先生的人物维主干绝不是《伪君子》或《十日谈》中教士的伪善和欲望之间的矛盾，因为在他身上表现出来的全部是真实的情感。对这样一个人物，需要什么样的人物维主干才能达到这种直指人心的情感效果呢？毛姆在此处表现出了非凡的智慧，他将两条人物维拧在了一起，同时承担起主干的作用——那就是戴维斯先生内心深处的仁慈与作恶、拯救与毁灭这两对矛盾。

在小说的开端部分，毛姆通过戴维斯太太之口已经表达得非常清楚：戴维斯先生是个有着强大的意志力和狂热宗教信仰的传教士，他们夫妇在土著中间的传教手段，比上帝亲自对付异教徒的手段并不逊色。这样一来，面对汤普森小姐这样一个曾经被基督赶出圣殿的卑贱之人，戴维斯先生便有责任将她从堕落中拯救出来，而最直接的拯救方法便是毁灭她的堕落生活。这是在小说的第二个转折点上所揭示出来的见解，但这并不是人物维，而是传教士与妓女相遇时必然应该产生的对抗，是主人公与对抗人物发生冲突的思想基础。

第一重人物维主干的出现是在汤普森小姐崩溃之后，戴维斯先生在拯救她时表现出了比她本人更加狂热的情感，他先是毁灭了她的生活，然后还要在废墟之上再次毁灭她的意志，让她不单要认清自己是天生的罪人，而且还要为以往的罪恶生活而接受惩罚，并且因此感到幸福快乐。到了这个时候，拯救与毁灭便合为一体，戴维斯先生所坚信的那种自己代表着上帝的信念便将他内心深处的矛盾完美地统一起来，他显然认为拯救与毁灭在此处终于达到了和谐。然而，这是一个假象，是小说家隐蔽得极好的技术手段，同时也给了戴维斯先生一次有可能拯救成功的机会，让读者不至于因为主人公遭受挫折太甚而对他丧失信心。

到了这个时候，一直和"拯救与毁灭"并行且隐藏在它背后的人物维"仁慈与作恶"出场了，当然所谓出场其实是小说家开始在这个方向上引起读者的注意。传教士要将汤普森小姐从罪恶的生活中拯救出来，这本身便是仁慈的善行；传教士用一种"恶"的手段毁灭汤普森小姐的生活，虽然显得有些严厉，但并不违背"火与剑"的基督教精神。此处在戴维斯先生身上，仁慈与作恶都表现出了"善"的意旨，所以这仍然是个假象，仍然不是人物维的主干。只有当戴维斯先生强奸了汤普森小姐之后，这两个假象才一下子真实起来，才被读者发现了更深层的含义——拯救与毁灭、仁慈与作恶这两对矛盾终于转化为更深刻的天职与人性之间的矛盾，这才是戴维斯先生身上真正的人物维主干。

这样一来，读者在读到小说结尾之后才会发现，传教士强奸了妓女这个不可逆的转折点，使前边已经统一起来的拯救与毁灭、仁慈与作恶重新对立起来。戴维斯先生对汤普森小姐的仁慈与拯救，其实是在潜意识中拯救他自己已经被压抑得近乎疯狂的欲望；他在汤普森小姐身上作恶，其实是将上帝的威严转化为有尊严的男人对卑贱的女人的践踏与蹂躏；他对汤普森小姐罪恶灵魂的毁灭其实是对自己罪恶灵魂的反讽。

于是，戴维斯先生最后决定自杀。这种违背基督教教义的自我毁灭，对于了解基督教的读者来讲，隐喻的内涵是非常清楚的，因为自杀只能使他更加沉沦，而不是得到救赎。这是他对自己进行的万劫不复的放逐，是由自己完成了最后的审判，因为他羞于让自己的灵魂去面对上帝的最后审判，于是通过不可原谅的自杀为自己选择了地狱。这也是我们在后边将讲到的"对抗原理"中所揭示出来的一种结局，戴维斯先生的初衷是拯救，使用的却是与拯救相矛盾的毁灭的手段，而结果却走向了毁灭的负面，那就是自我毁灭。

面对如此深刻的对人物深层性格的揭示，读者理当能够感受到麦克白式的悲壮。这种对人物维的最终揭示崩散了前边所有的事件与细节，从而聚结成一股巨大的震撼力，使读者得到了最大的情感满足，同时也会让他们得出这样一种结论——如果自己身处戴维斯先生的处境，也一定会做出跟他同样的选择，因为除此之外再不会有第二种选择了。这便是移情。

通过毛姆的高妙技术，可以认识到主人公人物维主干的重要性，然后我再谈一谈人物维主干设计中的几个难点，因为掌握解决这几方面的本领是小说家的必修课。

1.认知

在人物维主干的设计过程中，作家必须得根据特定的需要，小心地为主人公选择人物维主干。虽然我们已经知道在自然人的深层性格中真正的本质性矛盾并不很多，大约只有二三十种，从概念上掌握起来难度并不大，但是若要想为主人公选择出准确的人物维主干却并不简单，真正的难度在于作家的认知能力。

所谓认知能力其实就是人们利用自身的学识和经验，通过分析、归纳、总结之后发现事物本质的能力。对于小说家来讲，这种能力更多地表现在对人物深层性格中矛盾的发现和利用上。当我们为小说选定一个主人公的时候，我们最先要做的就是运用我们的全部聪明才智来为他找出人物维主干。这不是一项轻松的工作，因为人物维主干不单是小说最终揭示的内容，而且是小说所有的转折点、整个事件的发展脉络，以及对抗人物和次要人物的设计依据。主人公没有一个强壮的人物维主干，小说便没有了灵魂。所以，要想很好地完成这项无法回避的工作，就需要我们对自然、社会生活、人的内心世界有着充分的认识，同时还要早些准备各类丰富的知识和经验作为产生深刻见解的土壤。

由此可见，任何一个头脑清楚的小说家都会知道自己需要不间断地学习，需要不断地拓展知识门类和视野，提高对事物的认知能力，特别是提高理论上的认知能力和经验上的感知能力。这可不单是选择人物维主干的需要，也是小说创作全过程的必需，而且还可能是区分小说家与说书人的标志。

2.感受

当选定了人物维主干之后，有些时候我们又常常会对自己的选择不放心，怀疑它是不是这个人物应有的主干。这是很正常的事情，不论多么伟大的作家都可能会对自己产生类似的怀疑。解决这个难题的办法其实并不复杂，那就是有意识地将人物维主干放到作家自己的内心之中，让作家来"亲身体验"并感受这条人物维所产生的种种微妙效果，发现它可能会将我们引向哪些可能的去处，并最终发现那个唯一的结局。这项工作不仅存在于小说设计阶段，在创作过程中我们更是应该时时将自己装扮成小说主人公，去发现那些单凭外在的观察和冷静的想象无法达到的最危险、最阴暗和最辉煌的去处。当然,不同的作家在使用这个方法时得到的东西绝不会相同,但有一点是肯定的,学识广博、认知能力强、生活经验丰富的作家得到的东西会更多一些,也更准确一些。

3.否定与重建

人物维主干设计的另一个难处是它并不总是能够在开始写作之前便准确地设计完成,这是因为越重要的东西越不会轻易得到。人物维主干是小说的核心力量,寻找并确定它的难度比小说创作中的任何一项工作都要困难许多。很多时候会有这种情况,作家在写作之前已经为主人公设计了人物维主干,但在创作过程中却在主人公身上又发现了更深层、更具震撼力,也更适合于这个人物的人物维主干。请大家注意,出现这种情况是很常见的,对于作家来讲这应该是一件值得庆幸的大好事,因为这意味着通过与主人公的耳鬓厮磨,作家对这个人物有了更真切的认识,一部高质量的作品有可能因此而产生。这个难题解决起来也有规律可循,那就是根据这个更有价值的人物维主干重新设计人物,然后对已经完成的部分进行适应新情况的修改。

注意,在文学史上,任何一部伟大的作品都不是一天写一部短篇小说,或三天写一部中篇小说这么干出来的,也不是单靠灵感,一拍脑门便可以完成的。人类的所谓灵感只是认识真理和创造新价值的细微启示,根据所谓灵感一气呵成在小说创作上是要不得的。所以,我们应该欢呼对正在创作的作品的再认识和再创造，即使我们不是在写作中再创造，也一定会在设计阶段不断地自我否定，然后自我重建。只有经过这些必不可少的过程，才能使我们的创造力和设计能力有所提高，才能使我们的作品不会二十年如一日，总是停留在一个自我欣赏的水平上。

就着方才这个话题我想再强调一点的是，小说创作是对作家能力的全方位考验，小说技术为大家提供的只是在前人经验之中总结出来的合理方向，是启发性的思路和可操作的原理。但是，要想创作一部有价值的小说，除了对小说技术的运用，必定还将考验我们的学识、经验、语言能力等许多方面，甚至有一天它还可能会考验我们的饭量和睡眠。因此，要想成为一个像样的小说家，需要学习的内容是繁多的，需要我们年复一年、日复一日地学习，而不是年复一年、日复一日地写作。如果万一不幸我们写作的字数居然超过了我们阅读的字数，那么我们首先得坦率地承认自己的愚蠢和无知，然后再想别的办法，比如干脆改行。

◎ 主人公设计失败的八个原因

除了人物维，所有小说人物身上应当具有的魅力，主人公都应当拥有，这也就是为什么主人公是整部小说中最重要人物的原因。在设计主人公的时候，我们首先要从两个大的方面来衡量主人公。

第一，主人公对小说事件是否具有推动力。不能够主动推动小说事件发展的主人公必定是那种被动的主人公，或者是在人物塑造上存在有缺陷，使主人公不具备实现欲望的能力。

第二，主人公是否能够在读者身上产生移情作用。近年来有些文学理论家将文学作品的移情作用完全归类于接受理论的范畴，他们认为移情作用能否产生主要是由读者自身的特质来决定的。在这一点上我不想争论，因为这毕竟是一项需要读者参与才能产生作用的功能，但是我仍然认为，能否产生移情作用关键在于作者是否在作品中注入了可供读者产生此项情感的因素。这也就意味着，如果作者没有在小说中揭示出某些人类共通的情感和共通的深层性格冲突，如果没有小说人物与读者共通的深刻内容唤起读者的情感反应，我们要求读者移情只能是缘木求鱼。

其实，如何创作一个成功的主人公，还是有些规律可循的，在这一小节里，我采用反向思维的方式，借着主人公设计失败的八个原因，来阐述主人公创作的几条基本原理。有一点需要说明的是，这八个原因并没有先后次序，它们对于小说同等重要，有其中一项缺陷，小说就难免会出问题。

1.人物塑造与人物欲望不相符

这是个常识性的问题，但并不表示成熟的作家不会犯这种错误。举个简单的例子，如果你的小说中有一个需要激烈打斗的场面，主人公必须得骑马狂奔，并且还要向追杀的歹徒射击，而你却发现在小说开篇的地方，你已经将这位主人公设计成肥胖年老的公司女秘书。这该如何是好呢？其实这一点也不可怕，需要我们做的只是重新考察人物维，然后再考察小说事件的需求，如果发现这种需要强壮身体的高技能动作是必不可少的，这也说明我们正在发展最初的灵感和小说设计，这是件好事，况且重新改写人物塑造并不是多么大的困难，特别是对于那些真正热爱小说创作的作家来说。

对于任何一种以故事情节为载体的文学形式来说，人物塑造与人物欲望必须相符，只有这样，读者才会相信人物有可能实现他的欲望。这也就是为什么大仲马要在监狱中替基督山伯爵安排一位博学多闻的智者给他当老师，然后还要给他安排一笔天文数字的财富作为复仇资本金的原因。如果没有这一切，也就不会存在《基督山伯爵》这部作品，或者它会是另外一部作品，比如《悲惨世界》。这就是说，主人公有什么样的欲望，小说家就得为他准备什么样的条件，特别是涉及能力和因果关系的时候更应当周密可靠。当然，设计那些妨碍主人公实现欲望的条件也是同样重要的。

我们强调人物塑造与人物欲望相对应的目的，是为了让读者相信你所讲述的一切都是实情，避免读者对作品的真实性产生怀疑。虽然读者明明知道小说家是在编故事哄他们解闷，但这里边有一个读者打开你的小说时便签订的契约，也就是读者愿意有条件地信任小说家，他们乐于将你给他们讲述的一切都当成真正的生活来接受。在这个时候，如果作者不小心露出马脚，失去了读者的信任，那就如同魔术师在表演的时候露了馅，小说家们也就没有理由埋怨读者不肯买您的大作了。

2.被动的主人公

除非是有意为之,小说家应当尽一切可能避免出现类似的错误,因为一位被动的主人公就是一场灾难,至少对小说本身来说会如此。没有读者会喜欢一位被动的主人公,因为读者是要将自己与主人公相比拟的。如果主人公只是对外来的打击做出被动的反应,却从来不肯动动脑子,舒展懒筋,想办法解决问题,那么这部小说便会失去主要叙述目的。主人公的欲望和行动是小说家设计主要叙述目的、推动事件发展的首要因素,一旦发现主人公是这么一块不成器的料,小说家最好的办法就是更换角色,实在不行也得给此君来个脱胎换骨,否则即使小说完成,也必定会成为编辑废纸篓里的垃圾。我们必须得牢记一点,主人公的行动是小说事件的生命力,没有行动便没有情节,没有情节便没有故事,没有故事也就没有小说这个东西。

3.欲望单一的主人公

如果小说的主人公像动画片中的主人公一样,自始至终只有一个单一而明确的欲望,所有复杂的情节与人物都是为了这个单一的欲望设计的,那么这部小说之乏味就可想而知了。小说人物与生活中的人并没有太大差别,也许他们在形态上会比自然人略显简单,但在小说所要讲述的内容上,他们的复杂性却要远远超越社会生活中的普通人,至少要超越绝大多数读者。从另一个角度来讲,读者自己在生活中追求某一重要目标的时候，也绝不会仅仅怀有单一的欲望，而要让他们感动并移情的主人公就更不能是一根肠子的人物了。

在《雨》中，戴维斯先生自觉的欲望是拯救汤普森小姐的灵魂并毁灭她的罪恶生活，而在他的潜意识当中却存在着另外一个不自觉的欲望，那就是占有汤普森小姐的肉体，解放自己痛苦压抑的灵魂。因此，小说家必须要清楚地认识到主人公身上同时存在的自觉欲望和潜意识中的不自觉欲望，因为主人公不自觉的欲望正是小说家大展才华的好去处，是人物维主干的表达方式，是主人公的"灵魂"，也是小说中最深的鸿沟和挖掘最深刻见解的渊薮。回过头再看的时候我们还会发现，在戴维斯先生不自觉的欲望下边还隐藏着另外一个不自觉的欲望，那就是借着这一次短暂的放纵来反抗自己可怕的生活，因为在宗教情感和潜意识的性犯罪交战之下，他再没有另外一条反抗自己的出路。汤普森小姐的出现应该算是对他的一个启示，可以让他毁灭于罪孽深重之中，因为这是他潜意识里的第三重不自觉的欲望——他痛恨自己却又找不到毁灭自己的借口。

4.主人公没有足够的意志力

这也是一个常识性的错误，小说的主人公要实现欲望，要行动，就必须得有能够支配自己身体和思想的意志力，如果我们在人物塑造中没有为主人公注入相应的意志力，他后来的行动就很容易造成读者的费解。对于主人公意志力的量化问题，没有人可以做出硬性规定，通常情况下，只要主人公的意志力可以在事件冲突中支撑他的欲望，让他能够在最后行动中造成意义重大且不可逆的转折就可以了。这也就是说，意志力的大小要与主人公的身份和所面对的困难相符，家庭中琐碎的矛盾显然不需要俄狄浦斯王或奥德修斯那种远古英雄的意志力。

5.主人公毫无取胜的机会

这个错误是另一种错误的反面，那就是主人公战无不胜、攻无不克、诸事顺遂、家业兴旺、官财两盛、遇难成祥。显然，这种皇帝微服私访式的人物，在文学作品中必定是最乏味的主人公，因为这种没有任何危险和挫折的主人公实在没有办法激起读者的好奇心。前文已经谈到过，主人公对欲望的追求并不是刚开始便抛家舍业、舍生忘死，人们总是应该有付出最小代价来赢得最大利益的打算，只有在遭受挫折的时候，才会押上更大的风险价值，付出更多的努力再一次追求，只有到了别无选择之处，才会押上最后的本钱——生命或荣誉。因此，主人公不论追求哪种欲望都是要冒风险付代价的，轻而易举得到成功的主人公只能遭到读者的唾弃。

与此相反，主人公毫无取胜的机会，设计这种故事的作家显然懂得了主人公应该在挫折中产生转折，并借此提升斗争层面的原理，但他也在僵化地运用这个原理。要知道，任何一种追求都是曲折前行的，即使在生活当中也不存在毫无生趣、百战百败的人物，所以在设计小说事件的时候，我们至少要给主人公一次可能取得最后胜利的机会，否则这个主人公就有可能沦入缺乏意志力之流，让读者对他失去兴趣。对于小说家来讲，吝啬给予主人公胜利就像吝啬给予主人公失败一样，都会造成事件进程的单调无趣。文学史上有许多真正震撼人心的作品，往往在主人公的最后一次行动中给予他最为辉煌的胜利，然而这种胜利给主人公带来的伤害却要远远比他失败还要深重。莎士比亚利用《李尔王》给我们做出了一次完美的演示，而这种结局便是那种冲击力最为强大、意义最为深远的反讽式结局——成功与失败在同一结局之中相互超越。

6.主人公不能产生移情作用

主人公不能产生移情作用的原因有很多，在这里我们排除读者精力不集中的因素，相信读者是在认真地阅读我们的作品，然后将目光集中在作者和作品上找原因。在这个问题上，我们首先要分清楚同情与移情这两种概念。与移情一样，同情也开始于读者对主人公的关注，是主人公的处境和情感吸引了读者的注意力。然而，同情这种情感是一种相当轻淡的情绪，它的强度不会超越隔岸观火时对遭灾之人产生的怜悯之心，是那种高高在上赏赐下来的关切，此时读者并没有真正地参与到主人公的命运当中。对于小说来说，同情这种情感是可有可无的，因为它的强度太低，同时也容易让读者自觉地将自己与主人公远远地隔离开来。与同情相比，移情是那种由读者亲自参与的情感活动，随着主人公追求欲望的成功与失败，读者能够真切地感受到与主人公相同的情感波动，对于有些敏感的读者来讲,他们甚至将自己当作小说的主人公。

小说家在读者感情中制造这种移情作用的方法有几大类。

第一类,主人公的外部特征可能会与读者有相通之处,如年龄、职业、教育和家庭背景、情感类型等等。小说家在设计人物的时候,难免会考虑到读者类型,再结合自身经验,与读者建立起外部特征的沟通并不是太困难的事。

第二类,就是主人公的深层性格,也就是人物维与读者相通。除去人物维主干之外,主人公身上必定还存在着其他内在的矛盾,这些次一量级的人物维与人性的许多方面相关,换言之,小说家可以从人性的共通之处来找寻与读者的相通之处。当然,如果主人公的人物维主干能与读者相通,会产生多么强烈的移情效果就不用我再多言了。

第三类,是处境与行为的相通之处。在这一点上有必要强调的是,小说人物的处境和行为多半会超越普通人的生活,小说主人公遇到的对手要更强大,遭遇的困难更可怕,采取的行动更剧烈,表达的情感也更强烈。如果小说中的人物和事件与现实生活同样不温不火,即使作家将这种生活刻画得细致入微,也无法引起读者的注意,更不要说产生移情效果了。读者阅读小说的目的之一,就是要与主人公一起去体验他们平日里避之唯恐不及的强烈情感和危难经历,好让他们在掩卷之后安全地享用这份情感满足。因此,小说家即使只是描写生活琐事和小人物,内中也必定要存在真正强烈得足以惊醒读者的内容,否则移情作用就无从谈起。而不能产生移情作用的小说,根本就算不得是小说。在此我们可以得出结论,移情作用是小说趣味的第八种来源。

7.次要人物比主人公更有趣

这是个简单明了的错误，却也是小说家在创作过程中经常会犯的错误。我们已经知道主人公是小说的核心，那么在创作过程中我们就要小心地维护这个核心，不能让其他小说人物将读者的注意力从主人公身上引开。但这并不意味着次要人物就必须得寡然无趣，恰恰相反，每一个出场的次要人物都应该具有相当程度的趣味性，但这种趣味性是由简单明确的外部特征和人物维来构成的，他的综合趣味必须得低于主人公，他在事件中起到的作用和占有的篇幅都要少于主人公。这也就是为什么福斯特会将小说人物区分为"圆形人物"和"扁形人物"的原因。次要人物多半都是扁形人物或半圆形人物，只有站在小说舞台中央，被灯光聚焦的主人公才应该是内容最丰富的圆形人物。而小说中可能出现的第二个圆形人物，只有对抗人物。需要注意的一点是，圆形人物绝不是由多个侧面的外部特征拼贴起来的，而是由多重深层性格的矛盾构成的。

8.主人公最后的行动不是唯一的行动

这是一个综合性的错误，也是小说家所能犯下的最大错误。在讨论这个话题之前，我们先要假定小说家在小说的开篇和主体部分都做得很好，人物设计和结构设计都没有明显缺陷，否则小说家会先被其他错误击败，也就没有资格犯下这桩"罪行"了。之所以说这是一桩"罪行"，是因为这是小说最后的高潮，是不可逆的转折点，在这个地方犯错误，也就等于前边所有的努力都功亏一篑了。小说家在创作一部小说的时候，最主要的注意力都应该放在最后的转折点上，前边所做的一切努力都是为了让主人公在最后的戏剧性场面中做出唯一的选择，造成不可逆的变化。这往往是那种"两害相权取其重"或"两利相权取其轻"的非常规选择，也只有如此，才能使结果不可逆，使主人公深层性格中的矛盾得以爆发，才能让小说情感与读者情感同时达到高潮。但是，如果在主人公采取最后行动并达到高潮之后，读者的头脑中却突然之间产生了疑问，提出诸如"他如果不回到妻子身边而是选择离婚怎么样"，或"他假如不去自杀而是伪装投降，来个'身在曹营心在汉'怎么样"，那么小说家精心构建的最后的高潮便在这一瞬间崩溃了。

因此，小说家为主人公设计的最后行动和最后选择必须是唯一的、不可替代的，选择的结果所造成的转折必须是不可逆的。至于具体该怎么做，从原理上讲这是人物维主干在最终揭示时起的作用。从写作上看，每部小说各有各的人物和故事情境，要视具体情况而定，而发挥小说家最大的创造力则是唯一的解决办法。要知道，读者在翻开我们小说的时候，通常都抱有近乎天真的信任态度，如果我们让读者在掩卷之后发出疑问，表现出对小说真实性的怀疑，那只能说明我们的智力水平低下，或是学艺不精了。

第四节 对抗人物

◎ 对抗人物设计

在任何一部小说中，与主要人物几乎同等重要的因素就是对抗力量，是对抗人物，是对手，是敌人，不论对抗力量以哪种面目出现，它都是站在主要人物的对立面上，试图阻碍他、改变他、伤害他甚至消灭他。有多么强大的对手，就会有多么坚强的主人公，如果对抗人物软弱愚蠢，那么主人公在这场对抗中所表现出来的行动和情感必定微不足道，读者也就无从感受极限状态的生活体验和情感体验。因此，为主要人物设计一个强大而内容丰富的对抗人物是小说趣味的第九个来源。

那么，有哪些东西够资格担当起小说中的对抗力量呢？其实，凡是能够进入小说冲突三个层面的内容都可以担当起这项任务，例如内心冲突中的某种隐秘的欲望、对某物或某事的执着、某种畏惧、某种狂暴等；又如个人冲突层面的家人、亲友；再如社会冲突层面的政府、法律、道德、自然现象等。为了简便起见，这里将所有对抗力量统称为"对抗人物"。

有些小说家常常会不自觉地厌恶自己创造的人物，特别是那些所谓的"坏人"，这可不是一个好习惯。在以往的阅读中我们经常会看到，一些由作者担当的全知全能的叙述者会不由自主地对自己不喜欢的人物极尽贬损挖苦之能事，就如同他们不遗余力地用好字眼或煽情的呼喊来赞颂主人公一样，这都是十七世纪小说草创时从说书人那里继承的技术，是一种粗糙的、主观的、试图代替读者思考的原始技法。进入十九世纪这种技术仍然在使用，到了二十世纪这种作者直接参与叙述的缺陷逐渐被人们认清，只有少数国家为了便于宣传和灌输才会重拾十七世纪的故技。

其实，全知全能的作者视点是最原始但也是迄今为止最成熟的小说技术，只是当二十世纪小说这门艺术进入成熟期之后，小说家们不论采用哪种视点技术，都已经开始有意识地放弃代替读者做出判断的创作方法，而是进入多层次展示的新阶段。但是即便如此，在那些涉及道德判断和正邪对立的小说中，许多小说家仍然不自觉地将个人好恶注入其中。

在这里我们并不是要求小说家是非不辨，混淆道德判断，绝不是这样。小说是生活的隐喻，而这个隐喻要由读者自行破解才能产生阅读的快感，才能在故事高潮处得到情感的宣泄。当小说家既是故事的讲述者，又是价值和是非的评判者时，读者便被推入一个完全被动的地位，但没有一个真正的读者会甘于处在这样一种没有尊严的地位。当代读者对小说家的要求是展示，而不是说教或煽情。小说中的一切是是非非都该由小说家客观地展示出来，然后由读者根据自身的认知能力和生活经验来做出判断，只有这样才是真正的阅读乐趣。

也许有的人会问，如果我用小说中的人物充当叙述者也不能带有个人好恶吗？这个问题提得好，现代小说视点技术的成就之一，就是小说内部的多视点叙事。但我们必须要牢记一个关键的技术环节，那就是当小说家以人物为视点进行叙述的时候，这个人物所讲述的一切都是不可靠叙述，而将一个或几个不可靠叙述共同展示在小说之中的方式，便是在模仿自然人在生活中被不可靠信息所包围的常态。当代读者在这种视点技术中所享受到的，是一种自觉的比较与判断的需求，他们绝不会愚笨到误以为小说人物的态度和判断便是小说家的终极"审判"。不论任何事物，当代读者都是由他们自己来做出判断，我们如果低估了读者的辨别能力和判断力，就只能转行去写儿童作品了。

因此，对于一位成熟的小说家来讲，他应该热爱自己创造的每一个人物，在他的头脑中不应该有好人与坏人这种差别，只应该存在人物与人物之间的差别，所有的人物对于整部小说来讲都是功能性的，是有着不可或缺作用的"部件"。

◎ 对抗人物的基本特征

本书在前边讲过了主要人物，其实主要人物身上具有的基本特征，在对抗人物身上也同样会出现。对抗人物同样是小说中极具魅力的形象，也会让读者产生移情作用，但在设计对抗人物的时候，与主要人物还是有区别的。

第一，对抗人物要强大得足以打败主要人物。在小说创作中，对抗人物过于软弱是导致小说失败的重要原因之一。在老舍的《骆驼祥子》里面，祥子是主要人物，他的主要叙述目的是有自尊地活下去，他的对抗人物是刘四爷和虎妞。老舍选用这两个丑恶社会的代表人物是有隐喻性的，因为他们二人一个代表着"压榨"，一个代表着"利用"，这是丑恶社会对一个有自尊的个体最直接的压迫形式。这两个人物在物质上和意志上都具有击败祥子的能力，而且是多次击败的能力。在海明威的《老人与海》中，老人的对抗人物是大海、大马林鱼、鲨鱼群，它们远比老人强大得多，更不要说由这些对抗人物所喻示的那个更为强大的对抗人物——命运。

我在这里选用了两个主人公失败的例子，是为了更好地说明对抗人物比主要人物强大的必要性，因为这是"悲壮"、悲剧性美感产生的源泉。祥子被彻底打败了，丧失了他赖以支撑自己的尊严，产生的是对整个社会的批判力量。圣地亚哥被打败了，但他失去的仅仅是一条鱼，而没有失去自己作为英雄的所有品质，我们仍然会将他视为一个有尊严的胜利者，因为他的失败仅仅是社会层面的失败，而在内心层面上他却大获全胜。

如果对抗人物不够强大，没有力量对主要人物进行多次毁灭性的打击，那么主要人物也就不会在艰苦的对抗中得以揭示自身的真相，不会产生移情作用，此时的主人公必定是一个读者不喜欢的被动人物，而对抗人物身上也必定不会产生那种著名的"邪恶美"。

第二，对抗人物也应该是多维的人物。前边我讲过"人物维"，它指的是人物深层性格中的各种矛盾。小说中的对抗人物如果只是单纯的邪恶，即使他的邪恶力量再强大，读者看到的也只是一个概念化的人物，内容浅薄，魅力不足。一个有魅力的对抗人物应该与主要人物同样是"圆形人物"，具有多维的人物性格，具有同样精致的生活化细节和活生生的魅力。对抗人物越具有人格魅力，就越能够产生移情作用，一个让读者为之移情的对抗人物是一件精美的艺术品，他在小说中的艺术感染力不应该比主要人物差多少。而对抗人物身上的魅力越强大，便会强迫作家给予主要人物更丰富的魅力，在这种相互激励之中，小说的趣味性自然而然地就被增强了。

《哈姆雷特》中的对抗人物"国王"是个弑君篡位的奸恶之徒，但他身上所表现的人物维的丰富性并不比主要人物哈姆雷特差许多，例如他有弑君篡位的恶行却又畏惧上帝的惩罚，他利用并霸占前王后以巩固地位却又深爱着这个女人，他可以轻易除掉哈姆雷特却又犹豫不决……再如《麦克白》，麦克白在故事中既是主要人物也是对抗人物，他的魅力是文学史上少见的，他的人物维也同样丰富。

因此，我在这里要特别强调，不要因为有些对抗人物是所谓的坏人便对他心生厌憎，小说家应该像热爱艺术品一样热爱笔下所有的人物，给对抗人物和主要人物以同样的重视，只有敌对力量大于正面力量的时候，小说的多种魅力才会得到展示的机会，小说家的创造力才会赢得充分发挥的空间，主要人物才能够变成一个得到充分展现与发展、多层面并且具有高度移情能力的人物。

第三，对抗人物是以多种形态出现的。由于小说的主要人物要在心理、个人和社会这三个层面上进行斗争，那么对抗人物也就应该在这三个层面上给予主要人物有力的打击。这种内容丰富的打击有时来自于单一的强有力的对抗人物，这种情况多数存在于事件相对集中、人物结构简洁明了的故事，例如杰克·伦敦的《一块牛排》、海明威的《白象似的群山》、麦卡勒斯的《伤心咖啡馆之歌》、吉卜林的某些动物小说或某些探险题材的小说等。对抗人物的强大或以物质力量见长，或以心理力量见长，或在三个层面上同时强大于主要人物。这种以事件和直接冲突为主要形态的小说，需要由直接的对抗来形成转折点，由来自同一个对手的反复打击使主要人物得到成长和被揭示的机会，在这类小说中，对抗人物的个人魅力也有更多机会得到最直接的表现。

在文学的故事传统中，主要人物和对抗人物的单一对抗是英雄史诗的对抗原型，此时小说家的笔触全部集中在这两个人物身上，读者的注意力也就自然全部集中在这两个人物身上，对抗人物足够强大，主要人物也有至少一次最终取胜的机会。这种对抗形式很适合那种冲突激烈、情节曲折、人物关系相对简单的小说，也就是我们之前讲过的具有强壮主要叙述目的的小说，但也会出现在其他人物结构的小说中，例如卡夫卡的《城堡》。

由于这种对抗可能会在全部三个斗争层面上展开，在人物深层性格和人物真相的挖掘上就会有许多便利之处，可以较少受到说明性材料的干扰，同时在多次转折中不断地揭示更深层的事件真相和人物真相，例如我前边分析过的《弗朗西斯·麦康伯短促的幸福生活》。

但是，单一的对抗人物在揭示生活的广度上常常会受到限制，特别是在那种具有复合趣味的主要叙述目的上，或是作家需要利用多种生活背景，展示多种样式的对抗时，单一对抗的史诗原型就会显得生活面过于狭窄，难以处理更复杂的社会矛盾。因此，在许多主要叙述目的具有复合趣味的小说中，我们会发现作家们常常要在统一的主旨之下，给主要人物设置多个不同的对抗人物，例如《老人与海》和杰克·伦敦的《热爱生命》。

《热爱生命》的主要人物只有一个简单的主要叙述目的——活着走出阿拉斯加。这个主要叙述目的初看之下有些太软弱了，既没有强壮到足以引起读者的兴趣，也没有说明性材料来证明这个目的对主要人物的重要性——在那种可怕的环境下，死亡变成了常态，因此主要人物怎样活下去所构成的趣味性就有些太轻淡了。于是，小说家引入第一个小小的对抗人物，使主要叙述目的产生复合趣味：主要人物的伙伴比尔在主要人物扭伤脚腕的时候将他抛弃，独自上路了。在这样一种特定的环境下，主要人物被伙伴抛弃这一事件同时承担起了多重叙事作用：第一，人物角色发生转换，背叛的行为使伙伴转化为敌人，因为比尔的行为不单是不肯帮助主要人物，还意味着他们在前边埋藏的共有的少量储备将由捷足先登的比尔一人独占，因此比尔便剥夺了主要人物可能的生存机会；第二，主要人物此后必须独自面对一切，在没有任何援助的情况下，自然的所有严酷都可能成为他的对抗人物；第三，主要人物陷入绝境，失去了储备的给养，他即使挣扎前行也没有活路；第四，主要人物遭受沉重的心理打击；第五，主要人物遭遇背叛之后，他便自然负有了向背叛者复仇的使命，同时这也会转化为他生存的动力……于是，单纯活下去的主要叙述目的便因为这个小小对抗人物的背叛而丰富起来。如果仔细拆分，小小的背叛事件会在小说的叙事中产生多种形式和多个层面的影响，这也是我一再强调的那种叙事要求——进入小说文本的每一项内容都要承担起多项叙事任务。

这部小说在后来的叙事中，便很自然地将小说开端部分引入的说明性材料转化为不同的对抗人物，例如荒野、寒冷、饥饿、被抛弃的痛苦与复仇的渴望等，这些依次出现的小的对抗人物，就如同《老人与海》中依次引入的坏运气、无情的大海、大马林鱼一样，都是为了让主要人物通过主动行动赢得展示自己的机会，保持读者的注意力，并使读者产生移情，同时这也是用细节来说服读者的机会，是让读者相信故事和人物真实可靠的手段。同样，也像老圣地亚哥最后遭遇鲨鱼群一样，《热爱生命》的主要人物也必定要遭遇那个导致最后转折点和戏剧性高潮的对抗人物——一只病弱的老狼。战胜这只狼并不意味着主要人物能够活下去，但如果不能战胜，他就必死无疑——背叛者比尔就是被狼吃掉的。而在这个时候，这只跟踪他的病弱老狼显然要比挣扎爬行的主要人物更强大，老狼为了能够战胜他采取了足够的策略，行动也足够耐心。此时我们终于发现，尽管杰克·伦敦并没有像现代主义小说家那样进行大量的心理描写，但我们仍然能够从现实主义的认识层面上看到，这场对抗是在心理和自然两个层面上同时进行的，同时也暗含着由于伙伴的背叛行为而形成的个人层面的对抗，所以这场对抗便不再单纯是人与狼为了生存的对抗，而是充满了对人类生活的隐喻意味。

对抗人物出现的另外一种形态，是人物立场不断发生转换造成的，如同我们在生活中经常会遇到朋友变成敌人、共同战斗的伙伴中途倒戈等。举一个比较极端的例子集中说明此事，那就是莎士比亚的《麦克白》。如果简单地从故事结构上看，这个故事并没有真正意义上的对抗人物，然而莎士比亚的伟大之处在于，他使麦克白和麦克白夫人这两个主要人物各自成为自身的对抗人物，他们的成功与失败全部来源于自己身上人物维的冲突，来源于无法开解的野心、作恶与良知、悔恨之间的冲突。一个人物身上同时负有主要人物和对抗人物两种重要功能，将产生多么大的艺术魅力在此无须赘言，于是他们成为文学史上最重要的人物原型和对抗原型。

在这一小节中我们可以看到，对抗人物在小说中出现的方式是多种多样的。如何让对抗人物在小说中发挥最大的作用，需要小说家创造性地运用这些原理，根据故事需要来自行设计。但有一点必须得牢记，就是对抗人物的出现是根据主要人物的需要来设计的，他几乎就是主要人物的镜中影像，脱离了主要人物，对抗人物便会成为无源之水，或是发生本末倒置的灾难。

◎ 对抗原理

美国的罗伯特·麦基对电影的研究很有独到之处，他在电影编剧教学中总结出了电影故事中人物对抗的原理。这一小节不妨借用他的部分研究成果，来说明对抗原理在小说创作中发挥作用的情况。

麦基的对抗原理是：主人公及其故事的智慧魅力和情感魅力取决于对抗力量对他们的影响，应与之相当。

麦基在这里的意思是，虽然对抗人物应该在意志、欲望、物质条件等方方面面都要比主要人物强大，但这种强大要建立在对抗的可能性基础上。如果主要人物是个弱小的书生，我们却要让他独自对抗一支军队并且战而胜之，除非是在特定的条件下，否则这种对抗就是不相当的，不相当就意味着不可信，意味着小说家将失去通过主要人物的行动和对抗人物的打击来细致地挖掘双方人物真相的机会，或者失去由可信的力量对比造成的悬念，以及由此引发的读者期待。因此，在小说当中，不论对抗人物多么强大，主要人物都应该有不少于一次而又不多于两次的取胜机会，这是小说趣味的第十个来源。

我在这一节当中不断强调塑造强大的对抗人物，为什么要如此呢？其实，除了转折点、最后的戏剧性高潮等需要之外，还需要由对抗人物造成的负面力量将小说家引向故事、情感和意义的终点。前边提到主要人物的行动和选择决定小说的结构，这是一条至关重要的原理，但是没有对抗人物造成的一浪高过一浪的压力，主要人物怎么会有行动？他又怎么会有理由展示自己，并且在逐步增强的压力之下揭示自己？

对抗人物造成的压力在小说当中是持续不断的，即使故事结束之后这种压力也不应该消失，而且这种压力在故事进程中还应不断地得到加强，只有这样才能使主要人物不断地提升自己的意志，不断地进入更高的斗争层面，才能使主要人物获得"魔高一尺，道高一丈"的超越力量。因此，给故事以持续不断并逐步增强的负面压力，是小说趣味的第十一个来源。

方才讲的是对抗原理在小说中的表现形态，而对抗原理的本质，其实是正面价值与负面价值的对抗，这才是小说产生意义的根本所在。

在小说当中，最常见的是主要人物代表正面价值，对抗人物代表负面价值，当然偶尔也有相反的情况，但我们在这里只讨论小说最基本的形态。

我们在设计一部小说的时候，常常会陷入这样一种困扰——这部小说的意义何在？小说家怎样才能将故事的意义简单明确地提炼出来？

麦基在他的电影编剧研究中为我们提供了一个可借鉴的方法，他说："一个在冲突的深度和广度上达到人生体验极限的故事必须依循以下模式来进行：这一模式必须包括相反价值、矛盾价值和否定之否定价值。"麦基的这个方法很有用，我们可以利用它在设计小说时或小说完成之后来进行自我评判。

我先来分析这条原理，所谓相反价值、矛盾价值和否定之否定价值都是负面价值，这条原理其实强调的就是本书前边所讲的对抗人物和对抗力量，并将对抗人物和对抗力量进行价值化分类，然而我们不能忘记的是，所有的负面价值都来源于和主要人物所代表的正面价值的对抗,主要人物和正面价值才是推动小说前进的基本力量。

矛盾价值很好理解,就是正面价值的反面,例如"真理"的矛盾价值是"谎言","正义"的矛盾价值是"非正义"。

相反价值存在于正面价值与矛盾价值之间,是那种既有些负面意味却又不是完全对立的价值,例如"智慧"的矛盾价值是"愚蠢",而它的相反价值则是"无知"。无知是由于暂时缺乏信息或经验导致的愚蠢表现,而愚蠢的本质则是冥顽不灵。

对于小说家来讲,作品中最难以把握的便是否定之否定价值,它有的时候也被称为"负面之负面价值"或"双重负面价值",例如"爱"的矛盾价值是"仇恨","仇恨"已经是"爱"的负面,否定之否定价值则要求"仇恨"还要进一步达到自身的负面,对自我进行再次否定。那么,是不是对"仇恨"的再次否定就又回复到"爱"呢?在数学和逻辑学上是这样的,但在生活中却不是这样。小说是生活的隐喻,小说内容表现的是生活实存,而它要探究的生活本质往往是哲学难以达到或难以表述的。因此,生活中对"仇恨"的再次否定绝不是回复到"爱"这般单纯,而是双重负面价值——"自我仇恨"或"以爱为外在形式的仇恨"。同样,"正义"的矛盾价值是"非正义",否定之否定价值则是"专制";"真理"的矛盾价值是"谎言",否定之否定价值则是"自欺"。

由此可见,否定之否定价值才是我们通过主要人物和对抗人物的争斗所要探究的最黑暗层面,同时也是内涵最丰富的价值层面,因为只有它最接近于"邪恶"的本质,同时也只有通过它才能真正考验出正面价值的终极意义。

《热爱生命》的正面价值是"生存",相反价值是"苟活",矛盾价值是"死亡",主要人物为了赢得生存的机会,在与各个对抗人物的争斗中不断地展示自身的生存意志和生存能力,同时由于对抗人物的强大,他又在不断地接近死亡,最终当他咬住狼的喉咙、吞食狼血的时候,他终于走向了"生存"的否定之否定价值——像野兽一样生存,或者说是对理性的放弃。这也是我在前面强调的,当最后的转折点结束之后,主要人物已经发生了不可逆的变化,他已经不再是原来的那个人了。

在麦卡勒斯的《伤心咖啡馆之歌》中,丑陋强壮、粗鲁冷酷而又精明得近乎邪恶的爱密利亚小姐,收留并爱上了一钱不值的残废——"罗锅"李蒙表哥。不论多么怪异,这也是"爱"的一种形态。而李蒙表哥则是个多事、智力怪异、没有廉耻心的家伙,他很快就把握住了爱密利亚的弱点,并用种种冷淡、疏离、撒娇的方式来控制爱密利亚,这便是小说家对相反价值的探索;爱密利亚的前夫是个花心的浪荡子,却无可救药地爱上了爱密利亚,并且因爱生恨,出狱后便要利用诱拐李蒙表哥的手段来报复爱密利亚,这便是小说的矛盾价值"仇恨";而当前夫这个对抗人物在拳击中成功打败爱密利亚,并将李蒙表哥诱拐到外地卖给马戏班子之后,爱密利亚放弃了所有的事业,并将自己关闭在房中再不肯出门,这便是否定之否定价值"自我仇恨"。

当我们掌握了小说创作的对抗原理之后,就会发现可以轻而易举地在那些文学史上最成功的作品中总结出价值对抗规律，从而接近小说的意义。而我们在设计自己的小说时，这种方法也很有用处，自然也能够意识到，在探索小说的三种负面价值的过程中，主要人物面临的是一个逐级增强的斗争过程，而只有最终达到了否定之否定价值层面，才能使读者得到最大的情感满足，才能使主要人物从辉煌走向崇高，才能使小说从生活中开掘到意义。

同时，我们还应该注意到，当小说在最后的高潮中完成对否定之否定价值的探索之后，就必然带来一种小说艺术中不容易达到却又最具魅力的结尾——反讽式结尾。这一点本书在前边已经讲过，此处不再多谈。

若想让小说达到这样一种真正文学意义上的成果，小说家必须重视对抗人物，重视小说中的负面价值，在小说的设计之初就要反复地考问自己：小说的正面价值与负面价值交战，负面价值和对抗人物是否足够强大？是否能够激励主要人物为了追求正面价值而不断押上自身利益或风险价值？小说是否真正探究了负面价值的三个层面？最后的转折点是否真正达到否定之否定价值？

◎ 对抗人物的人物真相

我在前面着重讨论过主要人物的人物真相问题，也就是人物维的问题——人物维是人物深层性格中的种种矛盾。对抗人物和主要人物就像一对相互仇视的双胞胎兄弟，他们之间既有相互冲突的人物维，又有相通相似的人物维，而他们各自的人物维主干则必定相互冲突，因为小说人物的对抗便来源于此。

在文学史上最成功的小说中，表面看起来大多是主要人物与对抗人物的外在冲突，是意志和欲望的种种变体，但我们必须要注意，在所有冲突中，使得"这一次冲突"引发、维持与发展的其实是冲突双方内心之中的主要矛盾，也就是人物维主干，是一方必须战胜另一方的强烈欲望。

还以《热爱生命》为例，之所以选取这部小说，是因为它的对抗人物是最难处理的那一类。我们从最困难的地方入手学习，然后才能在比较容易处理的题材上更自如地运用这些原理。

《热爱生命》的主要人物淘金者与对抗人物大自然之间的冲突，是一个索取与阻碍的过程，所有的饥饿、寒冷、荒野、熊与狼都是大自然阻止一个贪婪索取者和冒犯者的表现方式，这里边既有意志的力量，又有潜意识里的不自觉欲望在起作用。大自然的人物维主干——它既要养育生物，同时还要阻止生物对它的破坏；淘金者的人物维主干——是战胜死亡的威胁并带走黄金，还是被迫放弃生命；而他潜意识里的不自觉欲望则是向背叛者复仇。在小说最后的转折点上，当淘金者吃掉大自然的外化物狼的时候，他战胜的并不是大自然本身，而是扭转了他与大自然之间的关系。在此期间，淘金者潜意识里的不自觉欲望起到了非常重要的作用，背叛者被狼吃掉这件事，对他来讲既是复仇的快意，也是改变悲惨命运的警示，而更重要的是不自觉欲望的实现让他激发了斗志，使他的人物维主干得到了暂时的统一,让求生意志成为根本意志。

那么,对抗人物的人物维主干应该怎样来设计呢?其实,它与主要人物的人物维主干相互刺激,并在这个过程中形成。只有这样,我们才能让对抗人物将主要人物引向否定之否定价值,才能让主要人物和对抗人物的真相最终得以揭示。

第一,对抗人物与主要人物的人物维主干必须要针锋相对。如果主要人物的欲望是"真理",人物维主干是"革命"与"改良",那么对抗人物就应该是"谎言"的制造者和维护者,人物维主干是"镇压"与"妥协";同样是有关"真理"的命题,如果主要人物的人物维主干是"公正"与"自私",那么对抗人物的人物维主干就应该是"欺骗"与"坦诚"。以此类推,我们可以根据不同的人物身份,为他们量身定做不同的人物维主干,以便他们的冲突在一个真实可信的场景中发生。但有些时候,人物维主干的大幅度反差也能取得很好的戏剧效果,例如用"镇压"来对抗"童言无忌",喜剧作家尤擅于此。

需要说明一点的是,这种人物真相和人物维主干的对抗是日常生活的必然,绝不是小说家故意制造出来的"怪物",小说家的任务只是将生活的必然规律纳入故事当中,创造性地运用小说技术原理来使生活的真实在小说中集中表现,从而达到对生活的隐喻作用。

第二,对抗人物潜意识里的不自觉欲望是人物真相的另一个重要内容,在这一点上他与主要人物没有什么差别,可以参看"主要人物设计"一节。

最后,我需要特别强调一点:对抗人物在小说中永远是次要人物，他的魅力和篇幅都要小于主要人物，所以在挖掘对抗人物的人物真相过程中，要视小说的具体情况而定。挖掘主要人物的人物真相才是小说最根本的任务，挖掘对抗人物的人物真相是为这个目的而服务的。

◎ 对抗人物的优势与缺陷

本书在前边反复强调负面价值的重要性，强调对抗人物的欲望和意志必须要比主要人物更为强大，但是这种强大不是无限的，小说家必须得根据小说的实际情况来决定给予对抗人物哪些武器。

那么，什么东西是小说人物的武器呢？它应该是人间的一切美好与丑恶，大自然的一切凶暴与慷慨，人类潜意识里的一切阴暗与灿烂……在小说中，任何东西都可以成为对抗双方的武器，问题的关键在于我们必须得找到"这一部小说"中双方的武器。

小说家如何设计对抗双方的优势与缺陷？以杰克·伦敦的《墨西哥人》为例。这部小说前边将近四分之三的内容是开端部分，用来完成对主要人物的塑造、引进说明性材料等。主要人物利威拉是一位墨西哥的革命者，反抗美国支持的独裁者狄亚士，他的身份颇为复杂，他是革命委员会的清扫工、无名拳击手、刺客、被革命同志疏远的性情孤僻的家伙。对抗力量是美国政府和墨西哥独裁政府，而在小说的戏剧性高潮处，对抗人物则是代表这种负面力量出场的拳王丹尼。小说的正面价值是反抗独裁者的武装起义，矛盾价值是美国政府对独裁政府的支持，相反价值是美国社会对有色人种的歧视，否定之否定价值是起义虽然如期举行，但独裁统治却并没有被推翻。如果将这些内容概念化，正面价值便是"正义"，相反价值是"不公正"，矛盾价值是"非正义"，否定之否定价值则是"专制"。

《墨西哥人》的主要叙述目的是：起义者正在边境上等待武器，利威拉必须得在这场拳击赛上赢得购买武器的经费。

根据本书前边所讨论的原理，现在已经将这部小说进行了概括，下边把注意力集中在最后的戏剧性场面上，进而分析小说家如何在这个场面中给主要人物和对抗人物分配武器。首先，主要人物利威拉是靠陪练自学的拳击手，长期通过非法拳赛赚钱支持革命委员会的工作，这说明他的实战经验丰富，实力从他时常拿回来金银币而显示出来；对抗人物是轻量级拳击赛的拳王，拳击界大受欢迎的明星，拳击场上最阴险自私的刽子手。其次，主要人物的目的是购买武器的经费，他的风险是输掉拳赛就会有几千名革命同志在起义中白白牺牲；对抗人物是拳击界最有前途的人物，他的风险是如果被一个有色人种的无名拳击手击败，不仅会失去比赛收入，还会丧失前途。再次，主要人物具有坚强的意志和深刻的仇恨，而对抗人物为了维护自身利益不得不拼死争胜。最后，主要人物有革命的信念支持，而对抗人物则有怀着种族歧视情绪的观众和操纵赌博的拳击赛主办方的支持。

从所有的条件上看，对抗人物都要比主要人物强大许多，当然斗争的过程不必细述，主要人物在各种压力之下，在极为不利的场面中，最终取得了胜利。我在这里需要说明一点，由于1911年狄亚士的独裁统治被推翻，也由于这是一部描写民众争取自由解放的文学作品，它的结局在大的价值对抗上并没有向否定之否定价值转化，但它仍然是一部激动人心的好作品。

而从具体人物的价值对抗上来看，利威拉的人物维过于单一，他怀着"仇恨"登上拳击场，但在取胜之后并没有产生否定之否定价值，而是又回到了"仇恨"，他仍然是原来那个孤僻的革命者。也许这就是杰克·伦敦没有成为世界上最伟大的小说家的原因之一吧。

关于对抗人物的缺陷设计，其实仍然是人物设计和人物维设计，每一部小说各有不同，需要视具体情况而定。但从小说技术原理上来讲，我们还是有规律可循的。

第一，我前文提及小说趣味的第十个来源，在小说当中，不论对抗人物多么强大，主要人物都应该有不少于一次而又不多于两次的取胜机会。这并不是因为中短篇小说篇幅太短，容不下主要人物更多取胜的机会，恰恰相反，长篇小说也应该如此。

我们创作小说是要让读者在我们的作品中，经历他在生活中无法得到的极限状态的生存体验和情感体验，要让读者在掩卷之后得到前所未有的情感满足。这是对小说家最低限度的要求，同时也是最高限度的要求，不能达到这个要求的作品，必定不会是好小说。正因为如此，小说设计时就不能给主要人物太多成功的机会，这一点我强调过许多次了，不论是转折点，还是最后的戏剧性高潮，抑或主要人物和对抗人物的真相，都要求小说家必须"残酷无情地折磨"主要人物。如果我们给予主要人物太多次成功的机会,必然会让读者产生两种消极印象:对抗人物太软弱,居然有那么多的破绽;主要人物太蠢笨,有那么多的机会都抓不住。这样一来,即使主要人物最后战胜了对抗人物,也很难让读者对这两个人物产生移情作用,因为读者不需要文学作品的主人公是个读者自己不愿意以身替代的弱者,即使是创作一部专门描写"倒霉蛋"的喜剧作品也不行。

第二,对抗人物的缺陷绝不能是显而易见的,要通过主要人物的努力争斗方才显露出来,而且是那种转瞬即逝的机会。我之前便强调过,主要人物绝不能是那种被动反应式的人物,而应该具有主动采取行动的能力,这是小说创作的必需。当主动采取行动的主要人物与主动采取行动的对抗人物发生正面冲突的时候,故事一定非常有吸引力,同时这种缠斗既能让双方充分发挥各自的优长,也会暴露他们各自的缺陷。对抗人物打击主要人物便是在转折点上打击主要人物的人物维生成的缺陷,主要人物战胜对抗人物也是在最后的转折点上抓住了对抗人物的人物维生成的缺陷。这其实是一场深层性格的对抗,也是人物真相的对抗,同时还是人物潜意识里的不自觉欲望的对抗。因此,在强大的对抗人物面前,主要人物不会也不应该有太多的机会,他只能通过行动制造机会,同时还要押上自己在前半段故事当中一直不肯动用的最大的风险价值,然后战而胜之。于是,由于主要人物最大的风险价值必定会在最后的决斗中遭到破坏,小说在结尾处也就不得不走向否定之否定的价值层面。

◎ 对抗人物的移情作用

在这里我必须要强调,对抗人物并不一定就是坏人,小说家应该将他们认定为存在某种缺陷,或处在某种特殊立场的人物。

我先来分析那些扮演对抗人物的好人。好人之间的对抗多数出现在个人层面和内心层面的冲突当中,这一类作品在以往的小说中占有极大的比重。一个好人之所以会成为另一个好人的对抗人物,可能会有各种各样的原因,例如误会、不理解、代沟、偏见、个人利益、理想差异、意见分歧、友谊、爱情等,几乎日常生活中的大多数内容都可以成为我们与其他人发生冲突的原因。

在这些不具备敌对冲突的故事当中,有的时候也能产生"史诗性冲突"的效果,让读者从中体会到极限的生活和情感。但在通常情况下这都是些内容轻淡的故事,如果必须得让读者在轻淡中得到最大的情感满足,就需要找到特殊的解决办法。

第一,赋予对抗人物接近主要人物的魅力,造成类似双主人公甚至多位主人公的状态。这种人物结构设计最适合那种专门用来感动读者的温情小故事,因为所有人物都是好人,都怀有一个明确的善良的欲望,即使引起对抗,也仅仅是因为意志力水平的差异或人物维的差异而已。更多的情况却是,小说中的主要人物互为对抗人物,或是对抗人物并没有出现在文本当中,他们要共同对抗的是"他者",例如欧·亨利的《最后一片叶子》。在这个短小的故事当中,出场的四个人物都是善良的好人,善良使他们互为主要人物,而分歧又使他们互为对抗人物，同时他们还要共同面对一个非人化的对抗人物——琼珊的肺炎。这些人物产生的趣味仅存在于他们简单的人物维之中——从各自的性格出发对同一问题采取不同的解决方法，虽然如此，这篇小说在价值层面上还是取得了相当的成功。在这里，负面价值"死亡"以一个绝对的、不可战胜的形态出现，"战胜死亡"这种正面价值根本就没有取胜的机会。此时，三位主要人物的手中只有一件武器——窗外还没有凋落的藤叶。于是，老画师贝尔曼在深夜冒着冬雨为病人画了一只永不凋谢的叶子，而他自己则染上肺炎病死了。这个小故事虽然简单，传达的情感也是很轻淡的同情和施与，但它几乎运用了所有小说技术原理，而最后的否定之否定价值则在于，老画师用自己的"冒失"换取了琼珊"不死"的可能性，而另外两位主要人物是否会因此发生本质的变化，则被小说家安排在文本之外了。

第二，当好人之间发生正面冲突时，对抗人物的魅力何在？这一类别有两种形态：一种是发生在真正的善良人之间的故事，一种是发生在真正的坏人之间的故事。不论是哪一种情况，他们都是发生在同一种行为规范之中的冲突。

当在同一种行为规范之中发生冲突的时候，主要人物和对抗人物之间的差异则表现在对共同道德基础的认识与遵守上的差异。老舍的《黑白李》，兄弟二人爱上了同一个女孩子，他们之间互为对抗人物，要解决这个问题，只有在道德上主动做出更高尚行为的那一个才能最终转化为主要人物，而对抗人物虽然在行为上不如主要人物崇高，但由于他针对共同道德采用的是另外一种表达方式，仍然能够得到读者的喜爱并产生移情作用。

同样，在坏人之间也存在着共同道德。普佐的《教父》中描写的全部都是坏人，但是作为主要人物的黑手党普里奥家族却是他们当中的"好坏人"，因为他们对亲情、家族、荣誉的忠诚使他们区别于真正的坏人，并且具有了移情作用。

而当一个真正的坏人作为对抗人物，他身上除了邪恶之外，还必须具备让他能够邪恶到极点的优长，例如真实人物希特勒，例如《战争与和平》里的拿破仑，他们超群的智力、充沛的精力、坚强的意志力和出奇的好运气，以及他们给人类生活造成的"叹为观止"的巨大破坏，都是对抗人物产生移情作用的依据。从另一个角度来谈这个问题，我们就会发现，当对抗人物表现得愚蠢的时候，主要人物的形象必定苍白无力；当对抗人物精明绝顶的时候，主要人物的形象必定智力超群……于是我们就会发现，当读者乐于在想象中扮演那个邪恶至极的对抗人物时，他必定希望自己在生活中去扮演那位令人感佩不已的主要人物。

因此，作为小说家我们必须要牢牢记住，不能草率地对待你笔下的对抗人物，即使他是十恶不赦的恶棍。当你笔下的恶棍身上充满了趣味和魅力的时候，为了战胜他，你就不得不在主要人物身上挖掘出更大的趣味和魅力，于是一场真正充满趣味和魅力的对抗便产生了。

第五节　次要人物

◎ 次要人物的重要性

通过此前的讲述我们已经知道，小说是通过故事来隐喻生活，通过人物形象隐喻现实中的人们，而故事又以人物形象为根本和驱动力，由此可以认定，人物形象是小说中最重要的内容。前面几节分析了主要人物和对抗人物，他们是小说的中心，故事中的一切都是因为与他们存在联系，才得到了进入文本的许可。同时我们还应该意识到，小说人物与现实人物一样，都是社会动物，即使小说文本中只出现了主要人物和对抗人物这两个人，但在文本之外，在读者的意识中，仍然会发觉他们并非孤立的存在，与他们同时存在并对其产生重要影响的，必定还有其他内容——人、动植物、社会现象和自然现象等。这些内容都会作为"次要人物"出现在文本之内或文本之外，对主要人物的选择和行动产生重要的作用。

于是，次要人物对主要人物和对抗人物产生有效作用，是小说趣味的第十二个来源。

◎ 次要人物的类别

我个人认为，次要人物依据在小说中的作用可分为两大类：工具性人物和功能性人物，但是作为小说作者却绝不能在创作中将这两类人物截然区分开来。我在这里如此区分，是为了帮助大家认清次要人物产生作用的方式，认清次要人物在小说技术上的"身份"。在下文我将会谈到，几乎所有次要人物都是多功能的人物，在小说中需要担任多重任务。不过，明白了次要人物的"身份"认定之后，就会给我们的创作带来一种极有用处的便利，那就是需要人物产生什么作用的时候，小说家便可选用与他相应的"身份"。小说家这种清楚明确的创作意识和创作技术，有利于充分发挥次要人物的作用。

工具性人物的作用对应的是小说叙事中的各个难点，类似于足球队里防守型中场和后卫球员，不单要干所有的脏活、苦活和累活，必要时还要能够充当从前锋直至守门员和教练员的所有角色，所以工具性人物是小说家最可靠的朋友，也是最得力的工具。然而，仅仅为了完成某一项工作或解决某一个难题便设立一个工具性人物，这是愚蠢的，也是对文本资源的浪费，在任何一部技术成熟的小说中，都很少见到单一的工具性人物，而更多出现的是多功能人物。

功能性人物与工具性人物的区别在于，工具性人物作用于小说的叙事，而功能性人物则作用于小说的情感系统。任何一部合格的小说都包含两大结构：故事结构与情感结构。故事结构涉及人物塑造、主要叙述目的、戏剧性场面、选择、转折点、高潮和结尾等，而情感结构涉及人物维、人物真相、不可逆的转折等,两者共存共生,不可分割。

现代文艺理论在小说的故事结构中发现了"原型"的作用,其实在情感结构中同样存在着"原型"。情感结构的"原型"揭示的是人类普遍的、共通的情感,小说家只有深刻领悟了这种超越种族和文化的情感"原型",并在此基础之上描绘出带有某种特定文化特征和时代特征的情感,并在作品中进行准确而又丰富的表达,才能算及格。虽然表达此类情感的任务多数由主要人物承担,但功能性次要人物的协助也是大有益处的。

需要特别强调的一点是,人物的工具性和功能性并不仅仅存在于次要人物身上,主要人物和对抗人物同样承担着此项任务。我在这里着重研究的是次要人物的作用,大家只需牢牢记住,所有次要人物完成的任务,主要人物和对抗人物都能承担就够了。然而,我们又必须得再记住另外一点,如果主要人物和对抗人物承担了太多的工具性和功能性任务,他们就会变得过分臃肿、模糊,他们身上鲜明的特性和魅力就会被埋没,这也是小说创作失败的重要原因之一。

◎ 次要人物的作用

1.满足背景的需求

几乎所有成功的小说家都抱怨过小说"开头难",有人说难在"灵感",有人说难在"人物塑造",也有人说难在事件太复杂不知从何说起……其实,在小说创作中,开篇之所以让许多经验丰富的小说家也感到为难,原因在于"叙事速度"。即使沉闷的意识流小说作家,也同样需要读者能够跟得上作家的思维,从大量的信息中准确梳理出作家的创作意图,更何况是讲故事的小说家。那么,为什么会常常出现这样一种窘境——小说家的思维速度很快,而作品的叙事速度却极慢呢?对于不成熟的小说家,原因也许是多方面的,但对于经验丰富的小说家来说,原因只有一个,就是我在前边曾经谈到过的"引进说明性材料"拖累了故事进程。故事结构和情感结构越复杂,需要的说明性材料就越繁杂;主要人物和对抗人物的性格和情感越丰富,需要的说明性材料就越精细。

我曾经听到一些初学者说:小说开头并不难,我可以开篇就制造突发性事件,然后让主要人物行动起来,直到故事结束也不让他闲着,这样也就超越了说明性材料,不必为此费心。我可以说他们对小说的理解没有错,但也可以说他们大错特错。因为如果小说人物没有来源、没有身份背景、没有行为动机,那么他的魅力(包括一切美好与邪恶)就会成为不可理解的无源之水,他的存在也就失去了应有的悬念;如果小说事件没有背景压力,没有形成现实危机和心理危机的各种因素的逐步展现,那么事件便丧失了最初的驱动力和事件本身理应提供给读者的危机感。

将突发性事件和主要人物的行动作为开篇是一个不错的选择,特别是在情节性小说中这一点尤为突出,但是孤立的事件和孤立的人物只能激发读者的兴趣,却无法将这个兴趣保持下去,即使像"9·11"

这样的事件和本·拉登这样的人物也不行。阅读的魅力在于读者与作者在智力上的较量，作者的权力在于他掌握着全部故事元素和各个元素之间的联系，由他来决定什么时候给读者，以及给多少；而读者的权力则在于将作者提供的内容进行有效的联系，从而产生综合性趣味，形成阅读快感，如果作者提供的材料不足以产生有效的联系和综合性趣味，读者很容易便会放弃，而选择其他作品。

由此，我们便找到了小说开篇乃至整部作品的难点——作家如何运用自己的权力，他如何将自己掌握的材料传达给读者？每次给多少？怎么给？这就是小说创作中引进说明性材料的重要性。为什么我们要反复强调说明性材料的重要性呢？在小说中，虽然主要人物也承担着引进说明性材料的任务，但大量的、繁杂的引进说明性材料工作都应该由次要人物来完成，特别是工具性人物。而最容易造成小说失败的原因，就是作者让故事从开篇便拖着沉重的说明性材料的包袱，直至故事过半，严重影响了阅读的趣味。

其实，在任何时候我们都不能一股脑地将说明性材料倾倒给读者，从小说事件的开端一直到结尾，始终存在着引进说明性材料的需求。小说家应该向以色列人的滴灌技术学习，根据故事的需要一点一点、一层一层地将说明性材料展示出来，而在这种要求之下，次要人物便是小说家最便利的工具之一。

次要人物引进说明性材料的方式有很多种，需要小说家在工作中创造性地运用和发明，在这里我只介绍几种最基本的方法：

第一种，小说家充当解说人的第三人称写作。这种技术最初是从戏剧中借鉴来的，十五六世纪的欧洲戏剧里常常会有一位解说人，在开戏之前向观众介绍事件背景。到了十九世纪，这种由小说家充当解说人的技术达到了顶峰，在巴尔扎克和狄更斯等大师的作品中可以清楚地看到。

这种技术的运用有一个前提条件，就是小说家以全知全能的身份担任叙述者，也就是小说理论中常说的"全知视点"。掌握了这种类似于上帝的能力，小说家便可以根据需要随时"暂停"事件进程，集中向读者介绍人物的外貌、内心、动机、行动的理由，介绍事件的来龙去脉，评论人物和事件，使读者能够在小说家的呵护下不至于迷失，不至于发生误读。

这种技术是由说唱史诗的游吟诗人和说书人发展起来的，是对最古老的讲故事技艺的继承与发展，是人类历史上最成功的叙事技术。它的优点是非常易于接受，特别是对于那些知识水平明显低于小说家的读者，所以直到今天这项技术仍然被广泛运用，特别是广告、影视剧，包括小说。它的缺点是叙事常常被打断，文本冗长，对小说家的知识和阅历水平要求较高，适于有闲者漫长的午后消遣，不适于快节奏的现代生活。

小说发展到今天，在面对当代受教育程度较高，知识和阅历水平与小说家不相上下的读者时，小说家通过新奇的知识和文字技巧娱悦读者的难度便被增大了。同时，这种由小说家代替读者思考与判断的方法，也遭到了现代读者的抵触。但这并不说明这种传统技术已经失去了价值，因为每年都会有使用此种技术的作品获得成功，特别是商业上的成功,例如《达·芬奇密码》和斯蒂芬·金的小说。

第二种,第一人称的全知写作。第一人称的写作其实分为两种,一种是仅限于叙述者视点的第一人称写作,另一种就是我要讲的第一人称全知写作。第一人称的全知写作类似于一个自大狂妄的人物看待世界的方法,因为对任何人和事他都有不容置疑的阐释与判断,他叙述一切,同时也解释一切,并且试图让读者相信他所讲的一切都是真实的,于是在整部作品中只有他一个人的声音,也就不存在任何引进说明性材料的困难。这种写作技术往往被一个近乎自大狂的头脑所支配,多数出现在自传或自我阐发的作品中,例如《我的奋斗》;有的时候也会被伪装成第三人称的全知写作,例如《约翰·克里斯朵夫》。

以上两种方法都是以作家自我为中心的。由于这类小说家不受限制,对小说中任何因素的使用,尤其对次要人物的使用非常自由,常常很随意地引进人物,造成人物众多的"优点",所以这些作品在次要人物的运用上技术成分不高。

下面我来谈一种更常见的情况,小说家试图"客观"地表现生活时,特别是在非全知的有限视点下,如何运用次要人物来引进说明性材料。

第三种,次要人物的"旁白"。小说中的"旁白"就如同电影中的"画外音",是一种最笨拙的叙述方法,非到无可奈何不宜使用。然而,由于小说叙事手段有限,"旁白"的各种变体在小说中运用得非常广泛,例如毛姆的《雨》,主要人物是牧师,而在小说的开端部分,在牧师正式出场之前，我们对牧师的背景便有了印象深刻的了解。小说家在此采用的方法是借用作为叙述者的次要人物医生的观察和议论，借用次要人物牧师太太对牧师工作的自豪讲述，让读者了解到牧师像暴君一般"热爱"他治下的土著居民。这是在小说中最广泛使用的一种技术，读者的阅读经验也可以让他们对此具有充分的接受能力。

需要我们特别注意的是，小说家在引进说明性材料的同时还做了哪些工作。如果引进说明性材料的部分在小说中指向单一、孤立，它就会变成文本的赘疣，阻碍叙事进程。在《雨》这个出色的例子中，毛姆像所有经验丰富的小说家一样，让引进说明性材料的过程同时变成了塑造人物、暗示未来事件的性质、渲染氛围、埋下伏笔的过程，这也是我以往一再强调的，要珍惜文本有限的空间，要让每一段文字都力所能及地多承担些任务并准确地完成。

第四种，在次要人物引发的小冲突中引进说明性材料。在小说中并不是所有的冲突都发生在主要人物和对抗人物之间，特别是在长篇小说里，根据叙事需要，常常会由次要人物引发一些次要冲突和事件。

由次要人物引发小事件和小冲突，除了戏剧结构上的需要之外，还有引进说明性材料的功能，例如《红楼梦》中的"焦大事件"，并列引进了贾府祖上是由军功起家的"史料"和"爬灰""盗嫂"的"事实"。虽然焦大在小说中只是个过场人物，这个事件也只是个小冲突，但我们仍要看一看，曹雪芹在引进说明性材料的同时还完成了哪些工作：凤姐的命令表明贾府对"违纪"老家人尴尬的处置方法、下人对下人的恶意、凤姐对宝玉的申斥暗示贾府子弟的道德教育方法等等。一个小事件就类似一个小宇宙，它能具有多大的能量和功用，就全看小说家的能力了。

第五种，次要人物替小说家说话。注意，在对事件的叙述中，思想观点同样属于难处理的说明性材料。将主要人物当作小说家的代言人是愚蠢的、刺耳的，所以小说家常常会聪明地借用次要人物来表达自己的观点。于是，透过焦大一番粗鲁的海骂，读者便能感觉到小说家对贾府命运的哀叹，大有一语成谶之感。

第六种，次要人物替主要人物或次要人物说话。在现实生活中也是如此，虽然有许多事情明显是事实，但当事者不便明言，总是要借着旁人的口讲出来才显得公正。在这一点上，小说家受到的限制更多，所以用次要人物为其他人物代言，便是一种极有效的叙述方法，同时还能收到叙事上的多种功用。例如，《红楼梦》中门子对贾雨村讲的那一番有关"升官符"的言语，便是为"不在现场者"代言。袭人对王夫人讲的那一番话，既是袭人驱逐情敌的手段，同时也讲出王夫人虽然担心但不便明言的心里话，于是这番话便成为驱逐晴雯的诱因和伦理上的说明性材料。

我在这里只讲了次要人物引进说明性材料的方法，其实小说中引进说明性材料的方法有很多，而能够成为说明性材料的内容则更多，仅背景这一项内容，就涉及事件、人物、人物关系、场面、内心冲突等各种各样的背景。在完成这些工作的时候，如何使说明性材料成为趣味而不是变成累赘，需要小说家在创作中不断积累经验，同时还要向成功的作品学习。在学习小说技术，特别是精细技术时，我推荐大家向《红楼梦》学习，因为它是人类历史上小说技术运用最丰富的作品，从传统的小说技术，一直到现在所谓的后现代小说技术，内中应有尽有。

2.满足主要人物的需求

主要人物是小说故事的核心，这一点我在前文已经谈过了，然而小说故事是冲突的艺术，即便仅仅是内心层面的冲突，单独一个人物也不足以完成一部作品。如果一定要找出极端的例子来说明此事，伍尔芙的《墙上的斑点》最有代表性，这是由一个不出场的人物的自由联想构成的小说，是小说史上最独特的景观。前文谈道，小说中的次要人物并不全是由"人"来担任，我们在这篇小说中会发现许多"非人"的次要人物，并且是这些次要人物在刺激伍尔芙的自由联想。

那么次要人物或者人们常说的"配角"，在与主要人物共存的文本中是如何完成工作的呢？在这里要牢记一点，就是主要人物的需求。这并不是说主要人物要求次要人物做些什么，不是这么简单，而是在表现主要人物本身和他的处境时有所需求，当这种需求主要人物无法解决、对抗人物也无法解决的时候，次要人物存在的必要性便显现了出来。

次要人物可以满足主要人物的需求有以下几种：

第一种，引进事件与人物背景的说明性材料，这一点方才已经谈过了。

第二种，主要人物面临选择的压力。我在前边讲过，在压力之下进行选择是塑造和揭示主要人物的主要手段，而一个成功的主要人物，即使是在短篇小说中，他也会面临压力之下的多重选择。那么，这些压力从何而来？压力由几种因素构成？涉及冲突的几个层面？

像我们在日常生活中一样，没有一次选择会是面临单纯的压力，压力总是要由多种因素构成，使我们面临多层次的冲突。在小说叙事当中，聪明的小说家总是会将繁杂的叙事任务交给小说中的多位人物来承担，主要人物和对抗人物分担一部分，在事件和冲突的叙事中渗透一部分，最后剩下的便是必须要由次要人物来表演的部分，同时这种表演还可以顺便完成丰富事件的构成等工作。

贾宝玉最终面临在林妹妹和宝姐姐之间做出选择，而所有外部压力的构建在林妹妹和宝姐姐刚刚出场的时候就已经开始了，这中间有多少人说过多少话、做过多少事，这些言语和行为在完成自身叙事任务的同时，都在为这个故事最终的选择制造压力。高明的小说家必须精通"指桑骂槐""李代桃僵"之术，故事的趣味性总是要求小说人物的言语和行为既要有"近指"，又要有"远指"。

第三种，主要人物的转折点。故事的转折点是主要人物做出的选择和选择之后事件的发展趋向，也是主要人物必须要承担的后果。它会使主要人物走向成功？还是再次面临挫折？或者是在最后的转折点上虽然取得了成功，但付出的代价比失败还要大？

通常我们会认为，故事的转折点是在主要人物和对抗人物相互对抗与冲突之中完成的，是主要人物独自选择与行动的结果，是这样吗？从戏剧结构的梗概中看起来可能是这样的，但在实际操作上却要复杂得多。要想让小说充满趣味，仅仅依靠主要人物和对抗人物是不够的，特别是在转折点上，聪明的小说家应该像阴谋家一样，利用次要人物出来"搅局"：他们可以制造迷雾或澄清事实，可以引发契机或破坏契机，可以协助主要人物或助纣为虐，可以同时帮助对抗双方但又同时阻碍双方，可以创造将主要人物引向歧途的危险或阻止他错误的选择，可以在最后的转折点上阐发意义或消解主要人物辛苦实现的意义。总之，只要是事件中可能发生的事情，次要人物都可以做，唯一不能做的就是代替主要人物做出选择并采取行动。转折点是小说趣味的中心，主要人物与对抗人物的持续冲突是小说的脊柱，这一切又都因为次要人物的参与而变得丰富多彩。

第四种，揭示主要人物真相的需求。能否揭示出主要人物的真相是出色小说家与平庸小说家的分野，也是小说深刻地触动读者，令其难以忘怀的关键。因为人物真相往往是主要人物潜意识中隐秘的欲望，所以只能由主要人物自己在压力下通过选择与行动来揭示，但揭示的过程却是以事件的形式来完成的，无论如何，次要人物总是要参与进来的。如何让次要人物成功地参与到这项隐秘的工作中来，一直是小说家的难题，因为次要人物无权进入主要人物的潜意识当中。

然而，这并非小说家难以逾越的障碍，因为在小说叙事技术中还有两件微妙的武器——隐喻和象征。在麦康伯先生被他太太射杀之后,海明威如何让次要人物猎手隐喻麦康伯先生的人物真相？猎手与麦康伯太太的对话——"干得真漂亮，"他用平静的声调说，"他早晚也要离开你的。"再如《白象似的群山》中，无言的群山和尚未到来的火车作为次要人物参与到故事中所产生的象征意义。隐喻和象征是两项精微的技术，欧洲小说从诗歌与戏剧中引进了这两项技术，并成为传统。我们汉文化的诗歌中也有丰富的隐喻和象征系统，然而我们的现代小说却很少从中获益。

当然，除了以上几方面内容之外，次要人物就如同主要人物身上的寄生物，就如同现实生活中我们周围的人和事物一样，每时每刻、方方面面都在对主要人物产生着直接或间接的作用，但如何将这种纷繁的作用巧妙地转化为叙事力量，使之可理解、有趣味，便需要小说家的创造力了。

3.满足对抗人物的需求

我之前谈到过，主要人物必须要在压力之下进行选择并采取行动，而这个压力主要来自于对抗人物。如果对抗人物不够强大、不够聪敏，主要人物的选择和行动便会显得软弱而无趣。因此，对抗人物是小说中仅次于主要人物的重要角色，创造对抗人物对小说家的要求，几乎与创造主要人物的要求相当。我还要特别强调，对抗人物与主要人物一样，在小说事件中也同样面临着压力之下的选择和行动，其中包括主要人物给他的压力，也包括伦理、历史与环境的压力，同时还包括次要人物造成的压力。

小说的压力绝不是单方面的,而是对抗双方互为压力,所以次要人物满足对抗人物的需求并不等于简单地成为他的"帮凶",即使是"帮凶"也可以既给予主要人物压力,又给予对抗人物压力。这种情况在人物较多的小说中表现得尤为突出,例如《雨》中的叙述者麦克法尔医生,作为一个次要人物他表现得很全面,在主要人物牧师和对抗人物妓女两方面,他起到了几乎相等的作用,而且这种多样化的作用自始至终。偏激一点说,在小说最后的转折点上,如果没有医生夫妇作为见证者存在,"犯罪"的牧师也许就不会选择自杀,而是选择隐瞒和苟活;同样,如果不是因为有了医生这个次一级的对手,妓女最终也不会选择用挑衅的方式来羞辱传统道德。

对抗人物对次要人物的需求与主要人物几乎是相同的,同样,在小说创作中,我们花在对抗人物身上的力气也应该与主要人物相当,没有深刻而精彩的对抗人物也就没有深刻而精彩的主要人物。

4.满足文化特征的需求

罗伯特·麦基说:"原型故事挖掘出一种普遍性的人生体验,然后以一种独一无二的、具有文化特性的表现手法对它进行装饰。"这话说得有些道理,但有一点玩世不恭。小说这个文体自发明之初便面临着这样一个难题:人类的故事原型是很有限的,而表达方式却是无限的。因此,作为独立思考的小说家,我们所做的工作就是要为故事与表现方式选择一种独特的组合。

关于小说的叙事技术我已经讲了许多,通常情况下,对小说技术进行创造性运用便是小说家对表现方式的选择。然而，仅仅是技术还很不够，当原型故事被植入特定文化环境的时候，或者说当我们从特定文化环境中挖掘出原型故事的时候，在事件、人物、意识与行为方式上所附着的浓重文化特征是不应该被剥离的，因为它是"这一部小说"重要的趣味来源之一。这也就是说，将独一无二的文化特征融入事件、人物、行为方式和意识之中，是小说趣味的第十三个来源。

那么，在表现文化特征时次要人物是如何起作用的呢？首先，我在前边讲过的次要人物的所有作用，都应该在浓厚的文化背景之下进行。其次，次要人物由于在故事主干的叙事中压力不大，他们便有责任从主要人物和对抗人物身上主动分担这项工作。再次，主要人物和对抗人物通过选择与行动来"表现"文化特征，而次要人物则多半通过言语和行为来"表演"文化特征。需要强调的是，所有对文化特征的表现与表演，都应该与叙事同时进行，小说中不应该存在任何脱离于故事需求之外的孤立的表现与表演，更不要说笨拙的叙述了。

◎ 次要人物的设计原则

1. 从扁形人物到半圆形人物

这两个概念是《印度之行》的作者福斯特提出来的，他还有一个概念叫"圆形人物"。简单地说，扁形人物就是概念人物或者符号人物；半圆形人物是在形象、内容上刚刚脱离概念人物，但距离圆满还有一段距离。这两个概念基本上能够概括次要人物的基本形态。圆形人物是形象丰满，近似于真实人物的小说形象，多用于塑造主要人物和对抗人物，很少会用于次要人物，特别是在中短篇小说中。

设计小说人物时，我们自然应该记住一点，就是小说人物永远也不能等同于真实生活中的人物，他们只是对真实人物的隐喻。有了这个认识，我们在创作中就能有所自觉，能够明白小说中的人物形象是由各种特征组成的，外在、性格和心理的特征越丰富，人物也就越"圆"。然而，小说是一个有限的文本，它没有空间让每一个人物形象都丰满起来，小说创作的目的是对生活的隐喻，是揭示生活的真相，自然不需要小说家在每一个人物身上花费同样的力气；同时，小说故事也不允许次要人物太丰满，以至于分散读者的注意力。

通常情况下，小说中的次要人物多数都是扁形人物，赋予他多少特征，是小说家根据故事需要所做的加减法，而在小说家的创作意识中，在给读者预留的联想空间中，次要人物作为"真实人物"的其他特征则被留在了小说文本之外。

第一种，单一特征的次要人物。不论这一特征是外部的、性格的还是心理的，小说家总应该想办法让读者牢牢记住这一特征，当这个人物再次出现的时候，读者只需通过这一点便能记起他的存在。而对于出色的单一特征人物，读者通常会有所期待，因为特点集中，他的表现往往会很精彩。另外，这类次要人物也只需要利用这项特征参与到事件当中，并且产生作用。任何一个成熟的小说家都不会小觑这类次要人物，因为鲜明与精彩，小说家往往会让他们在文本中多次出现，并且承担起各种各样的叙事任务。

第二种，多特征的次要人物。这类人物身上不论被赋予多少特征，必定要以其中的一项特征为主导，由它来引领其他特征。次要人物身上特征的多寡，主要取决于叙事的需要，其次才是人物形象的塑造。这类次要人物在作品中容易表现出色，产生魅力，但也必定会与主要人物争夺叙事资源，所以在中短篇小说中引入这类次要人物时，一定要有所警觉。

第三种，半圆形的次要人物。小说人物之所以从扁到圆，是因为暴露了内心矛盾，显现了人物维。如果人物的言行没有源自内心的矛盾对立，就永远是扁形人物。这类次要人物在故事中最典型的表现，便是有可能做出同时帮助对抗双方或者同时反对对抗双方的事，也有可能在主要人物和对抗人物之间摇摆不定。在多视点的长篇小说中，这类次要人物有时也会自成一个叙事系统，成为主要人物和对抗人物叙事的辅助或批判。他们之所以没能成为圆形人物，还是创作需要的问题，小说家不需要他们有太丰富的人物维，是因为他们与小说的核心无关。

在中短篇小说的创作中，引进这类次要人物应该特别小心，受中短篇小说的文本限制，有的时候主要人物和对抗人物也只能是半圆形人物，如果再引入这类次要人物，就很可能会造成形象的"第三个中心"，会给读者造成多大的困扰可想而知。但是，这并不意味着中短篇小说中就绝不能引入这类次要人物，只是需要遵循三项原则：晚、短、精。所谓"晚"，就是在小说的大部分时间里将这类次要人物当作扁形人物来使用（毕竟所有人物都是以扁形人物的形象开始进入小说的），在小说的后半段，也就是在最需要的那一刻，再让他"圆"起来。"短"和"精"是要求这类次要人物既能出色地完成叙事任务，又不至于形成"第三个中心"，所以必须通过最简短的文字，让他们表演出最精确的言语和行为，来完成由"扁"到"半圆"的过程。

2.多功能人物

有许许多多的原因会造成小说创作的失败，其中最常见的原因之一，就是小说中的人物过多。在以往的小说评论中，常常会听到这样一种不负责任的赞誉——人物众多；也有些不成熟的小说家迷信于此，认为多一个人物便会多一个表现生活的契机。其实我一直在反复强调，小说不可能"再现生活"，它只能是对生活的隐喻。即使是写作非虚构类作品，作家也会对参与事件的众多人物进行选择，更何况是创作虚构的故事。

虚构故事最大的优点，就是事件的结构与人物设置主要掌握在作者手中，多数的戏剧性冲突、转折点、人物的参与程度等等，都是由小说家精心设计完成的。一部小说，特别是中短篇小说的文本结构，我们应该将其看作是一部精致的机器，而非自由生长的植物，它身上的每一个部件都应该处在恰当的位置，准确地完成自己的任务，这也就是我们学习小说技术并使创作达到自觉的原因。技术上最优秀的小说家也许是这样工作的，他在技术上的熟练程度已经让他无须在工作中小心翼翼地设计，他只需时时地运用小说技术原理来检验正在进行的工作,就能够校正偏差,达到完美。

次要人物是小说家手中最重要的工具,但如果滥用这个工具,就会出现人物过多等问题。要学会精确地使用次要人物,首先要学会合并人物。小说中人物过多往往是因为事件复杂,时时需要次要人物来提供说明性材料,或参与事件进程。即使是长篇小说,文本空间也是有限的,无法容纳太多的次要人物,更何况人物过多必然会琐碎,自然也就谈不上精彩。同时,读者的记忆力也是有限的,太多引入描绘不充分的陌生人物会让他们产生厌烦情绪。解决这个问题的唯一方法,便是合并人物,就是将小说中次要人物的繁重劳动由少数几个活跃的次要人物来承担,这类人物我们称之为"多功能人物"。

多功能人物通常会参与事件的多个侧面和冲突层面,在设计他的时候,既要考虑到他的工具性,也要考虑到他的功能性,让他在情节体系和情感体系两方面都能发挥作用。这类人物进入故事的时候,多数都应具有这样几个特征:第一是"近",他与主要人物或对抗人物的关系很近,甚至与对抗双方的关系都很近,这样就有利于他参与到双方的对抗中来,给小说家的叙事带来便利;第二是"能",不论这个人物支持或反对哪一方,他身上常会具备主要人物或对抗人物自身不具备的能力,这既能使他获得存在的价值,又能在情节的转折上起到出人意料的辅助作用;第三是"弱",不论这个人物有多大的能量、多么精彩,他都不应该具有代替主要人物或对抗人物在转折点上做出选择和采取行动的能力;第四是"谐",在这类人物当中，有一部分需要承担起喜剧人物的工作，至少也应该在小说的喜剧结构上取得成就，这一点我在后边再谈。多功能人物在小说结构中最大的危险，就是他极有可能成为小说的"第三个中心"，这是万万不能允许的，所以小说家在使用这类人物时必须慎之又慎。

3.次要人物的禁忌

次要人物是小说创作的必需，但设计并恰到好处地使用次要人物，却不是一件简单容易的事情。我发现了次要人物会导致作品失败的几个关键所在，在这里拿出来与大家共同探讨。

第一点，次要人物过多，这在前边已经谈过了。

第二点，次要人物比主要人物和对抗人物更有趣味性。这是个大错误，往往是由于小说家对某个次要人物过于偏爱，才会造成趣味结构的失衡。我们必须要记住，次要人物的趣味来源于他的特征，必须是简单的、符号性的。不要听有些理论家拼命地叫喊，小说人物必须都要有丰富的内涵，这些人必定没亲自创作过小说。小说人物必须要内涵丰富指的是主要人物和对抗人物，中短篇小说里没有空间给第三个内涵丰富的人物。即使我们当真需要一个内涵丰富的半圆形次要人物，他多数的内涵也应该处于文本之外，处于读者的联想之中。至于说一部小说中有多位内涵丰富的圆形人物的现象，只能出现在篇幅巨大的长篇小说中，比如《战争与和平》，而且这类小说中所有的圆形人物没有一位是次要人物，因为他们都是各自故事范围内的主要人物和对抗人物。

次要人物，即使是喜剧人物，不论他身上的趣味性有多么鲜明，都是完成小说赋予他的叙事使命的必要需求，不能多也不能少。小说的中心趣味只能来源于主要人物的选择与行动，来源于主要人物的人物维，来源于人物对抗所形成的高潮与转折点。如果次要人物的趣味性形成的魅力超越了主要人物，小说家就必须毫不留情地减少他所占的篇幅，降低他的重要性，要不惜一切手段使他的"魅力指数"低于主要人物。如果对抗人物也在小说中出场的话，次要人物的魅力也必须得低于对抗人物。小说中只能有主要人物这"一个中心"，或者再加上魅力程度略差的对抗人物这"第二个中心"。如果我们不能有效地扼制次要人物的膨胀，小说中就必然会出现"第三个中心"，而且是起干扰作用的"第三个中心"。

第三点，次要人物不能占用过多的篇幅，这一点不言自明，但有的小说家却偏偏要犯这样的错误。

第四点，次要人物不能成为重要戏剧性场面的主角。特别是主要人物在场的情况下，即使次要人物是叙述人，即使他带来了至关重要的信息，即使他为主要人物谋划绝妙的主意，即使小说家为次要人物设计精彩的言语，如鲠在喉，不吐不快，我们都必须让读者清楚地意识到谁是这个场面的中心人物，谁是需要读者自始至终关注并终将给读者带来巨大情感享受的那个人物——只能有一个，就是小说的主要人物。

第五点，次要人物不能成为转折的契机。中短篇小说的转折点是有限的，是揭示主要人物和对抗人物的重要资源，绝不能浪费在次要人物身上。

第六点，次要人物没有权利"多嘴"。次要人物的"多嘴"是多方面的，有的时候小说家为了省力气，总想让次要人物替自己多交代一些事情，从而自己可以不用费心设计行动来表演这些事情。这类错误即使在有经验的小说家身上也会出现，这是小说家自身的问题，因为他明明知道只需费些心力就能做到最好，却选择了省心省力却无趣的办法，这只能说明他对自己要求不严格，对小说创作这项严肃的工作不够尊重，同时也是对自己的不尊重。这个错误往往涉及小说中的叙述部分，叙述是一项原始却很有效的叙事方法，我们无法避免在小说中使用叙述。然而，无论小说家的语言文字多么精妙，叙述终归是一种粗糙的概括性手法，永远也没有能力代替人物的"表演"，所以小说家对叙述的使用一定要慎重，特别是对过程的叙述。只有当事件过程是必须交代的"枝节"时，特别是在事件过程由次要人物进行"转述"时，为了避免拖累叙事速度，也是为了避免分散读者的注意力，小说家才能使用这种无趣的叙述让次要人物"多嘴"。

次要人物最不可原谅的"多嘴"是"漏底"，这就如同说相声，逗哏费尽心力铺设的包袱，却被捧哏先把"底"漏了出来，包袱自然也就不响了。相声艺人抖包袱的技术是从说书讲故事的艺人那里学来的，而小说家的技艺也同样来源于说书讲故事的艺术，所以抖包袱应该是小说家的基本功，只不过小说家的包袱与相声艺人的包袱有所不同，小说的包袱"皮儿厚"而且"杂碎多"，抖起来比较慢。小说家在设计故事的时候，也是要"三翻四抖"，一步一"底"，但小说家的"底"不是笑料,而是转折点的契机、主要人物的选择、对抗人物制造的下一个危局或人物真相,因此在创作过程中,所有这些关键内容绝不能从次要人物的嘴里漏出来。一旦事先漏了"底",等读者读到关键所在的时候,便会产生早有预料的感觉,便会认为自己比小说家高明。读者的信任和敬重是小说家赖以生存的命脉,小说家一半以上的才华都被用来营造这个新奇的、引人入胜的境界,用来反复说服读者信任他的才能,相信他所讲述的事实,一旦被读者发觉小说家在这一点上其实并不比他们高明,读者便会将小说家弃之如敝屣。

关于次要人物我就讲到这里,再多说一句,我们学习小说技术的目的,就是要学会利用有限的资源和空间来隐喻真实生活的手段。从这个意义上讲,小说中的任何一个组成部分都应该是"增之一分则长,减之一分则短",恰如其分最为重要。这也是我们要让次要人物成为多功能人物的原因。

第六节　喜剧人物

　　与戏剧分类不同,在小说中并不存在喜剧小说这一门类,只有小说中的喜剧因素、喜剧结构和喜剧人物。小说中的喜剧与悲剧一样,同是表现生活的重要手段,而且是读者最易于接受的手段。掌握了小说中的喜剧技术并且能够创造性地运用,至少可以让读者不会感到乏味,同时喜剧技术对生活的隐喻能力极强,且会形成便于记忆的深刻。

◎ 喜剧因素和喜剧结构

　　喜剧结构是一种由预设的喜剧因素在关键时刻发挥作用的戏剧结构。通常情况下,小说的戏剧结构往往是正剧的和悲剧的,然而小说是生活的隐喻,现实中不论多么悲惨的生活,内中也必定存在喜剧因素,也会形成喜剧结构并产生喜剧效果,所以在小说中出现喜剧结构是这门艺术的必然需求。从另一方面来讲,如果我们的小说都像当下的所谓现实题材小说那样,一味地追求眼前的"深刻"、悲惨、怨恨和丑恶,读者很快就会产生厌恶情绪,因为读者肯花费时间读小说,一半是出于认识生活的需求,另一半则是为了放松情绪。

小说之所以能够产生魅力,让读者紧张、焦虑或无聊的情绪得以舒缓,是因为它能够提供给读者巨大的、独一无二的情感满足。这种满足虽然往往来自于小说最后的转折点,但在整个阅读过程当中,小说家也有义务提供一些"异样"的表现手段,以及不同视点下的对生活的隐喻和认知,当这种利用反差产生新奇与睿智的手段出现在正剧和悲剧中时,便是喜剧手段,也是小说巨大的趣味来源。

因此,在小说的戏剧结构中植入精巧且收放自如的喜剧结构,是小说趣味的第十四个来源。

什么是喜剧因素?简单地说,人物冲突三个层面上的所有内容都是戏剧因素,而凡是能成为戏剧因素的内容,也都能成为喜剧因素。由普通戏剧因素向喜剧因素转化的关键,则在于小说家的预先设计,使这些因素被纳入到喜剧结构中来。要知道,真正的喜剧并不是由人物故意表演出来的,靠表演所达到的效果并不是喜剧,而是滑稽。真正的喜剧是结构性的,在这样的结构中,即使人物表演的是悲剧,喜剧效果仍然存在。

举个简单的例子:一位中共地下工作者、军统少校、敏感的知识分子,且有洁癖,在压力之下不得不将并不存在的太太接来同住;因为女学生都到延安去了,上级领导只好挑选了一位最优秀的女游击队员充任他的太太,但这位太太出身农民,性格执拗,不识字且吸烟袋——只因一时找不到合适的例子,只好用本人的拙作充数,这部短篇小说名叫《潜伏》。这篇小说表现的是个悲壮的故事,但两个人的关系却是喜剧结构。为什么会如此呢?因为不谐调。

不谐调是喜剧结构的根本，而形成反差是造成不谐调的最便利手段。在日常生活中也是如此，如果某人上身穿着西装礼服，下身却只穿一条短裤，这便是喜剧效果；如果这个人物如此穿着存在于巨大的前因和事件之中，例如婚礼、谋杀、庆典或者逃亡，喜剧效果就变成了喜剧结构；如果这个人物的特征和真相还能对这个喜剧结构有所支持，便有可能造成尖锐的深刻与巨大的愉悦。

由此我们可以看出，喜剧并不一定需要滑稽演员。多数结构性喜剧中的角色都是正常人，他们身上没有一点点喜剧色彩，但在某一位置和某一时刻，他们却因为预设的喜剧结构而产生喜剧效果。还有一点需要小说家特别注意，那就是人物特征和人物真相对喜剧结构的支持。不涉及人物内心的喜剧结构难以产生力量，人物内心世界同样是产生最深邃幽默的渊源。由于喜剧结构与人物特征、人物真相的紧密结合，产生的喜剧效果也就自然而然地成为小说结构的有机体，而不会游离于小说结构之外。

其他常见的喜剧结构还有误会和阴差阳错等，设计起来并不难，但需要严格把握分寸，特别是文化背景的分寸，否则容易给读者造成虚假的印象。还是拿前边那位上穿礼服下穿短裤的先生为例，这种反差只是一种普遍效果，但是如果在某个特定的环境中，即使他的衣着一丝不苟，只是上衣口袋中的手帕搭配错了色彩，也同样会造成喜剧效果。

综上所述，我们又得知喜剧结构有三个主要来源：环境因素、人物特征与人物真相、文化背景。当我们为小说设计喜剧结构的时候，只需从这三个方面找材料便不会出大错。另外还有一点需要强调，通常情况下喜剧结构都不会成为小说的主体结构，而只是小说结构的一个组成部分，如果一定要让喜剧结构成为小说的主体，那么必定需要悲剧结构参与其中。悲欣交集才是强烈而深刻的情感体验，两者缺一不可。

◎ 喜剧人物的基本特征

不论是现实中的人还是小说人物，每一个人身上都存在着喜剧因素，然而小说中的喜剧人物与其他人物的区别，在于他的喜剧根源存在于人物特征和人物真相之中，简而言之，这个喜剧人物在某些事情上"执着且不自知"，或者"执迷不悟"。

通常情况下，虽然主要人物在实现欲望的过程中也会表现出"执迷不悟"的部分特征，但多数小说家都不会将主要人物设计成喜剧人物，其中有这么几个原因：第一，将喜剧人物作为小说的核心，会使小说对生活的隐喻能力变得过于尖锐和狭隘，因此只有讽刺小说家才会这样做；第二，喜剧人物不容易赢得读者的尊重，小说家通过喜剧人物的选择和行动揭示出来的见解和人物真相，很容易被读者简单地理解为偏执，而非真知灼见；第三，主要人物产生魅力的重要原因，在于他对读者产生的移情作用，如果读者没有甘愿代替主要人物完成这段经历的渴望，或者读者不愿意将主要人物与自己相比拟，这个人物的塑造也就等于失败了，而现实生活中没有人希望自己成为喜剧人物。

从小说家的历史责任感和社会责任感来说，即使不是为了教化民众，小说家选择的主要人物也常常会是悲剧人物，至少也应该是具有悲剧意识的正常人，然而只要条件允许，睿智的小说家也总是很机敏地在这类悲剧人物身上注入一些喜剧因素，并巧妙地运用它们。从无数经典作品中我们可以看到，前辈小说家采用这种方法对主要人物进行设计，为小说史增添了众多精彩的典型人物。因此，在悲剧人物身上注入喜剧因素和在喜剧人物身上注入悲剧因素，是小说趣味的第十五个来源。

从小说的人物结构设计上来看，除了主要人物，喜剧人物适合担任其他任何一个角色，包括重要的对抗人物。况且，设计之初便在未来的故事中安插进一个妙趣横生的喜剧人物，也是小说家的一大乐事，他会使生硬的故事变得柔软，使说教变成寓教于乐，使小说家的工作变成娱乐。

我方才谈到，喜剧人物的基本特征在于"执着且不自知"，或者"执迷不悟"，但如何让这个人物执迷不悟？他执迷于什么？因何而不悟？这是需要小说家发挥创造性才能的所在，我在这里只能将可通用的原理介绍给大家，至于如何求变，如何令之生色？就是小说家自己的事了。

喜剧人物的执迷与现实生活中人们的执迷没有什么不同，需要强调的是，当今喜剧人物的执迷已经不同于十九世纪喜剧人物对个体事物和简单概念的执迷，而是进化为对这些事物和概念的变体或幻象的执迷。要想找到这些执迷，就必须从人物的三个冲突层面入手——还记得冲突的三个层面吗？它们是内心冲突、个人冲突和外界冲突（包括与自然的冲突）。

第一种，对简单事物的执迷。最有代表性的是对金钱的执迷，这个题材是十九世纪作家的最爱，如葛朗台老头和阿巴贡。当然还有很多其他的执迷之物，从天体自然直到别人的体味，任何事物都可以成为喜剧人物的执迷之物，关键在于小说家要找到自己创造的这个人物最适宜的执迷之物。

第二种，对概念的执迷。最有代表性的是对地位的执迷，如拉斯蒂涅。当然，可供选择的还有权力、荣誉、门第等，举不胜举。

第三种，对感觉的执迷。最有代表性的当属对爱情的执迷。此外，像虚荣、幻想、追星等，以及被迫害狂等心理疾病，都可以成为执迷的对象。

在现实生活中，人们对某种对象的执迷即使非常强烈，也很难产生戏剧性，这是因为现实生活太过繁杂，干扰因素太多，不像小说这么简单。相对于生活而言，再复杂的小说也是简单的，所以它只能对生活进行隐喻和表现，而绝不能自夸可以再现生活。因此，小说家在设计喜剧人物执迷的后果时，也就是当喜剧人物采取行动时，通常遵循这样一条规律——将喜剧人物的行为和后果逐级放大，直至不谐调。到了这个时候，喜剧人物便被顺理成章地纳入喜剧结构，一切也就圆满了。至于如何放大、如何纳入喜剧结构，这项技术难度并不大,可参考的小说虽然不多,但大家可以找两部成功的好莱坞喜剧看看,大致手段也就清楚了。

将喜剧人物引入故事,并让他们采取行动时,我只希望大家能记住这样一个原则——喜剧人物和悲剧人物的行为方式有着极大的差异。悲剧人物的行为方式是知其不可为而为之,在读者心中引发的情感是崇高;喜剧人物的行为方式是读者知其不可为,但喜剧人物不知,却偏要为之,而且把事情越搞越大,以至于不可收拾,在读者心中引发的情感是同情与可悲。

至于这些喜剧人物为什么"不悟",各人有各人的原因,这得小说家自己想办法。当然,如果小说家不小心让他们"悟"了,这些人物从"悟"的那一刻起,便不再是喜剧人物了。

第二章 / 小说技术点滴

第一节 小说是什么

小说是什么？我总是这样问自己，但每一次的答案都有差异。

二十几年前我刚开始学习写小说的时候，写的是唐代历史小说，那个时候的我认为，小说应该是那些活跃在真实历史事件中，却又被史书忽略掉的人物的故事。于是我认为自己发现了一种巧妙的构建小说的方法，因为它可以让我在历史事件中光明正大地引进"虚构人物"。例如《新唐书》中记载唐中宗是被毒死的，然而到底是谁动手下的毒、用的是哪种毒药、毒药从何而来等一系列疑问，却构成了正史中常见的所谓"字缝中的内容"——没有记载却又客观存在，于是我便虚构了一个理应存在却没有记载的人物，让他进入到这个历史事件当中去，完成了一篇名为《我只是一个马球手》的小说。这部作品的写作过程也是我日后提出"历史现实主义"这种观念的发端。

后来当我转向中国革命史题材创作的时候，我又认为，在这段历史生活中，只有我们没想到的事情，没有未曾发生过的事情，所以小说所要描写的应该是那些理应发生的事件和理应存在的人物。不过我清楚地知道，这种观念会让我站在一个非常危险的边缘，一边是历史的可能存在，而另一边却是历史的虚无主义，如何在两者之间站稳脚跟，把握住真实可信的历史实存，是个至关重要的问题。同时，这种观念还存在着另外一种危险，那就是既然没有不可能发生的事情,那么为了小说的好看,为了吸引读者的注意力,作家便有可能"无所不用其极"。这是一个比历史虚无主义更危险的趋向,是一种不负责任、自造历史的趋向,完全违背了唯物史观的基本原则。这些年来,为了在这样一种危险却又行之有效的观念之下进行写作,同时还要使作品达到历史现实主义的标准,我就不得不小心谨慎地做好三方面的工作:第一是坚持唯物史观,第二是坚持史实的真实和细节的真实,第三是坚持事件逻辑与人物真相的合理化。

除了历史小说创作之外,近年来我还写了少量的现实题材作品。这些作品没有什么重要性可言,但在小说观念上却让我有话可说。这个话题来源于曾盛行于文学界,且在报刊文章中被人多次提及的一个观点:"小说家的想象力永远也比不上现实生活的丰富性。"其实这个观点是一个伪命题,原本应该是小说家的"敌人"拿来攻击我们的,不料如今却被我们自己广泛传播,也就难免会让小说家显现出一种犬儒主义的偏执。

在小说创作上,这个观点必将会造成几种混淆。第一种混淆,我刚谈到了两种历史小说创作的观念,如果把这个观点放进去,却是很有些趣味的,因为历史小说创作是在信息缺失的情况下进行的,被史学家忽略的东西需要由小说家来补充,于是小说家的想象力和合理推断的能力在这里就显得十分重要。然而,在处理现实题材的时候,我们并不存在信息缺失的困难,相反,我们其实处于信息爆炸的中心,小说家所要做的工作应该是删繁就简,而不是用有限的想象力去对抗无限的生活现实。这个观点所起到的作用,恰恰就是让作家的想象力失去正确的目标,使作家对自己的想象力丧失信心。

第二种混淆,这个观点会让小说家在"题材决定论"这一谬误上越走越远。改革开放三十年来的文学已经很明显地显示出,任何一次"题材浪潮"都将终结于题材的枯竭,不论是伤痕文学、知青文学、寻根文学,还是近些年热闹非凡的"底层"文学,经历的都是一种逐渐衰败的过程——由题材的生活化进而发展到题材的"奇异化",而衰败的原因就在于很多小说家都自觉地认为这个题材"没有新东西可写了"。

其实这正是"小说家的想象力永远比不上现实生活的丰富性"这个观点的阴险之处,因为它混淆了小说题材与小说内容之间的差异,这也是我要谈的第三种混淆。如果抛开现实生活中种种利益的干扰,冷静下来想一想,我们很容易便能发现,小说的题材仅仅是小说的载体之一,而并非小说的内容,小说的内容应该是小说家的思想和小说家对生活的发现——不仅仅是对生活现象的发现,更重要的是对生活规律的发现,是对深层次情感的发现,是对"典型环境中的典型人物"的发现,是对民族特定心理状态的发现,是对小说叙事方法的发现。小说家需要的并不是题材的奇异性,而应该是对正常生活的认知能力、重新建构的能力和表达能力。小说家的工作应该是化平凡为神奇,而绝非追逐甚至"创作"奇闻逸事——小说题材的奇闻只是小说最原始的形态,早就已经失去了艺术价值。

说了这么许多,我也没能回答"小说是什么"这个问题,但是在每一个创作阶段,我都能找到一个说服自己的答案,这是我能够安慰自己的地方。也许往后多年我还会找到一些新的不同答案，这样一直找寻下去的过程，或许正是小说家理应完成的自我追问与自我修炼的过程，是一个从平凡中发现非凡的妙趣横生的过程。

第二节　如何培养创造力和想象力

我们经常会发现这样一种可悲的现象，有些人在人生的重要转折点上遭受失败之后，或追求某个事关重大的人生目标未能成功的时候，总是把责任推诿给命运，而不是在自己身上找寻原因。小说家在从事创作的过程中，也常会遇到类似的事情。这是因为很多人都不知道，决定自己人生取得成功、避免失败的最根本原因是什么。其实，这个原因就是每个人的创造力和想象力。在这里，我只想着重讨论一下培养个人创造力和想象力的方法。

方法一，吸取前人的经验。虽然人类社会已经有几千年的历史，但人并没有发生本质上的变化，特别是文化传统牢固的中国人。今天的中国人与几千年前的中国人在对待人与人之间的关系上、在重大抉择面前的思考方法和决策依据上、在评判他人与评判自己的标准上，甚至在追求人生目标或现实个人目的的方式、方法上都没有发生明显的变化，这也就意味着，古代中国人的经历和他们得出的人生经验，对今天的中国人仍然具有借鉴和指导的意义。那么，前人的经验又如何与个人的创造力和想象力发生关联呢？

我们应该知道，创造力和想象力首先来源于类比能力。当我们在自己身上积累了几百个重要历史人物的人生经验之后，个人的狭隘人生在我们的视野中就会变得异常清晰，我们所面临的那些选择、决定就会在相似历史人物和历史事件的烛照之下利害分明、道义昭彰，然后我们再结合自己微末的特殊情形，自然而然就能做出正确的人生选择和处理事务的决定。在这里我推荐两部书：第一部是《史记》，它可以给我们提供几百个最出色人物一生的经历，其中蕴含的人生经验是任何一部外国历史著作都无法比拟的；第二部是《资治通鉴》，透过这部书我们学到的不仅仅是面对人生抉择的处理方法，更重要的是树立大局观，学会用历史事件来鉴别今天正在发生的事件。这是两部需要一生反复阅读的著作，即使当作消遣读物也是非常有益的。

方法二，广泛吸收知识。创造力和想象力的第二个来源是联想能力，而联想所依据的却是知识和经验。前人的间接经验我刚刚已经谈过了，现在我们谈积累知识的方法。因为知识这个概念多年来已经被社会生活混淆了，所以我们首先要弄清楚什么才是知识？知识就是那些涉及具体学科和具体事物的正确内容。这样一来，我们在积累知识的时候，就应该有目的、有计划地进行，其中特别重要的一点是，先从自己有兴趣的学科开始。例如，我本人嘴馋、好吃，于是积累知识的工作是从饮食开始的。从什么地方开始，每个人都应该依照自己的兴趣做出选择，至于是天文、地理、植物、动物，还是武器、矿物，或是香水、名车，大家只要开始即可。有一点需要注意，积累知识不是让我们成为专家，而是让我们成为见识广博的人，成为有着大量联想资源的人，所以不论针对哪一类知识的学习，除非与自己的专业有关，否则就只需把握住"知道"的原则就可以了。换句话说，人这一生除了要懂得精益求精的学习方法之外，还必须得掌握浅尝辄止的学习方法。现在我介绍一个方法来学习这些门类众多的联想型知识：一本权威且易懂的专门著作＋个人的兴趣＋半天的快速阅读＝长了一门可以谈论和联想的知识。

方法三，熟练地掌握一本可以使用一生的著作。世间任何人的行为都是有一定原则的，即使有人不承认这一点，那也是因为他们对自身行为没有清晰的认识和没有掌握具体的指导方法而已。创造力和想象力的第三个来源是它在某种方法论的指导下产生作用。没有方法论，人的行动往往是一种混乱的行动，因为没有清晰的标准来自我规范，不知道当行则行、当止则止，所以行为不当、造成失败也就在所难免。

但是，具体哪一部著作最适合我们使用呢？在这一点上，基督教世界使用的是《圣经》、伊斯兰教世界使用的是《古兰经》，而中国人使用的主要是《论语》。当然，进入现代社会之后，又出现了大量的所谓"励志书"，这些东西我了解得不多，就我个人的阅读来看，好像卡耐基的《人性的弱点》还比较有价值。那么，我们为什么一定要掌握前人的准则，而不能自己创造准则呢？因为前人的准则和方法早已经历时间和无数前人的检验，更重要的是，如果我们只是一味地从个人可怜的经历中积累经验，找寻自己的行为准则与方法，结果可能是在几十年之后才意识到，我们发现的那些浅显道理，其实早在几千年前就已经被总结出来了。因此，从学习效率的角度来看，我们绝不应该现在还去求证"勾股定理"，而是应该利用前人已有的成就,并且在此基础之上再创造我们自己的成就。

方法四,动手是培养创造力和想象力的重要方法。如果我们只是一味地积累知识和前人的经验,而不进行实际操作,就有可能推迟创造力和想象力的发挥。年轻作家的生活面狭窄,社会生活经验单调,但这并不妨碍年轻作家利用动手的机会为日后发挥创造力和想象力积累经验,并且从中得到属于自己的成功经验。

在这里有必要说明的是,我所讲的是真正的动手,而不是电脑游戏式的"动手"。电脑游戏表面上给予人们动手的机会、培养观察能力与解决问题能力的机会,其实却在僵化人们的这些能力,并使人类的思维退化为毫无创造力与想象力的大猩猩式思维。

我们学习动手的方法有很多,应该充分利用自己的家庭条件和父母、亲戚的工作特点,从中找出自己最感兴趣的动手内容,这其中没有高低贵贱之分,国画和修理自行车都是很好的自我训练方法。我个人最欣赏的,也用来教育女儿的动手方法是烹调。我认为,在日常生活中,烹调是最能发挥人的创造力和想象力的业余爱好,同时也是培养青少年创造力和想象力的最好方法。简而言之,面对几百种食材和几十种调料,经过几道甚至十几道的操作工序,我们才能经营出一餐的美妙。将这些材料和方法进行有效联想与类比,往往会比我们处理人生中的多数事件更为复杂,比我们成人后从事的创造性工作更为丰富多彩,所以烹调是极为有效的自我训练方法,这也是人类历史各个行业中无数的"大师们"已经广泛证明的经验。

最后我想说的是,创造力和想象力是决定一个人一生中能否取得成功的最重要才能，比学历和有钱的父母都重要得多，因为它涉及我们一生中的每一个重大事件和每一处细微需求。有计划、有目标地培养自己的创造力和想象力，是人生最重要的自我训练，而且只能依靠个人努力，因为没有任何学习班能教授这门课程。再需要说明一点的是，创造力和想象力是后天习得的能力，只要着手去做，就必定会有收获，越是自觉地培养自己，这方面的能力就会越强。等到大家都具有了很强的创造力和想象力，在日后生活中自然就会出类拔萃，在工作中游刃有余。

第三节 脚踏实地，自尊自爱

我要谈的第一点是，文学不能脱离唯物史观。尽管在日常生活中，有些人总是将一些政治、哲学概念妖魔化、极端化，而这种极端化与妖魔化恰好构成当今许多年轻人思想观念上的误区——以为哲学与政治对个人生活是有害的，至少是无益的。这是一个错误的想法，尤其对于作家而言，这是一个非常严重的错误。作家的职责是通过个人的思想和作品来隐喻生活，而这种隐喻的接受者则是广大的读者，也就是生活在我们身边的人民大众，从这个意义上讲，我们根本就无法脱离哲学与政治，单纯地追求所谓"纯洁的文学艺术"。其实，文学艺术永远也无法脱离生活，而生活的精神构成恰恰就是哲学与政治，所以我才会在这里强调有关唯物史观的问题。

需要说明一点的是，唯物史观并不是单纯的政治概念，也不是单纯的哲学概念，它实际上是一种方法论，是指导我们认识事物、发现生活基本规律的方法。对于作家而言，唯物史观既是思想方法，也是工作方法，它可以指导我们把当下的生活放进整个历史史实中进行考察，从而发现当下生活中所存在的可探索、可描绘的规律，特别是那些已经在几千年历史中重复过多次的思想、政治、生活时尚等方面的规律，从而将当下生活纳入到整个人类历史的大循环之中。文学的目的不是再现一时一事，而是有着与哲学相似的功用，那就是发现生活的规律。但与哲学不同的是，文学是通过形象来传达作家的真意，通过美感来影响人们的情感，所以在唯物史观这个问题上，我们不应该有所疏忽，而是应该自觉自愿。

我要谈的第二点是，作家必须要提高自身的修养，特别是道德修养和社会责任感的修养。有关这一点，不单单体现在我们的作品当中，更多体现在我们日常生活的行为当中。我们现在面临的毕竟是一个充满诱惑的生活现实，而文学创作毕竟也是与"名利"密切相关的行业，所以对于这一行业的从业者，有关道德和社会责任的要求就会更高，而作家们要想做到这些也会更难。我在这里所要谈到的自尊，并不是作家生怕别人瞧不起自己，千方百计装扮出一个"大作家"的假象，进而再利用这个假象去吓唬什么人，并借机赢得利益，不是这样的。我所谈到的自尊，是作家应该内敛，应该惯于自我批判，或者在火热的生活中保持住孤寂的冷静，这是自尊的前提，也是自尊的形态。如果作家只被个人利益所驱使，把自己打扮得既势利又傲慢，然后以这种姿态投身社会生活的洪流，那么名利二字恐怕既会成为他们的钓饵，也会成为他们的煎锅。

因此，作家保持一种自我克制的心理状态是有必要的，保持对名利有节制的追求也是有必要的，更重要的一点是，我们必须得要有一种爱护自己的自觉，要爱护自己的名誉，爱护个人情操中最高尚的内容，爱护生活给予我们表现自己的难得机会，还要爱护我们在作品中自我表达的权利和自由。自律产生于自爱，一个不珍惜自己的人，也同样不会珍惜他人，这样一来，他的作品也就不值得珍惜。

我要谈的第三点与创作方法相关。总的来讲，目前许多青年作家仍然处在经验写作的状态之中，他们把小说创作当成了原始的诗歌创作，只知有感而发，缺乏技术控制。其实，在文学创作，特别是小说创作中，作家必须得摆脱经验写作，而应学会自觉写作。作家必须得在写作的同时，着力学习那些在一百年前便已经被总结出来，而且已经非常成熟的写作技术，而不是把自己的大好年华浪费在对这些已有技术的独自摸索上。自觉写作与自发写作是"行家"与"业余"的分水岭，这是个复杂的问题，但对每一个作家，特别是青年作家却尤为重要。因为这个题目很复杂，我在这里只是简单地谈两点：

第一，在创作中自觉地学习小说技术，这就要求我们在向前人学习的同时，还要充分利用个人的创作经历，要把每一篇作品的创作都当成一次考试的机会，既要检验我们对已经学到手的技术的理解深度和运用的熟练程度，也要从中发现有哪些东西我们还没能掌握，或者运用得并不出色。要做到每创作一篇作品，便能让我们在技术上提高一小步，日积月累，必有大成。

第二，知识就是力量。在所有的文学门类当中，对于知识丰富性和复杂性要求最高的就是小说家，因为小说家直接面对生活中无比丰富的人物和细节，社会生活中所有的内容都可以成为小说家写作的对象，而社会生活和社会人物之所以能够成为真实而又精彩的文学形象，则全赖于作家是否有足够准确的知识将它们描绘出来。所以，我在这里建议青年作家朋友们重新制定自己的学习计划，修改阅读方式，要把学习的重点放在阅读那些可以成为小说创作材料的内容上，而不是放在畅销作品排行榜上。这就要求大家阅读的范围要广泛,要跨学科、跨行业,要做到对自己小说中人物的生活了如指掌。只有这样,我们才能做到笔下的人物像真人,我们描绘的生活像真正的生活,然后才能从这种相似性中生出对生活的真知灼见,生出意义。

第四节 间接人生经验与直接人生经验

从事小说创作之前，我研究的古代生活史和近代城市史几乎没有人感兴趣，后来着手的中国革命史又有些不合时宜，便在朋友的鼓动之下，尝试用小说娱己、娱人，结果我错过了民众对人文历史突然爆发的热情，直至今日。但我必须承认的是，改行写小说我一点也不后悔，相反，能以讲故事为生，我感觉很幸运。

决定写小说之初，我有很多顾虑。当时社会普遍认同的观点是，作家必须具备丰富的生活经历，而我只是一个"三门干部"，即家门、校门、机关门，不具备这些经历，特别是没有在"工农兵"中间生活的经历。那么，我能给读者提供什么样的人生经验呢？经过一段时间摸索之后，我发现，像我这样的人要想成为小说家，最重要的一个条件就是学习，需要从前人的生活中汲取间接人生经验，从各学科中吸收知识。这种学习虽然以读书为主，但绝不仅仅是读书这么简单。我觉得，作为小说家的学习，需要有以下几个层次：

第一，对间接人生经验的汲取。因为曾多年将自己浸泡在中国历史之中，所以我发现了这样一个规律——中国人的生活五千年来没有根本上的变化，变化的仅仅是枝节而已。例如我们的人生观、价值观等根本问题，例如我们对待荣耀与挫折的态度，例如我们解决问题的方法，例如我们待人接物的细枝末节……所有这一切构成了我们的整个生活。于是我发觉,在小说中至关重要的挫折、失败和转折点上,现代人与古代人的心态与应对方法,同样都是选择先押上最小的风险价值;在对待爱情、荣耀、"忠孝节悌礼义廉耻"上,现代人与古代人同样擅长变通,善于自圆其说;在官场、商场、职场、市场和战场上,现代人与古代人的表现几乎毫无二致。这样一来我便发现,一部《史记》中记载了多少人生经验,一部《资治通鉴》又记载了多少人生经历,更不要说《二十四史》和浩如烟海的稗官野史。我们常说要以史为鉴,打天下、治天下的人相信这句话,于是很多人成功或失败……值得庆幸的是,任何人的成功与失败,都是小说家的材料,我们为什么面对这样一座取之不尽的人生经验宝库,而自叹个人经历简单无趣呢?

第二,对知识的积累。知识这个概念到今天已经被弄得模糊不清了,其实它讲的是两件事,即"知"与"识"。"知"是"智",就是洞察力和判断力,关于"知"的问题,我等一会儿再详谈。在此我想谈的是"识",类似于古人所说的"遍识山川草木之名"。小说这个艺术门类要求小说家必须掌握并为读者提供大量真实可信的细节,而这些细节和情节的生发,又常常与具体的"知识"相关,所以最大限度地掌握"知识"极为重要,否则我们可能在小说中连道菜肴也写不好,更不要说生发出妙趣了。不过,小说家这个职业虽然要求我们必须得博闻,但并不一定要强记。人的大脑毕竟容量有限,记不住许多具体的东西,但并不妨碍我们记住许多"知识系统"。在这里我可以公布本人吸收诸如星相、饮食、香水、水暖工技术、炸弹、毒药、服饰、土木水电、房中术等杂项"知识"的方法：一本专著(平均二十元,旧书摊上常有)+一壶好茶+一张舒适的躺椅+日后必有用处的学习目的+半天闲工夫=长了一门以助谈资的学问。将这本书快速翻阅之后,有个大致印象,便可将其放在书架上,等到了需要的时刻,再取下来细究端详。

第三,还是关于"识"的问题,这里谈的是"学识"。小说家难道真的像上一段所说,只需些浅表记忆的"识"就够了吗？当然不够！我上段所说的"识"是细节,是生发的基础。为了容纳这些"识",我们必须得给自己建造一个学识框架,而"四梁八柱"的框架是"学科",需要每个小说家根据个人的偏好和天性来选择学科,并长期浸淫其中,积累精而又精、专而又专的"学识"。如果没有这个框架,再多的"识"也只是一团混杂的废料。至于需要哪些"梁柱",不同的小说家有不同的需求,唯一相同的只有一条,就是对小说技术的学习。我对那些小说创作来源于天分或小说技术来源于经验积累的观点深恶痛绝,现代小说技术在一百年前便已经相当完备,在近一百年中又被打破后重建,所有这一切都有脉络、有根源、有专著,是可以通过学习掌握的。因此,当代人学习小说创作是很便利的,至少在小说技术上不必如盲人摸象般摸索,只需自觉学习前人总结出来的技术,然后在自己的创作中反复试验即可。而创造与创新,则是熟练掌握传统之后的事。

第四,关于判断力和洞察力,也就是"知"的学习。这一项能力建立在前几项学习的基础之上,是综合能力,而非单纯的知识。同时,这项能力又与个人的经验密切相关,仅仅依靠间接人生经验是不行的。那么，直接人生经验单薄的小说家又该怎么办呢？我个人浅薄的经验是，我们必须得像一个精打细算的药剂师一样，既要充分利用前人的间接经验，又要善用我们有限的直接人生经验。判断力和洞察力的基础是知识和见识，知识是分析判断的基础，我们可以从前人的经验中借用，但最终做出的判断则必须依赖于直接人生经验，所以我们既要大胆判断，又要小心求证，并借此积累判断事物的经验。人对事物的洞察力是智慧的源泉，它决定着一个人，特别是一个小说家的"高低贵贱"，而洞察力的培养依赖于判断事物的经验，而判断事物的经验依赖于"知识"、间接生活经验与直接生活经验。

因此我才得出结论，既然通过有限的直接生活经验、翔实的知识和大量的间接生活经验，就可以对事物做出"近乎正确"的判断，那么我尝试写小说的时候也就不必因为直接生活经验不足而自卑了。于是，我便干上了这一行，直至今日仍然乐此不疲。

第五节 回家深入生活

中国作协曾做过一次调研活动,听取各地作家"深入生活"的经验。我在天津参加了这个活动,从同行的发言中听到许多真知灼见,深受启发。只是有一点,大家谈论的话题,全都集中在作家如何深入到现实生活中去,是"走出去"的问题,为此,我特地谈了一个作家如何"回家深入生活"的问题。

我谈"回家深入生活"绝不是为了标新立异,也不是反对"走出去"深入生活,而是根据个人的真实经验发现,其实作家在家中同样可以深入生活,而且所涉及的内容颇为广泛,过程甚至可称有趣。

从普遍意义上讲,作家在家庭生活中理所当然会接触到诸如家庭关系、婚姻、爱情、生育、亲友、柴米油盐、住房、教育等各种烦琐的内容,但这是生活常态,是人所共有的。我所说的"回家深入生活"专指作家亲自动手,为自己的作品进行试验与实践。这说不上是本人的发明,只是我在这方面有些心得,而且与众人的观念有些差异,所以才想讲出来,以求觅得三五知音。

我三十七岁的时候,放下研究多年的中国古代生活史和近代城市史,在朋友的"诱惑"之下开始学习写小说。一个生手写小说,自然要选择自己最熟悉的内容,于是我便选择了唐中宗、唐睿宗至唐玄宗开元初年这段充满欲望、阴谋、背叛、勇气和希望的时期为故事背景，选择了当时世界上最大的国际化大都市——西京长安作为小说人物的舞台。这段历史中的人物、事件我烂熟于心，将虚构人物掷入真实的历史事件，以及种种编笆造模讲故事的方法我也掌握了一些，然而一个在当代生活中最简单不过的小事，却成了我难以逾越的高山，那就是西京长安的城市地理。

小说的写作过程其实就是一个说服读者的过程，而在说服的过程中，最重要同时也最容易露出破绽的就是细节。唐代的衣食住行和诸般时尚玩意，我在古代生活史研究过程中都已掌握，但唯独欠缺对于西京长安这座城市的详细了解。试想，一个小说人物在一座曾经真实存在的伟大都城中四处行动，如果我不能为读者提供一些真实的城市信息，并借着这些城市信息生发出情节、戏剧性场面，甚至生发出妙趣，那么这个人物便如同行走在虚空，行动于"鬼蜮"，我便等于放弃了许多说服读者的有力细节，为读者提供的趣味性也会减色不少。

幸运的是，清代的索隐派学问家们对中国典籍做过无数深入细致的工作，只是他们的功绩一直被后人低估。我从他们的著作中找到一本《唐两京城坊考》，清代徐松撰文，张穆校补。这原是我在旧书摊上捡来的一本旧书，大约只花了八毛钱，而且据说这本书至今也没再版。在这部了不起的著作中，有几幅西京长安的略图，还有来源于史料的考证文字。于是，我便根据这几份略图，参考书中文字和在唐代史料中能够找到的相关记载，先是动手绘制了长安的宫城与皇城图，然后绘制了大明宫和兴庆宫的地图。那里是大唐皇室和政府机构所在地,也是政事更迭和政变发生地,有了这几张地图,小说人物出入其间便不会迷路了。

这几幅地图绘制成功之后,我便又开始绘制一幅西京长安的城市地图,将长安一百单八坊的位置标示清楚,标明清明渠、永安渠、漕渠和龙首渠出入长安的流经路线,标明九座城门、所有重要的街道、东西两市的位置。这件工作完成之后,我感觉自己终于相对准确地把握了这座城市的脉络,但仍然没有把握住这座城市的细微之处。于是,我又开始了一个雄心勃勃的计划,打算像绘制皇城和宫城那样,绘制出东西两市的详图,然后再绘制出每一个街坊的详图,将史料记载的商肆、府邸、寺庙和"名人故居"一一在图上标明。然而,我最终也没能完成这项任务,因为我突然发现,对于小说家来讲,对细节真实的追求是相对的,如果我一味贪多求细,便等于舍弃小说创作的初衷,走入当初索隐派没落的歧途。

于是,依靠这些地图,我的小说人物便如同行走在一座被复原的生机勃勃的城市中,每当他进入一座新的街坊时,我便再对这座街坊进行仔细研究,一点也不耽搁小说写作的进程。随着作品积累得越来越多,我对这座城市的了解就越发细致,前边做的任何研究,在后边的小说中又往往能发挥新的妙用。这些地图一直跟随我完成了唐代历史小说的写作,对我个人而言,可谓厥功至伟。

这次亲自动手的经验,为我后来的写作提供了一种工作方法,也就是"回家深入生活"。自那以后,我的小说创作转入中国革命史题材,"深入生活"的目标自然也就集中到相关内容。例如,我曾在家中模仿当年的革命者制造土炸弹（当然，只是模仿制造的过程），当年的革命者很难买到真正的炸药，他们都需要自己动手，利用合法的材料制造炸药——到日本洋行买硝酸铵化肥，溶水提纯后再进行炒制；到英商太谷洋行买白砂糖，研细后当炸药的助爆剂；到美孚石油公司买柴油当作炸药的助燃剂。正因为如此，我在动手仿制的时候才发现了一个关键细节——炒制硝酸铵的时候，散发出来的味道极大，为此邻居们恶声四起。这也就意味着，当年的革命者必须选择远离人群的地方进行这项操作，同样，如果一个没有经验的人居然在居民区里仿制炸药，那么有趣的故事也就应该随之发生了。

除了"自制炸药"，为了写长征题材小说，我试验过用"发熊掌"的方法煮皮鞋、皮带；为了写一个迷信人物，我在家替他摇"金钱卜"；我还在家中养过螃蟹、做鳗鱼面、补车胎、雕山石、把仙人掌养死、拿老婆当对象试验江湖骗术，或试着替在中国坠机的美国飞行员用鸡皮补皮裤……当然，写小说十多年，类似胡闹的事情真是没少干，但其中的乐趣绝非仅仅靠读书、写作就可以得到。我的观点是，要想将小说创作变成一场战斗、一所大学、一种娱乐，甚至是一连串的胡闹，只有想尽一切办法让枯燥的写作生涯充满乐趣，才能耐得住默默无闻的冷落与寂寞，才能坚持到自觉发现此项工作的些许价值，才能不至于走火入魔……

我的这种工作方法绝非正统的方法，也绝不是"放之四海而皆准"的道理，其实它更像是一个伪道理。只是"不做无益之事，难挨有生之涯"，所以我才将自己的这点所谓经验附在此处，以待有缘者会心一笑。

第六节　真实的历史与历史的真实

　　写历史小说的人常常会将自己逼入两难的境地，即故事的戏剧性与历史的真实性在小说中争夺地位的问题。戏剧性没有什么可过多讨论的，它毕竟是小说的重要因素之一，但实现历史的真实性却有些无法避免的困难。面对一段史事、一个人物或一点细节，我们总是不免有几分怀疑，以至于正史也显得有些心怀叵测了。这没有办法，无奈历代正史也是人修的，掺杂些一朝一代的好恶或个人的倾向在所难免，即使是司马迁先生写《史记》的时候，也难免道听途说。至于稗官野史就更不用说了，况且在文学或文化上它甚是有用，但就真实性与准确性而言，由于其向来只作为治史的佐助，我们通常很轻易地表现出一种轻视。

　　那么什么是真正的历史？我想，我们所能够看到的历史极其类似于一幅祖先画像，上面还有小儿涂鸦并糟烂成碎片，而且围绕着这幅画像还有着种种流言蜚语试图左右我们，要想从中发现历史的本来面目，太过艰难了。面对如此的畏途，历史学家有他们的办法，不必我们置喙；倒是小说家的工作来得有趣，我们完全可以下些功夫、弄些手段，使读者相信我们小说中的事情近似于历史的原貌，也就是所谓的"历史的真实"。再幼稚的读者也不会当真把小说当历史，就像人们不相信诸葛亮当真会借东风一样。

"历史的真实"这个概念有些太死板了,应用到写作技术上来,不妨称之为"历史现实主义",或者说用现实主义手法创作历史小说。

　　要想历史小说显得真实,揣摩的功夫最为有用,因为史料为我们提供的仅仅是一个框架,只有骨头,肉还要我们自己来填充。揣摩什么呢?揣摩人物关系,从人情、人性出发,去发现甚至创造人物之间的微妙关系,使之合理兼合情。对人物更是如此,《循吏传》《逆臣传》只讲了一个人身上极简单的事情,作为小说中的人物还所需甚多,史料缺少而小说又需要的东西,就得由我们来补充、修饰,让人物像那么一回事。这种虚构的本领虽说是小说家的基本功,但用在历史小说中则要特别费一些功夫。因为有一个无法回避的困难在等着我们,这些事件、人物大多是曾经存在过的真人真事。历史小说家的任务,首先是写一部好看、真正有意义的作品;其次是要发掘出被修撰正史的人所掩盖的,或者被剪裁掉的东西,通过它们丰富事件、丰满人物,令读者信服。能做到这一点,也许可以算达到"历史的真实",成为历史现实主义作品。

　　我们常说的再现历史,有两方面的含义:一方面是反映历史的精髓,把握住真正的时代精神。这是一个总体要求,做起来很难,却是历史小说家的理想。另一方面就是考据学的功夫,这是一件琐碎而魅力无穷的工作,却又无法回避。试想,人的衣食住行、言谈举止、起居用品、称谓礼仪等,所有现代人可能遇到的问题,在各个时代都会有类似的问题出现,这都需要对史料和考古发现进行细致的研究,而后才能在小说中似模似样地表现出来。不如此,就可能在小说中出现举人们仅挟着文房四宝蹀入考场的荒唐事。最重要的一点，如果这方面功夫下到了，而人又够聪明的话，就极有可能从一个小说家进化为一个作家。

有人曾告诉我，他无须这般麻烦，他只写人性、人情，写人的心灵史。倘若如此，他一定是个现代派小说家，而不是历史现实主义小说家。历史现实主义小说家与现实主义小说家的主要区别是题材不同，写作手法几乎完全相同，他们最重视的莫过于细节的真实。文字描绘细节是小说真正的魅力之一，是其他艺术所无法比拟的。

另有一种情况，就是小说的背景是历史的，而事件、人物完全出自小说家的虚构。这对历史的真实性而言全无妨碍，历史人物的风貌与真实的细节可以给读者观看历史事件的感觉，从而使读者无暇怀疑事件、人物的真实性，如同我们阅读《红楼梦》和《水浒传》的经验。

中国最好的三部历史现实主义小说便是《三国演义》《水浒传》和《红楼梦》，二三百年来再没有出现过可与之比肩的作品，究其原因，首先是人们对历史现实主义小说重视不够，另外就是历史现实主义小说有许多超出写作技术之外的困难，让人望而却步。也许，随着网络技术的发展，历史资料与考古资料不再需要几十年的积累，而是在网络中俯拾即得，那时也许会有更多有才华的人选择历史小说创作。

第七节　作家需要给自己出难题

我写《迷人草》这部小说的目的,原本是想考察人们在日常生活中到底能犯下多大的错误,在歧途上究竟能走多么遥远,于是便选择了人物视点的交叉叙事方式,意欲完全由小说人物自己来表演自己,不单单将他们的错误与错觉展现给读者,还将他们的视听触味嗅等感觉,甚至连同他们的幻觉也原汁原味地演示出来。然而,这却是一种小说人物独占话语权,小说家无处插嘴的叙事方式,为此我吃了不少苦头。

在传统的现实主义小说理论中,原本有一个"种瓜得瓜"的道理。现实主义小说家之所以要完成人物塑造,目的是要给小说一个可操纵、会"行动"的人物,一个有着所谓的独立思考能力和个人化思想的代言人,而在人物身上发生和发展的事件,才是小说家精心设计的故事主体。然而,这等美事只能在全知全能叙述者笔下才会发生,如果换用了人物叙述者的单纯视点,当小说家再想把这些劳什子装入选定的皮囊之中时,就不得不做好被人物摆脱的心理准备,因为在这时"种瓜"却可能会"得豆"。

这应该很像上帝创造了人类之后的感觉,我相信他曾经跟我现在一样感到过后悔,因为在人物视点的叙事方式下,小说人物一旦塑造完成,他便会如同木偶皮诺曹,或者亚当、夏娃,或者大街上任何一个具有独立人格的正常人，小说家从此再也管束不住他的行动，管不住他的嘴，更不要说控制他的思想。回过头来再看这部小说，我想读者一定能够理解我的尴尬处境，此时创作者的话语已经被小说人物踢出圈外，只能眼睁睁地看着他们胡作非为却又无能为力。换言之，当现代主义小说技术发现我已经将它引入现实主义小说创作之中的时候，便发动了猛烈的反叛。

以小说人物为单纯叙述视点的技术在二十世纪才真正兴盛起来，它的优长之处在于能够以接近客观的方式反映小说事实，进而折射生活事实，完成一个对生活的隐喻过程。在技术操作上，叙事过程中所有的印象、情绪、判断、思辨和潜意识全部局限于小说人物的视点，所采取的行动与做出的选择也都是基于人物自身的欲望与判断力。通常情况下，作为人物创造者的小说家此时所能做的也只有对叙事结构的控制与调整，例如对时间的掌握、对叙事次序的编排、对小说人物所占篇幅和出场次数的增减。在这样的小说中，如果小说家胆敢跳出来指手画脚，甚至发表言论并对人物的行为与思想进行评判，那么读者便会立即发现小说家已经违反了叙事约定，并把小说家指认为一个说谎者，因为他此刻已不是在展示生活，而是在干预生活。与此不同的是，传统现实主义小说创作的基本前提，却是小说家对读者有着不可推卸的引导责任，要让读者相信他所叙述的一切都是真实可信的，小说中发生的故事在生活中同样可能发生，所以小说家的参与在此时便被赞赏为对叙事传统的继承，他的评介与指导是可理解的和受欢迎的。

我在《迷人草》这部小说中所做的尝试，便是要将小说人物的单纯视点引入到传统现实主义小说的叙事结构之中，让全知全能的叙述者退出，使小说中不同的人物通过各自视点的叙述，达到相互阐释与相互印证的叙事效果，并借以考察我正在四处宣扬的一个论点，即现实主义文学具有无限的包容性，对任何离经叛道的文学观念和创作技术，都能够包容并吸收，让它们成为现实主义得以丰富并发展的养料。

然而，这次对两种小说技术进行融合的尝试，却把我推入一个两难的境地。

新技术的引进确实使小说在展现生活的时候表现出令人惊异的灵活性和敏锐的感知能力；两个或两个以上交叉视点的叙事，居然使简单的矛盾在无须刻意经营的情况下产生出悬念迭起的阅读趣味；人物之间的错误与错觉在多重叠加的叙事过程中被不断重新认识；对同一事物的多视点叙述，使人物真相在同一个基准点上既得到了对照揭示也得到了自我揭示……因此，我认为这次尝试在技术的使用上积累了有益经验。

然而，最令我担心的是小说的内容，这是两难之一。如果担任叙述者的人物是那种可资效仿的英雄或者圣人，那么我必定会手舞足蹈地甘当他们的传声筒，但不幸的是，在这部小说中人物的思想却常常是错误的，甚至是荒谬的。由他们自主叙事，确实让这段荒唐的生活得到了精细的展示，也给了他们充分的机会暴露他们的谬论，使他们的错误与错觉一览无余。然而，对于这种明目张胆的荒唐和蛊惑人心的"伪真理"，作为人物创造者的小说家却无法进入叙事之中，去澄清事实、驳斥谬误，这当真是一种难以言说的痛苦。这种痛苦的来源其实只有一个，就是担心被误读，担心读者不能领略到这种展示其实是一种"病毒自行发散"的批判方式。

为了解决这个问题，我在小说的叙事结构上进行了多种尝试与改造，试图在多种视点的对照之下产生人物思想的对比揭露与自我揭露的效果，使作为叙述者的小说人物在散布谬论的同时又被自己的谬论所揭穿和批判，或者被其他人物的视点所揭露和批判。虽然我自认为已经达到了这种效果，但是我仍然担心，因为这种结构性的批判毕竟隐晦，需要读者的大量参与，而且还需要他们具备良好的记忆力。也许小说创作原本就是这个样子，当你不再遵循前人的路径，而是试图找出一种更便捷、更有效果的方法时，便会常常遇到一些意想不到的写作障碍和阅读障碍，因此我才担心这部小说被误读。

第八节 "折叠"叙述技术

《代号》是我迄今为止写得最累的一部小说,为什么感觉累,有两方面原因:一是我想尝试一种新的小说结构技术,就是将一个完整的故事"折叠"起来;二是我想检验一下我在《小说趣味的来源》中所讲述的小说技术,在操作上的便利性和实用性,以免谬种流传。

首先需要说明的是,将一个完整的故事"折叠"起来讲述,并不是我的发明,在此之前,前人早已成功地运用过倒叙、回述、故事套故事等叙事技术。我的尝试是虽然时常使用回述等叙事技术,但将一个有开端、发展和结局的完整事件,运用调查、回述等方式有机地融入这个事件所生成的另一个事件中,这对我来说还是第一次。

在《代号》这部小说中,"吉田事件"本身就已经够复杂了,因为这次行动出现重大失误,其间种种线索真假难辨,没有一个人掌握全部真相,所以要将"吉田事件"纳入正在发生的更危急、更复杂的"连环杀人案",而且两个事件又互为因果、互为真相,其难度可想而知。

我将故事"折叠"起来写作绝不是为了炫技或故弄玄虚,其实初衷很简单,就是为了节省文字空间,想在有限的文字空间内尽可能容纳更多的内容。于是,将小说"折叠"之后,便会产生几种优劣不等的效果:

第一,"折叠"之后,前边"吉田事件"的线索同样也成为正在进行的"连环杀人案"的线索,"吉田事件"中所有的人物和行为既是怀疑对象,同时又都变成了"连环杀人案"的伏笔、悬念和说明性材料。

第二,"折叠"之后,我可以只用事实概述"吉田事件",只讲过程和因果,无须描绘,这样便将有限的文字空间节省下来,集中描绘正在进行的"连环杀人案"。

第三,"折叠"之后,故事情境由被折叠的"吉田事件"代劳,故事从开始便进入了冲突与高潮,随着读者对"吉田事件"的了解,给当前"连环杀人案"营造的压力比平铺直叙要强烈许多。这样一来,小说的时间就完全集中在高潮时段。

第四,"折叠"之后,每一个人物,不论主角还是配角,都是有故事的人,至少他们将自己在"吉田事件"中的行为与性格带入正在发生的"连环杀人案"。这样一来,出场的所有人物都依托于同一事件,在塑造人物上便节省了许多文字。

第五,"折叠"之后,揭示人物和人物再塑造的任务就更重了,因为文字空间的限制,只能在行动中边塑造人物边揭示人物,塑造集中于细节与情态,揭示集中于动机、行动与转折点。

第六,"折叠"之后,被"折叠"事件可以给当前事件带来足够的压力,并帮助形成转折点。转折点是揭示主要人物的关键,必须要有足够的前因和压力,才能将主要人物逼到需要押上巨大风险价值的转折点上,例如"保护百灵""仓库赎人""播出真相""杀死吉田"等。这些人物的转折点并非他们自觉自愿去做,而是情势所迫,不得不做。每当这个时候,来自"折叠"事件的压力与当前事件的压力便重合在一起,形成一股不可抗拒的力量,逼迫人物必须做出"知其不可为而为之"的选择。

第七,"折叠"之后,最大的缺点就是因果关系太过复杂。在被"折叠"的事件中,每一个人物、每一次行动、每一处关键细节都有着真真假假的前因后果,而这些前因后果在进入当前事件的时候,虽然能形成扑朔迷离的悬念和内容丰富的事件、人物关系,但如何才能条分缕析地传达给读者,一直是令我头疼的问题。要知道,小说写作的过程其实就是一个说服读者的过程,作家要说服读者相信我们所讲述的一切都真实可靠,而真实可靠最直观的来源就是人物、事件的种种因果关系,因此在处理双重叠加的因果关系时,稍有不慎便会被读者怀疑,进而又会被读者抛弃。

第八,"折叠"之后,另一个缺点是被"折叠"事件的趣味性难以处理。"吉田事件"本身完全可以写成一篇独立的作品,然而将它"折叠"到"连环杀人案"当中时,针对它的叙述就有了限制。首先,不能集中叙述,否则脱离当前事件的大段叙述必然导致读者注意力的游离。其次,还要将被"折叠"事件打散后充分利用,与当前事件紧密结合在一起,担负背景、悬念、伏笔、人物塑造等一系列任务,然而给被"折叠"事件的文字空间又太小。这样一来,如何将文字运用到极限,用最少的文字讲述最多的事实,同时还要讲得有趣,这是作家面临的严重挑战。

第九,"折叠"之后,两个事件叠加导致人物的行动太密集,让我没能把故事中的喜剧因素充分发挥出来。小说中虽然有喜剧人物,例如茶房、安德森和蓝小姐，但是故事的本质是结构性喜剧。换句话说，主人公冯九思与杨炳新的关系、与上级领导的关系、与蓝小姐的关系、与安德森的关系，其间充满荒诞与误解。也许是我太自以为是，太想掌握这门技术——用极少的文字讲述极复杂的故事，将整部小说的字数限制在十七万以内。无奈之下，只能用冷幽默来代替这门技术真正的喜剧情境，便失去了许多调整节奏、愉悦读者的机会。

　　总的来讲，这个故事讲述得是否成功，还需要读者来评判。要想掌握一门新技术就必须亲自动手，我确实又实践了一次。小说创作是一项充满挑战的工作，既需要冒险，也需要自我激励，我希望自己没有辜负这个行业，能够给它带来尊严，而非玷污。

第九节 小说设计中常见的三个难题

在设计《接头》这部小说的时候，我必须得面对三个难题。

第一个难题，同类戏剧结构问题。2006 年，我曾发表过一部短篇小说《潜伏》，讲的是中共地下工作中一对假夫妻的故事，《接头》再讲一个假夫妻的故事，让我怀疑自己是否江郎才尽，正在自我抄袭。经过仔细研究，我发现自己对题材和戏剧结构的认识还太肤浅，只是因为戏剧结构"形似"便贸然下结论，却未从文学艺术的本质上看待这个问题。其实，文学从来都不惧怕同类戏剧结构，例如"爱情"，例如"背叛"，同样的戏剧结构曾被许多伟大作家反复地"重复"，这是为什么？原来戏剧结构只是表象而非实质，问题的关键在于，只有当作家在同类戏剧结构中挖掘出与众不同的内容时，这一结构才会历久弥新。

短篇小说《潜伏》讲的是一位有洁癖有知识的中共党员打入军统内部，却被阴差阳错地安排了一位粗鲁的文盲游击队员结为假夫妻，"鸡吵鹅斗"是这对夫妻的日常生活，身份的错位导致他们必须在对抗中工作，这才是这部小说戏剧结构的本质特征。而《接头》则不同，讲的是一位中共地下工作者故意给领导出难题，一定要娶一位"有夫之妇"做假夫妻，道德对中共地下工作者的考验才是这部小说戏剧结构的本质特征。通过这件事我发现，小说家就如同木匠，当掌握了熟练的手艺之后，真正考验我们的则是对木材的认识是否精微、透彻，是否能从差别中发现崭新的价值。当然，等我们自认为对木材的认识有了心得的时候，就必定又会发现我们的手艺仍有缺陷。这是作家身上相互对抗又相互促进的两极，没有完美的平衡，只有被不断打破的平衡。

第二个难题，另类人物的问题。这个问题对于我个人而言不是难题，但是我担心在《接头》发表后可能会有人问，像主人公关大宁这样一个纨绔，身上有着"混蛋"所有的典型特征，让他"混进革命队伍"，会不会给共和国的缔造者脸上抹黑呢？因此，我要在这里做一点解释工作。只要仔细研究中国革命史我们就会发现，在以往的文艺作品中，革命者的形象太单纯了。其实，在早期参加革命的那些人身上，有着非常复杂的身份和动机，单从身份上来讲，社会生活中有什么样的人，革命队伍中就会有什么样的人，不论是旧民主主义革命，还是新民主主义革命，都是如此。从另一个角度讲，革命队伍如果不是如此"人才济济"，也不可能有所成就。因此，我们在此处不必争论革命队伍中会不会有主人公关大宁这样的人，而需要关注这种人对革命事业是否有益。

第三个难题，道德问题。其实，《接头》探讨的主要问题，就是中共地下工作者所面临的道德考验。要知道，革命者必须要面对人可能经受的所有考验，而道德考验则是其中最难下结论的一种。特别是关大宁这样的人，他需要面对的考验必定要比工农出身的革命者复杂得多，也严酷得多。在这部小说中，我特别专注于在主人公身上施加道德考验，就是为了说服读者相信，在革命队伍中像关大宁这样的人是可以做出贡献的，他在经历无数考验之后，也是可以被改造好的。

讲了这么多难处之后，我想很欣慰地告诉诸君，在完成《接头》的过程中，不单主人公经历了考验，我自己也同样经历了考验。这是因为我总是将自己扮作主人公，想他所想，行他所行，便不由得对这些信仰坚定、品格高尚，却又缺点颇多的革命者生出敬畏之心——我们今天生活得太容易了。

第十节　一篇小说的诞生

《古风》这篇小说准备很久了。"自制炸药"，两年前我便已经在家中完成，但一直没有找到这篇小说的"灵魂"，也就是"独特的人物"和"独特的戏剧结构"。

直到 2009 年春，我与肖克凡进行每周照例的聊天时，无意间谈到了天津大混混儿李金鳌，于是有关"李金鳌二次折腿"的传说，有关天津底层道德的细节便一下子涌上心头。然而，我要塑造的是一位忠诚的革命者，混混儿的生活用处有限，而天津的底层道德在精神层面上高度又不够。

设计小说如同作八股，最重要的是破题，但要破题就必须先出题，也就是用小说题目暗示小说中应该具备的内容。《古风》讲的是个与刺杀有关的故事，这样的故事我写过一些，唐代的有《刺客》，抗战的有《借枪》，循着以往的经验，题目想了很多，要想让题目与内容紧密契合，就必须得达到隐喻、借喻，最好是反讽作用。说到反讽，我一下子便联想到《刺客列传》，想到"豫让刺赵襄子"的故事，再结合我的初衷——在这篇小说中探讨革命者的道德，于是便有了现在这个题目《古风》，即"古人之风"。

好了，现在题目有了，下边就该破题了。主人公是一个背负宿命的"道德君子"，面对着他不能完成的任务，名字也叫李金鳌，这样既可以增加趣味性，在写作中还可以有其他妙用，万一完成后发现这个名字不好，改起来也不过是动动鼠标的事。

我清楚地知道，李金鏊这个人物虽然有足够的趣味成分和可开发利用之处，但达不到"人物原型"的水平，仅仅是"典型人物"而已，因此为他找到"独特的戏剧结构"，就显得尤为重要了。

一个革命者要刺杀一个汉奸特务，但又深受道德考验？那么，这个特务就应该与李金鏊有独特的关系。我设计了多种对抗关系，最终选定中国最传统且在道德上最微妙的人物关系——"主仆关系"。

小说中对抗人物的重要性仅次于主人公，而对抗人物的能力必须远远大于主人公。于是，对抗人物李善朴既是李金鏊的主人，又是他的导师、恩人，甚至是他少年时的榜样。李金鏊曾经崇拜他，他对李金鏊也有养育、教导之恩。同时，在智力水平上，李金鏊远远不如李善朴。然而，领导却交给他一个任务，刺杀李善朴，而真实的目的却是"内部清查"，找出内奸，因为李金鏊是最大的嫌疑人。

一个革命者如果没有女人，故事的趣味性便有了天然的缺陷。一个妻子？趣味单调！选择"通房大丫头"的角色定位，最初只是为了对应李金鏊母亲的身份。小凤"变戏法"的手艺是随着事件进程，为了避免这个人物失去效用而进行的补充设计，结果居然妙趣横生。只是在故事的后半段，她身上的趣味性几近超过李金鏊，这就是技术错误了。

每一个革命者都有领导，下级与上级的关系很重要，但也容易僵化。于是，我便将李金鏊的上级设计成两个人，一个是内奸，一个是他的结拜兄长，这样一来，故事压力和矛盾冲突就可以进行部分的内部循环。

对于事件的设计，则是遵循着从道德上考验李金鏊的目的来进行的，每一个转折点过后，主人公就会进入更高层面的也更深刻的道德拷问，直至最后的高潮。小说结束时，李金鏊便再不是故事开始时出场的那个人了。

我一直有一个敝帚自珍的观念，认为应该在中短篇小说里隐藏起一部长篇小说。这是个技术问题，也是个文学观念的问题，同时也需付出极大的代价，例如缺少诗意，例如小说语言因为过分追求效率，不得不放弃本身的阅读魅力等。不过优点却是，中短篇小说虽然作为隐喻生活的一滴水，却能让读者品尝到大海的滋味；作为冰山一角，在文本之外还存在可供想象的更丰富、更多彩的故事。不过我时常担心，像《古风》这样的小说，也许过分强调技术了，因此会失去一些虽笨拙但更重要的东西，这需要等我有些进步之后，才能发现其中的关键。

第三章 / 小说与影视剧

第一节 谈谈小说与影视剧

电视剧《潜伏》播出后,亲朋好友纷纷向我道贺,弄得我有些惶恐。同时我又担心这件事会被误读,对天津年轻的作家们造成误导,所以有些话是不能不说的。

首先,电视剧《潜伏》的成功并非是我个人的成功,我只是跟着沾光而已。要知道,小说与影视剧是完全不同的艺术样式,在艺术规律上有着极大的区别,所以作为小说家,对于影视剧的改编应该抱有一种诚实和谦逊的态度。我个人认为,一次成功的改编应该是这样的:小说具有独特的人物和独创的戏剧结构,要远远高于庸常的生活;影视剧的改编应该在原小说的基础上极大地丰富人物和内容,从影视剧的标准上看,剧本应该高于小说;而后,导演和演员要通过每个人的创造力和想象力,将剧本中的美妙更提高一步,要让最终的成品远远高于剧本。这也就意味着,从小说到影视剧,需要跨越三个巨大的台阶,需要众人合作迈出三大步。也正因为如此,参与制作的任何人,不论是光彩照人的明星,还是导演、演员、编剧、小说作家等,没有任何一个人可以独享荣耀,同时每一个人又都会因为影视剧的成功而充分地享受荣耀。这也就意味着,我的短篇小说《潜伏》只是给电视剧《潜伏》开了个头而已,绝非厥功至伟,所以也就没有什么可夸耀的了。

其次,关于怎样才能写好小说的问题,在这里我只能谈些个人的看法。其实，小说、影视剧、戏剧等所有讲故事的艺术门类，都有一个最基本的规律：一部作品之所以称得上是艺术品，是因为必须具备两个基本条件——差别与技术。如果连这两个条件都不具备，那也就没什么可说的了。

说到差别，作家必须先要与文坛有所差别。中国文坛也好，世界文坛也好，每年都会有极出色的作品出现，于是便被许多有势力的出版商和编辑们鼓噪起一股文风、一股潮流。我们必须要头脑清醒地认识到，潮流是商机，并非是文学创作的机会，也不是作家确立自我的机会。潮流只对商人有利，对作家却是有害的。因此，作家既不能跟风，也不必生硬地反潮流而动，作家应该只做自己，反躬自问，看看自己的肚子里有哪些原材料，再客观地审视大到文学史、小到文坛上缺少哪些独特的东西，这其中又大到人物、戏剧结构，小到生活细节，然后再审视我们自己的原材料又能生产哪一种缺少的东西。要想做到这一点，需要作家对文学史有所了解，对文坛有所了解，更重要的是需要对自己有所了解，然后还得耐得住性子，具有置名利于不顾的勇气。

说到小说技术，实在没有什么好谈论的，这就如同厨师需要熟练地掌握厨艺，木工需要熟练地掌握技术，作为一个小说家，熟练地掌握小说技术是这一行业的基本要求，如果连这一点都无法做到，那就实在没什么好说的了。当然，小说技术与其他实用行业的技术有所不同，但也绝不是无章可循，风格虽然是作家个人的，但小说创作的基本规律是共有的。因此，向前辈作家和作品虚心学习就很有必要，那些在一百年前便早已成熟的小说技术，至今仍然被所有伟大和近乎伟大的作家使用着,把这些基本技术学到手,才能确保我们顺利完成有"差别"的作品,才能通畅地、可理解地与读者交流。作为作家,我们不需要考虑制片商,也不需要考虑文章千古事,需要考虑的只有一件事——我们是不是能够坦率、真诚地对待读者和自己。

第三点,关于怎样才能把小说卖给制片商的问题。这个问题其实很愚蠢,毫无意义,但是因为经常被人问及,所以顺便谈一谈我个人的一个近乎玩笑的观点。我认为,作家出卖影视剧改编权的活动,类似于"天上掉馅饼",只不过是恰好掉进某人的嘴里而已。就我个人浅薄的经验,作家如果沿门托钵,四处交际,想方设法向制片商推销自己的作品,多半都是不成功的。因为制片商做的是生意,小说的改编权即使卖得再高,制片商最终都要再投入二十至一百倍的资金,才能完成这部影视剧,而这些投资成功与否,与制片商的饭碗、前程和身家性命息息相关,所以作家不论自以为有多么出色的口才,上门推销的办法多半难以成功。

话说到这里便出现了悖论,为什么会有那么多的作家能够售出小说的改编权呢?别人的经验我不知道,我只能谈我个人浅陋的观点:要想接到天上掉下来的馅饼,唯一可行的办法只有一个,就是独自在家里练习如何把嘴张大。换句话说,要丰富我们的知识、学养,提高认知能力和小说技术,发现并成功地完成有"差别"的作品,随着坚持不懈的努力,我们接馅饼的嘴自然就越张越大,接到馅饼的概率也就随之增加。

第二节 小说家须尊重编剧的劳动

自从得知我的小说《潜伏》由姜伟担任编剧,我的心情便很坦然,这就仿佛我把自己的孩子交给一个公认的博学、自律且认真负责的教师,即将由他教导成人一样。等我读过剧本之后,我的心情就不再是坦然,而是满怀钦佩和激动。我发现,姜伟在剧本中发挥了巨大的创造力和想象力,不但保留住小说中所有可珍视的内容,而且独自进行了充分的发挥和再创造,使这个故事真正成为一次宏大的历史生活的再现,成为一连串跌宕起伏的生命历险,成为一次次对灵魂和生命的深刻拷问,成为一出令人叹为观止的好戏。对于一个小说家来讲,能有人将拙作进行如此辉煌的再创造,我的心情之激荡就不仅仅是满意可以表达得了的。

我第一次与姜伟见面是在电视剧《潜伏》的拍摄现场。姜伟是谦谦君子,总是尽力回避我对剧本的赞美。因此,我在本书中讲讲对剧本的真实感受,同时也谈一谈我关于革命历史故事的一些想法。

其实,不论是小说还是戏剧(也包括影视剧),只要它在讲故事,就有一些共通的原则需要遵循,就有一些基本规律可以帮助我们使所讲述的内容充满趣味性,同时也有一些准则可以帮助我们衡量主要人物和戏剧结构的独创性。

"人物即结构",主要人物决定着故事的走向。在一个真正具有独创性的故事当中，必须得有一个甚至几个性格特征独特且具有丰富内心世界的主要人物。具体到《潜伏》特殊的时代和生活背景，作者在进行人物设计的时候，首先需要面对的问题，就是人物身份与行为的合理性问题。

小说也好，戏剧也好，整个创作过程其实就是一个说服读者或观众的过程，如果我们不能说服读者相信我们讲述的一切，哪怕他们只在一个关键点上对作者产生了怀疑和不信任，他们多半就不会再看下去了。对余则成这个人物的设计，姜伟在剧本中进行了很大的发展，将他从中共打入敌人内部变成由敌人内部投身中国革命，这个转变过程不但带来了开始两集的精彩戏剧冲突，也使得这个人物的身份和思想更加复杂，使他的行为和动机更具有趣味性。而为了使这一切达到合情合理，作者就需要做大量的细节工作——于是，一个具有特殊身份、特殊背景、特殊使命和特殊心理状态的主要人物便被塑造出来，而他本身便具有极大的戏剧魅力。

一个对人性具有深刻洞察力的作家，他所讲述的故事的全过程，同时也是对主要人物人性的各个层面的探索和拷问过程。《潜伏》这个故事中几十个大型的戏剧冲突，强大且难以战胜的对抗人物，以及种种困难得无法完成的任务，最重要的还有余则成的"婚姻"与爱情，都紧紧围绕着一个目的——深入探索这位中共地下党员人性的各个层面。故事中的每一个转折点，都需要余则成在内心深处撕开一道缝隙，将里边最隐秘的世界揭示出来。而在这个转折点过后，他不得不面对的斗争又自然而然地进入了一个更高、更艰苦、更残酷的层次，其结果又将撕裂他人性和内心更深入的层面……不论是他的对敌斗争，还是他对待爱情、对待"婚姻"，或是对待自己人性中的弱点，甚至是在对敌斗争中伦理上的模糊性和难以判断，每一项内容都有着多个层面，而探索每一个层面都需要一系列激烈的戏剧冲突和天人交战般的选择——这个故事成功的关键，首先在于此。

其实，《潜伏》这个故事的成功有着多种重要因素在起作用，我在这里只谈两点。这个故事第二个成功的关键，在于作者对生活的洞察力。不论是余则成、翠平，还是作为对抗人物的站长、马奎和李涯，他们首先需要面对的是特殊历史条件下的生活，是真实的生活，是真实的困境和抉择。故事的戏剧性永远根植于真实的生活，特别是今天读者和观众可理解的生活困境和心理矛盾。余则成与翠平充满对抗和误解的"假夫妻"关系，是这个戏剧结构的根本，是一种前所未见且充满趣味性的戏剧关系，同时也是以往的文学艺术作品从来也未曾涉及的一个特殊伦理话题。由此生发开来，我们便进入了一个全新的人物关系领域，一个全新的伦理氛围，这便使故事中的人物更接近于"自然人"，接近历史的真实。同时，这个新的领域和伦理氛围却对作者提出了更高的要求，要求作者解决一系列全新的、没有前人的经验可资借鉴的矛盾冲突与关系纠葛，解决大义与小节之间的伦理关系，解决"假意"中的"真情"，以及"真情"伪装成"假意"等一系列非常态的情绪与冲突。《潜伏》的剧本在处理这一切的时候，既有举重若轻的智慧，又有"举轻若重"的自我挑战。作家的聪明机智是建立在无数的"笨功夫"基础之上的，作者在这里不避风险，不怕挑战最艰难的选择，不惧将自己逼上绝路，所追求的就是峰回路转之时给读者和观众带来的巨大感情洗礼。为此我要说的是，要完成一分的作品，就必须得有十分的资源储备，还要下足十成的功夫，更重要的是绝不回避作者的自省与自我批判。在这部剧本中，姜伟做到了这一切。

我认为，原创小说作家与剧作家的合作类似一场婚姻，其结果是良缘还是孽缘，需要双方共同努力。如果原创小说不具备独特的人物和独创性的戏剧结构，交给剧作家的便是无源之水、无根之木。同样，如果剧作家不具备丰富的想象力和创造力，他便无法将小说这捧种子培育出春华秋实、硕果累累。时至今日，看过电视剧《潜伏》的样片之后，我终于可以说，我与姜伟的合作是一种幸运，是一次良缘，但愿中国的小说家们都能有此幸运，得此良缘。

第三节 《潜伏》影视剧改编意见

◎ 关于改造已有人物的意见

1.男主人公——余则成

①余则成的外在塑造

小说中余则成的人物外在塑造是老实、斯文、小心谨慎,是个年轻的知识分子,这对于一部短篇小说而言,尤其对于这样一个以翠平为实际戏剧推动力的故事而言足够了,但对于二三十集的电视剧就显得太单薄,发挥余地太小,也不容易让观众产生移情作用,所以从外在塑造上,这个人物要进行几方面的改造。

第一,保留斯文、谨慎的年轻知识分子形象,去掉老实和小心。

第二,注入机智、勇气和毅力,使主人公具有相应的外在吸引力,为移情作用的产生提供必要条件。

第三,明确余则成的知识结构,不论他是喜欢中国或西方哲学,还是具有开快车、跳舞、打高尔夫的美国化生活习惯,或是其他什么知识结构,这都关系到人物的台词品质和部分故事场景。同时,主人公不同的知识结构会影响到后面情节的产生与发展,特别是在转折点上,可以为主人公所做出的选择提供相当可靠的依据。人的判断力首先来源于知识,尽早为余则成确立知识结构,便可以让观众自觉地为他后来的行为、言语、选择等多方面内容找到可信的依据,便于说服观众,确立形象。至于给余则成一个什么样的知识结构,这得看编剧的知识结构,最好是请他拿出自己最擅长的东西,或者本就是他自身的一部分知识结构,注入余则成身上,这样一来,在故事的进程中,不论是大方向还是细枝节,都不会出现由于知识真空而生编硬造的情况。

②余则成的人物维

顺便说一句,人物维就是人物内心之中的矛盾,越是复杂的人物,内心之中的矛盾内容越多,但总会有一些根本性的矛盾,我们称之为"人物维主干"。

第一,小说中余则成的人物维主干有两对:一、他是一个坚定、有理想的共产党员,但是他因为与党组织多年没有直接联系,并不了解现在的党组织。也就是说,他实现理想的主观愿望与具体的与党组织的生疏感之间出现了矛盾,这种矛盾反映到内心之中,便是怀疑与信任的矛盾。而这个人物维主干对情节产生的作用,便导致党组织派来了并不合用的翠平,以及他在为翠平做评价时对组织说谎等一系列问题的出现。二、余则成是年轻人,他渴望爱情,但由于工作的特殊性,他只能"禁欲"。这是他的第二个人物维主干,外化的结果便是他在迎接翠平时必定怀有许多美好愿望,甚至许多美好幻想,然而现实是无情的,组织派来的是翠平。从另一方面讲,也许翠平在上级领导看来应该是美貌惊人、可爱无比,但知识结构和文化背景造成的差异,在上级领导眼中可爱的翠平变成了余则成无法容忍的"太太"。这便是人的欲望与现实的冲突,是结构性的喜剧和荒诞,而类似的事情即使在今天也每时每刻都在发生。

第二,我建议保留上述两个人物维主干,但要强化第一个,也就是在了解与未知的基础上产生的"怀疑与信任"这对矛盾。余则成生活在随时都可能暴露、随时都可能牺牲的危险环境中,他能够坚持下来并且还把工作做好,最根本的意志力来源于对理想的信仰,这是每一个革命者的共性,即使不详加刻画,观众也会自然而然地理解。然而,一个人既然做出了巨大的牺牲为党组织工作,他对党组织最基本、最简单的要求是什么呢?是理解。余则成与任何一个革命者一样,需要革命组织和同志们对他的理解和尊重,而这种理解并非仅仅是相信他的革命意志,而更重要的一方面则是生活化的、现实的,就是理解他的与理想无关的需求,理解他小小的个人缺陷。然而,党组织没能理解他的生活需求——派来的是翠平;翠平也无法理解他的缺陷——洁癖和知识分子的细腻心理。这个人物维主干应该像一条被隐藏起来的龙骨,支撑着全剧的故事脉络,推动情节发展,但尽可能不要将其简单地表露在台词中,以免造成误解。

第三,关于余则成身上新的人物维,是否还应该有一些让主人公感到痛苦、迷惘的内心矛盾,并且由此外化出新的情节?这就请编剧本人根据自身的经验来决定了。但是,新的人物维必须得是与人物维主干相容的内容,它要能对塑造人物和揭示人物真相起到切实的作用,而不能仅仅是为了让人物复杂化,一味地增加人物维,非得让余则成变成哈姆雷特。

③余则成的性格和情感结构

第一，小说中余则成的性格偏于内向，性格力量不够外化，这样的主人公在小说中有自己独特的魅力，但是如果原样地放到戏剧当中，他就会变得很像一个被动的主人公。我们都知道，没有任何观众会喜欢被动的主人公，因为他们要把自己比拟成主人公，要为之移情，所以如何使余则成成为一个主动行动的主人公，是影视剧改编过程中最重要的工作。如果余则成不能主动行动起来，观众就很难产生移情作用，这部戏也就很难成功。

第二，我们前边提到，在余则成性格当中除了保留斯文和谨慎之外，还要注入机智、勇气和毅力，这五项内容都是一个担负潜伏任务的革命者必须要具备的特征，然而如何将每一项优秀的性格特征转化为产生故事、推动情节的动力呢？这是一个需要认真设计的问题。斯文、谨慎这些保守性的性格特征，很明显会使余则成在工作中维持一个相对安全的状态，但是这种保守的性格会不会在关键时刻让他错失良机，或者发生更坏的情节——让他在"审视"过程中等来的却是灾难呢？

第三，为余则成新增加的机智、勇气和毅力三项特征，并不是凭空而来的，而是他本身固有的，只不过在小说中这几项特征并不占据主导地位，占主导地位的是老实和小心。然而到了电视剧当中，当我们要塑造一个魅力十足且区别于以往革命者的典型形象时，就必须得丰富余则成身上的性格特征，使他成为一个结构牢固的"圆形人物"。新增加的三项特征在未来的故事发展中，既与前两项特征共同构成余则成的性格符号，同时它们每一项又都是产生新情节和新场面的根由，而这五项特征之间短暂的不平衡，就又会给余则成带来新的事件和新的危局，因为从人物本身生发事件所产生的魅力和说服力，要远远大于从外界引入的事件。

第四，在情感结构上，余则成对翠平是一种怜惜与不满相交织的感情。怜惜翠平，有社会地位和阶级差异的缘故，尽管他是革命者也无法避免；还有知识差异的缘故，知识就是力量，知识就是地位，知识就是心理优越感；再有就是生活细节的缘故，这是生活优越的城里人与穷困没见识的乡下人之间必然会产生的差异。但是，以上这些都是外在的、表面化的，余则成产生怜惜情感的真正原因，甚至他自己也没有明确意识到，是一种更大的悲悯意识——他是在明明知道自己绝不会爱上翠平、绝不会与她结婚的前提下，对翠平产生居高临下的怜悯，一个特定的男人对一个特定的女人的怜悯。注意，这种情感在余则成的意识中应该是不自觉的，一旦出现便应该被他自觉批判而他实际上又无法克服。

第五，余则成对翠平的不满多半都是外在的，但是在故事的进程中，这种不满要日积月累，有几次要让它达到余则成难以承受的临界点。也就是说，这个故事不应当把危局仅仅局限于革命者与反动派的对抗，在革命者内部由于性格、情感、生活习惯等造成的危局会更多，内容也更丰富。这种革命者内部的危局也恰好是大对抗背景下的生活化体现，会使戏剧的内容更丰富，人物也更丰满。但仅仅是外在的不满不足以完成他们这对矛盾最后的高潮，同样也无法在最后的转折点之后，让他们各自走向不可逆的结局，所以在大背景故事的框架下，余则成与翠平个人之间的斗争所产生的惊险效果和戏剧性，应该会有更大的趣味性和吸引力——他们除了生活和情感的矛盾之外，在对理想的追求上，在坚强意志上赢得了对方的尊重。

④余则成的缺陷

没有缺陷的主人公是最无趣的主人公，但是如果只拿生活中的小毛病来冒充人物缺陷，那么此人便会是无聊的主人公。如果要想在一部二三十集的连续剧中让观众爱上余则成，余则成就必须具有人性本质上的缺陷，让观众在景仰、羡慕之余，还会产生同情、怜惜的情感。当然，在故事中给他造成危局、麻烦的小毛病也是需要的，但必须视故事需要而定，不能给他身上贴太多的符号，否则观众的注意力就会被分散，编剧和演员也会因为涉及内容太多导致哪一样都没做好。

第一，小说中余则成身上最根本的缺陷便是知识分子和富人的优越感。这一点我建议保留，但要降低它的重要性，然后再新增一项更接近本质的缺陷，不仅会使这个人物更加深刻，还从"性格即命运"的层面上构建起人物的悲剧性。

第二，关于新增的性格缺陷，有这么两种可以选择：第一种是内心极度的孤独感，即使在海明威那样的男子汉身上也会存在孤独感，这倒是一个不错的选择。这种孤独感是有依据的，因为他毕竟远离党组织多年，而且一直过着非正常的生活。选择孤独感在故事中产生作用非常重要，它可以让余则成产生幻觉、不信任、不定期的性情突变，甚至对党组织和同志产生短暂的怀疑和不信任，但是不论选择了什么，它也只能是"他人即地狱"的隐喻，而不能让观众将怜惜的情感发展到怜悯，否则会影响革命者的形象，而且对由革命者产生的移情作用而言，也是一种损害。第二种是恐惧，这应该是隐藏在潜意识当中的情感缺陷，只应在最后的高潮到来之前再揭示，而此前他只应流露出对这种长期潜伏工作的厌烦，或表现为主动要求回到党组织身边，与敌人展开正面斗争。除了以上两种之外，我们还可以举出很多种可能性，但是不论我们为余则成选择了哪种缺陷，都不应影响他的正面形象，而应该只将这种缺陷用在加强人物的悲剧性上面。

第三，余则成在日常生活中的缺陷是这部戏中的结构性喜剧因素之一，例如他对吸烟的厌恶对应着翠平吸烟袋，他的洁癖对应着翠平乡下人的邋遢等等，这是维持故事正常进度的必需，也调节观众的神经，使他们不至于精神过度紧张最终导致注意力分散，或者因为故事紧张惊险得太单纯，以至于让观众只看一遍就再没兴趣了。从另一方面来讲，喜剧因素也是塑造人物或交代说明性材料的最佳手段之一。

第四，结构性喜剧是绝不允许用语言来调侃的，也不能用形体动作来夸张，它是生活的必然，就如同余则成与翠平"接吻"时翠平口中冒出的烟一样，对于观众而言是喜剧，而对于人物而言却是更深刻的悲剧。

2.女主人公——翠平

①翠平在故事中的地位

第一，在小说中，整个故事围绕着翠平展开，但是如果改编成电视剧，翠平所占的比重就过大了，所以必须得将余则成上升为唯一的主人公，而让翠平退居到应有的"女主角"地位，只有这样的人物结构，才能生成更多的事件，容纳更多的人物。

第二，翠平在小说中经历的几个事件，在这种长度的电视剧中，作为"女一号"，事件已经足够了，需要增加的只是一些她单独对外交流和行动时的戏剧性场面，特别是她与站长夫人和日后有可能增加的其他坤角之间的戏。

②翠平的性格特征与缺陷

第一，翠平的性格特征不宜太复杂，但又不能将她贬低为一个简单的"扁形人物"。她在小说中表现出来的对参与革命工作的执着、她的鲁莽、她的是非观等都应保留，但在小说中被隐藏在人物行为之下、不宜明言的一个特征，在戏剧中必须要明确地展示出来，那就是她要证明自己。她所有急于工作、急于立功的行为，其实都是要在新同志余则成面前表现自己、证明自己，而不单单是革命需要。那么，她为什么要急于表现自己呢？是因为性格？还是另有隐情？或是想赶紧完成任务，好回去与青梅竹马的爱人结婚？还是她当真爱上了余则成？这些都需要考虑，然后进行合理化设计。

第二，有一点必须得注意，那就是翠平身上所有的缺陷都是本色，是她自认为合理的、无可挑剔的行为与想法，只不过是因为环境发生了变化，使她身上的许多特征甚至优点都在新环境中变成了缺陷。她身上所有的缺陷都应该是让观众可理解、可同情的，所以就绝不能在翠平身上增加恶意，增添那种主观的、出于本心的坏想法和坏行动。翠平给观众的印象不单是值得同情，她还一定要可爱，特别是那种可理解的可爱。

第三，翠平的缺陷既是她的弱点，同时也是她的优势和武器，与不同人物的交往，自然会显露出不同的作用，只有在余则成面前，她的这些缺陷才是真正的无可逃避的缺陷。

③翠平的结局

第一，我希望翠平能够依照小说中的结局，她的牺牲可以使故事达到次高潮，可以向观众证实她内心深处最高贵的品质，然后再将观众带到由余则成的行动引发的、最激动人心的最后高潮。

第二，翠平牺牲的事件设计应该脱离小说结局重新设计。新的结局设计有这样几个前提：一、翠平的牺牲是正面冲突；二、她如果不牺牲，余则成就无法完成任务；三、余则成知道她必定要牺牲，但是没有解救的办法；四、翠平明明知道自己必定要牺牲，但她还是选择了义无反顾。达到这几项要求，翠平这个人物形象便能有一个完满的结局，同时将翠平的牺牲作为整部戏的次高潮，会使观众对未来由余则成引发的最后高潮充满期待。

3.对抗人物——老马

①老马在故事当中的作用

第一,对抗人物是一出戏中仅次于主人公的重要人物,对抗人物越强大,主人公面临的压力也就越强大,余则成的选择、情感、个人魅力对观众也就越发具有吸引力,所以老马必须是一个"坏得很丰富"的对手。在两个人的较量中,让观众能感觉到老马随时都可能战胜余则成,只有在这种强大的压力之下,戏剧冲突才具有可赞赏的价值,观众对主人公的注意力才能得以保持。保持住受众的注意力是关键,不论是小说还是电视剧都是如此,而让受众保持注意力直到故事结束的方法之一,就是主人公在力量上不如对抗人物强大,主人公常常处于危局之中,他所要达到的目的总是充满着千难万险。

第二,为了丰富故事,也是为了刻画余则成和老马这两个人物,应该充分利用小说仅仅提过一句的那个人物,即那个被老马"恭维死的"前任,也是党组织为余则成安排的搭档,让这个人物在翠平到来之后再牺牲,这样他也就进入了余则成和翠平的戏中。这个人物的牺牲,对于老马来讲,可以让观众看出他的破坏力有多大,在未来对余则成会构成多大的危险。同时,这个人物对塑造余则成的作用也很大,还可以生成并推进新的情节。

②老马的人物塑造

第一,老马的主要特征是阴险,既会不择手段地伤害人,也会"潘驴邓小闲"那一套哄人的方法,在他身上要具有丰富的假象和迷惑性,所以选演员时不宜脸谱化,应该选一个外表上很体面的人。

第二,注意将老马与站长区别开来,类似的人物性格配比在政府机关中有很多,大可借鉴。

③老马的主要叙述目的

老马的主要叙述目的就是升官,而升官最快捷的途径就是挖出暗藏的中共地下党员。他前边挖出了余则成的搭档,便顶替位置提升为队长,如果再挖出余则成,他便有希望成为副站长。需要注意的是,在两个政党、两股势力的斗争中,我们必须得挖掘出人物的个人目的,给故事以可理解的发展动力,而不能单纯地依靠阶级矛盾或正义与邪恶之间的对抗。

④老马与翠平的关系

小说只提到老马不时送给翠平礼物,电视剧可以将这一关系加以丰富,让老马在翠平面前把自己装扮成一个痴心的情人,利用各种足以感动小女孩的浪漫手段来追求翠平,向她表达爱慕之意。而他这样做的理由便是"他看到了这样一个可爱的女子居然得不到快乐"。这个理由对站长、翠平,对所有人来讲都是可理解的,也恰恰击中了翠平心底最脆弱的部分。同时,这样一种关系结构生成的戏剧性场面,虽然两个角色都极为严肃,但观众却可能会笑破肚子。当然,他的目的还是陷害余则成。

⑤老马与站长的关系

站长认为老马精明得具有危险性,是一个只可使用但不能完全信赖的下级,所以站长在运用驭人之术操纵老马和余则成时,他对余则成的信任与老马急于证明自己的行为都有了依据。

⑥余则成与老马的较量

虽然他们之间类似于猫与鼠的关系,但这只是故事发展过程中的危险性,是提高故事惊险程度的方法之一。这种危险在电视剧中,必须依托于具体事件与行动,只有这样故事内容才足够丰富,这种危险才能真正发挥作用。具体事件是故事的主干和根本,没有事件做依托,任何危险的人物结构和情感结构都是松散而又站不住脚的。

4.对抗人物——站长

①站长在故事中的地位

因为站长是老马所形成的危险性的依托和后盾,所以他身上的威慑力量要足够大,但这种能力要对观众一点一点交代,让他们一点一点意识到,到了故事接近于终结的时候,观众便会真切地意识到,余则成和翠平的生死,余则成能否完成使命等,都在站长的一念之间,他们只有超越了站长这种更强大的危险和阻碍,才能最终达到目的。

②站长在观众面前的伪装

为了推迟观众认清站长的速度,在故事的前半段要给站长身上设计一些"玩物丧志"的特征,例如在全市大范围抓捕中共党员(相对于余则成所面临的危险,站长去抓别人便是余则成的安全)、大娶姨太太、抓钱,但这都是行动性的,除此之外,还要在他的人物塑造上增加一些有趣味的特征,例如吟诗(高级军统都是知识分子,不论是精通中国古典诗词,还是喜看拜伦和徐志摩都很正常),例如喜欢某种游戏,等等。这样一来,站长给观众的初步印象便会是一个危险性并不大,而余则成完全可以依靠他获得安全的人物。随着故事的进展,站长的伪装被一层层剥开,真相是什么呢?真相就是站长不信任任何人,他只是在利用所有人,同时他也可以轻而易举地放弃任何人,牺牲任何人。历史故事最大的价值就在于观众可以从历史中发现能够证实当今现象的许多内容,况且几千年来人类的本质并没有改变,人类的关系结构和情感结构也没有变,所以不论是古代故事还是当代生活,表演的是同样的事。作为讲故事的人,我们一定要让观众在细微之处发现这一点,而不是让我们告诉他们这一点,因为他们早已知道这个道理,只不过是在我们的故事里印证了他们的结论而已。有意识地让观众发觉自己挺聪明,这也是小说和戏剧所能提供的趣味之一。

5.配角——站长太太、老妈子、税务局长

①站长太太

她是故事中另一个重要的喜剧来源。她与翠平几乎一样鲁莽、粗鲁,行事不管不顾,有的时候固执得近乎不可理喻,但是她们身上都必须要有很可爱的、讨人喜欢的特征,要让观众盼望她出场,但她的戏不宜太多,只在情节必需的时候为她设计戏剧性场面,在故事进程沉闷时,给她一点"小戏"。但是,在她身上有两点需要注

意：一、她身上的外部特征和性格特征要与翠平有明显的区别，毕竟她们的身份、出身、价值观等一切都不同，相同的只是性格特征当中的一小部分而已。二、她必须得对故事的进程和转折有所贡献，不能参与到事件中来的人物，即使再有趣也只能成为障碍，要坚决放弃。

②老妈子

小说由于录入时有一处人称写错了，使老妈子这个人物一下子失去了意义。原文应是："果然，等他回到家中，翠平还蹲在阳台上抽烟袋，他安排的事一样也没做。老妈子在一边打躬作揖地赔不是，说太太这些日子心情不好，先生您要好好说话。他不愿意被佣人看到他们的争吵，不管老妈子是受命于军统局还是中共党组织，这些事被传出去都只会有害无益。"老妈子在故事中的意义，就在于不论是中共还是军统，都不会放任自己的下级，他们必定要派人前来了解、调查、监视，而老妈子也是让观众为主人公担心的因素之一。至于这个角色在电视剧中应该如何发展，就有劳编剧费心吧。

③税务局长

这是个过场人物，戏中这种人物还会有，无关紧要，但如果让他能有一个鲜明的亮相，或在见到余则成时有一小段出色的告白，便是一个让观众印象深刻的类型喜剧人物，虽然只有一场戏，演员也会有出彩之处。

◎ 关于戏剧结构的意见

因为原著小说是严格限定在单一视点下的叙事方式，所以任何一处场面都必须由余则成亲眼得见，而电视剧就必须打破这一点，让叙事方法重归电视剧常见的全知全能的叙事方式，这样才能把故事做大，也便于交代说明性材料，还能方便观众理解。

第一，故事的开端应该先引出一个对余则成构成压力的事件，这个事件可以是上级交代的一项危险的任务，而且难度较大。同时，在第一集中引出"接家眷"的事，这样一来，等到翠平一出场，观众便会一目了然，知道余则成的大麻烦来了，等着看后边出什么乐事吧。

第二，余则成的主动行动和翠平的活动并行且不断交叉的结构，应该是整个故事的主体结构，如果余则成没事可干，整天只忙着给翠平救火，故事和主要人物就都会失去很多表现机会，故事主旨的挖掘也就少了很多的可能性。

第三，在这种情况下，就需要引入新的人物，最需要的人物就是被老马恭维死的余则成的搭档。有关这个人物的设计，见"老马"一节。同时这个人物也会给余则成的行动带来许多全新的，甚至意想不到的内容。

第四，是否要引入党组织，特别是余则成的上级领导，在这一点上我不太有把握，但我总觉得，因为在这个故事中，上级领导的出现只能起到一个简单作用——说明余则成行动的重要性，戏份会极少，人物也容易流于概念化，所以还是放弃为好，这样可以将全部注意力都集中在两位主要人物身上，避免观众分散注意力。

第五，在要不要给翠平引进一个女竞争对手这个问题上，我也没有把握。如果引进的只是一个单方面追求余则成的"女特务"，应该不会影响现有的结构，但是如果在此之外再引出一个余则成真心热爱的女人，故事也就等于生出了第三条线索，难免会弱化主体故事。

第六，关于党组织交给余则成的工作，并且由此给他带来的种种困难这一条线索，如果电视剧是二十多集的话，至少也需要三个故事单元，或者说是三件事。这三件事不能单纯地采用情报工作这一种方式，而应有所变化，例如营救、锄奸、散布假情报、制造恐慌等。

第七，党组织交办的工作应该与翠平主动争取来的工作并行且不断交替，根据不同情况互为主体，甚至相互构成干扰和冲突，而不能采用小说当中简单的处理方法，让两者互不干扰。

第八，改变故事的结局，此事前边谈到了。

第九，归根结底还是那句话，人物即结构，可以构成故事的材料无数，可能性也无数，至于怎样设计这个故事，还是应该从人物自身特征上去寻找线索，然后再生发出故事，而不是先设计故事，再把人往里边硬套。

第四节 《借枪》影视剧改编意见

◎ 故事结构

1.时间结构

首先需要说明的是,这个故事跨越的时间很短,但时段的分布却很广,一天当中的多数时段中都有事件发生,所以在改编之前,我们就应该确定这部作品的时间结构,很显然,"24小时"结构是个可以参考的选项,但不是最好的选项。不过,我们不妨先按照"24小时"结构对小说进行分析和研究,不论最终我们采用哪种结构,对于戏剧性结构和人物的研究都是必需的。

关于模仿与独创性的问题。将这部戏写成"24小时"结构,很容易被人指斥为对美国《反恐24小时》的模仿,然而不论是在小说中,还是在戏剧和电影当中,"24小时"结构早已有几百年的历史,这是一种已经成熟并带有丰富隐喻性和紧张感的戏剧结构,绝非《反恐24小时》的独创,所以在这一点上也不必忧虑他人浅薄的见识。尽管如此,我们还是应该在本土文化特征、人物塑造和戏剧结构的独创性上下足功夫,有关于此,我在后边会陆续谈到。

将这部用主人公单一视点叙事的小说改编成"24小时"结构的影视剧,在时间的调整上难度并不大,难度最大的是如何让24个分段的线性时间里充满丰富而有趣味的内容，充满带有强烈因果关系的紧张情节，如何设计整部戏中主人公本质性的转折点、次高潮和最后高潮（不可逆的转折点），如何设计出一组与主人公具有相当魅力的对抗人物并精确设计这些人物的转折点和高潮，如何设计次要人物在故事进程中所起到的引进说明性材料、引发事件、制造联系等"起承转合"的作用，并且还能让他们自身也完成一个简单而又意味深长的转折与自我更新的生命历程……如果要想让这部戏在24小时之内充满紧张而又趣味丰富的内容，我们就必须发掘小说中已经提供的丰富戏剧性线索，特别是那些处于小说叙事视点之外，在小说中无法得到充分展示的线索。影视剧是全知全能的叙事方式，所以那些出现在小说视点之内和存在于视点之外的线索，都是影视剧可以充分利用的。然而，我在此有必要强调，由于这部小说所提供的戏剧性线索太多，在设计影视剧的戏剧结构时就不能"胡子眉毛一把抓"，应该删繁就简，要让多条副线故事分别在不同的时段中起到重要作用，绝不能一拥而上。有关这些问题，我将在后边关于戏剧结构和戏剧人物的改编意见中详谈。

"24小时"是一种天然的"紧张结构"，观众在看到片名时就会有此预期，如果我们没能提供一个真正的快节奏的紧张故事，观众所产生的失望情绪也必定是巨大的。在这一点上，我们不能仅仅依赖于导演和剪辑的功力，而是应该从编剧之初便紧紧抓住"人物即结构"这个基本规律，让观众从人物自身的"综合特征"上迅速认识并理解这个"紧张结构"。

在设计这样一部高节奏的惊险故事时，主人公的故事和中心事件固然重要，但是我们同时还必须讲述五到八个相对完整的副线故事，才能让每一集的内容都达到丰富而充满趣味性的要求。这便要求每一个场景都会很短，每一集的场景会很多，同一组镜头语言和对白必须同时承担起提供说明性材料、伏笔、隐喻，以及对人物与事件进行评判或故意制造迷雾等多方面的功能，这样一来，就需要有一个素养极高、擅长"一物多用"的专业编剧来完成这项工作，而不适宜由小说家改行的编剧来完成。

2.主线故事的戏剧结构

在这里我必须要强调的是，不论是小说还是戏剧，凡是以讲故事为主的文艺形式，都不是单凭感情冲动创作完成的，而应该是在周密细致的规划与设计的基础上完成的。大到人物的外在塑造、内心情感和潜意识，以及故事情境、说明性材料、各类转折点和不同级别的高潮等结构要素，小到悬念、细节、人物的标志性姿态或标志性言语等诸多描绘性要素，都需要精心设计、创造性地组织，然后将它们完整地统一在作品的主旨之下。这是一项比工业设计更为复杂且精微的工程，所以我们必须要学会尊重自己所从事的艺术，同时更要尊重自己所做的工作，要有敬畏之心。

①主线故事

主线故事其实就是熊阔海刺杀小泉敬二的故事，故事的关键在于塑造和深刻揭示这两个对抗中的人物。注意！塑造只是外在的描

176

述，对人物真相的深刻揭示才是戏剧的中心。故事中所有的情节和细节都是由人物的性格特质、心理结构、教育和家庭背景、外力的压迫与个人的行动和选择，以及他们潜意识当中的不自觉欲望所决定的，所以这部戏的主线故事其实是在揭示两个带有普遍性的典型人物的本质，同时还要揭示出他们作为特殊人物的独特心理结构和内在矛盾，即他们的"人物维"。关于这两个人物的改编问题我将在后边专门详谈，在这里我们把注意力还是集中在这部戏的整体结构上。

改编的过程中，编剧必须要面对的一个问题就是填补时间空白。小说与戏剧有着不同的艺术规律，而且这部小说本身并不是"24小时"结构，所以我在创作这部小说的时候，在时间的问题上能够有相对的自由。然而，如果改编成"24小时"结构的戏剧，编剧所面临的第一个难题就是主人公必须在每一个小时中都有精彩且充分的演出，这就意味着编剧必须发挥自己的创造性才能填补小说中那些"线性时间上的空洞"。在这里有这么几个解决办法可以采用：一是规划小说中主线故事所提供的情节和戏剧性场面，认清它们在时间上的分布情况，找到它们之间的因果关系，然后进行创造性改造；二是引进新的刺激因素，然后根据现有的故事情境设计新情节和新的戏剧性场面；三是加强主线故事与副线故事之间的联系，在原本互为因果或相互作用的基础上造成某种程度上的"共为因果"和"共同作用"的情境，进而生发出新的情节与戏剧性场面。在这里我要强调的还是一个设计问题，要想成功地完成这部戏，我们就必须在细致拆分故事中的所有因素之后，根据"24小时"的时间结构进行重新设计。

下边我们简单地谈一下有关主线故事设计的几个主要问题。

②故事情境和主要叙述目的

在这部戏中，主要叙述目的是熊阔海接受上级党组织的命令去刺杀小泉敬二。从小说创作上看，一个人要去刺杀另外一个人，这本身就是一个强壮的主要叙述目的，它自身的趣味性足以支撑起一个故事，然而对于一个内容丰富、内涵复杂的故事来讲，仅仅是这样一个强壮的主要叙述目的还不够，它必须还要有一个具备"复合趣味"的故事情境。因此，我在设计小说的故事情境时，首先将它定位成一个不情愿的刺杀行动，这既是由人物性格和心理结构决定的，也因为这是一个几乎不可能完成的任务，熊阔海的弟弟刚刚失败，小泉敬二更警觉了。熊阔海另外一个不情愿的原因是他与党组织的关系，他虽然对上级言语堂皇，但那是为了阻止他弟弟犯险，不曾想却被组织上误会为他有办法完成任务。请注意，一个人主动接受任务并勇敢地去杀人只是简单的趣味，而一个人不情愿地去杀人却具有更丰富的戏剧性，因为这本身就是悬念，就会让观众将注意力保持下去，等待发生更富有戏剧性的行动。

为了让这个不情愿的行动必须得进行下去，我便设计了两个激励因素——安德森和杨小菊，当然这只是这两个角色出场时的任务，他们所要承担的工作还有很多。安德森出场时的任务比较单纯，主要是造成一股强制熊阔海去杀人的外部力量，同时引出熊阔海的太太和女儿。值得注意的是，与后来杨小菊的理由相比较，安德森强迫杀人的理由更简单明确，无法违背。杨小菊成为激励因素的理由，一方面是以相似的内容加强了安德森的威胁，但另一方面，他背后的目的却复杂得多，这一点我们等研究杨小菊时专门来讲。故事讲到这里，在真正的对抗人物小泉敬二还没有出场的情况下，读者便理应被深深地吸引住，而且是被一种复杂的情感和事件吸引住的，对主人公充满了同情，同时对未来即将发生的事件也充满了期待。在这里需要多说一句的是，任何一个成功的戏剧都必须要有一个复合趣味的故事情境，因为在构建这种故事情境的过程中，我们可以将讲故事时最难处理的有关人物、事件、背景等方方面面的说明性材料不着痕迹地渗透给读者或观众，并且可以轻而易举地吸引他们的注意力，并有可能将之保持下去。

③转折点

要想精彩地讲述一个故事，在开端部分吸引住读者或观众的注意力仅仅是工作的开始，接下来要做的是怎样保持住读者或观众的注意力直至故事结束，并让他们从中得到最大的情感满足，认为我们非但没有浪费他们的时间，而且给了他们最充分最丰富的情感享受。关于转折点的技术性问题我这里没有必要多讲，因为编剧在这一点上都是行家里手。我们在这里还是以主线故事为例，主要人物熊阔海不论是主动去完成刺杀任务，还是不情愿地接受了这项任务，在执行的过程当中，他必定要遭受接连不断的挫折，他必须得在痛苦的选择之后再进入更高的斗争层面，并且押上更大的风险价值，以至于被多次逼迫至走投无路且又让观众替他想不出任何办法的境地。随着他遭受不同层次、不同量级的挫折，产生的便是不同层次和不同量级的转折点，而他每一次对新行动的痛苦选择，都是对人物真相的深刻揭示。主线故事在结构上的转折点，小说中已经表现得相当明确，然而这些转折点仅仅是为那些花三四个小时阅读的读者而设计的，而对于影视剧的"24小时"结构，现有转折点的数量和人物各个侧面的深入探索就远远不够了，所以编剧必须在拓展人物、丰富情节的基础上，根据需要设计不同强度、不同层次的新转折点。在这里我还要多唠叨一句，任何情节和故事线索都是由主要人物生发出来的，是由主要人物的选择所决定的，是为揭示人物真相而服务的，所以我们必须得牢记"人物即结构"这个原理，在设计新情节的时候，应该与主要人物"相符"为宜。至于全剧应该设计多少个大的转折点、次一级的转折点，每一集中主要人物又应该经历几个不同强度的转折点等，就请编剧费心了。不过，在这里我有一点拙见可以作为参考。我在设计小说的时候，常常会画几张结构图，一张总图可以标示出主要人物的行动、选择、转折点、次高潮和高潮等重要的结构因素，另外几张图可以用来设计副线故事，如果能为每一个重要的戏剧性场面也做出设计图，我们也就能够很容易地发现故事中此前未曾注意到的侧面和出人意料的趣味性。当然，最重要的一点还是，结构图可以让我们比较容易发现整个故事结构存在的缺陷，同时也会让我们可以方便地找到解决问题所需要的启示，至于怎样解决，则需要由创造力来处理。

④最后的高潮

高潮是一部小说或一部戏最重要的部分，其实我们在前边做的所有工作，都是为了这一关键时刻而做准备。那么，对于最后的高潮有什么要求呢？

第一点，它必须能够满足观众的期待，但又不能以他们所期望的方式给予。在这个故事中，由于刺杀小泉敬二是主要叙述目的，读者早已知道并且在不断地猜测且期待小泉敬二被杀死的那一刻，而关键之处在于他被怎样杀死。我们已经通过前边一系列的转折点，特别是次高潮"借枪射击事件"挫败了读者的猜测，并且成功地引入新的意义结构"处决"，也就更加激发了读者的兴趣，让他们不由自主地去猜测与期待。这样一来，我们也就避免了《反恐24小时》中常会出现的简单结构——将杀死下级恐怖分子的行动充作次高潮，然后再将追杀事先铺垫并不充分的更高级恐怖分子作为最后高潮。因为这种结构是美国人从中国旧武侠故事中学来的，是"打败徒弟引出师傅"的原始结构，拖沓而且不高明。

第二点，最后的高潮必须是一个意义的集合体，同时也是主人公不可逆的转折点，最后的意义与不可逆的转折必须紧密结合在一起。在这个故事里，熊阔海所经历的其实是一个自我认识和自我发现的过程，而杀死小泉敬二的行动，在他的人生经历中便成为一个标志，一个终于发现自己是什么人的标志。而更深刻的意义在于，自这个不可逆的转折点之后，他又变成了另外一个人，已经不再是他刚刚发现的那个"自我"，所以在故事结束之后，荧屏之外的读者必定会注意到，熊阔海仍然面临着再次发现"自我"的痛苦。

第三点，由于最后的高潮是故事的终极，熊阔海押上了自己最后的也是最大的风险价值，并且需要在他的本质上产生不可逆的转折，于是我让小说实现了故事的正面价值之一，即"正义得到伸张"，但同时我又让小说中的另外一个正面价值"珍惜生命"走向了双重负面价值，即"自杀"——他将自己和裴小姐丢下了飞驰的列车。有关情感价值的问题，我将在"对抗原理"一节中再详细研究。在故事最后的高潮，也就是意义汇聚的不可逆转折点上，情感价值的转化将决定着这部作品的最终意义，为此我们不得不深入挖掘，又不得不慎之又慎，否则很可能会引发道德上的歧义。

第四点，在我写小说的时候，既然知道整个故事基本上都为最后的高潮服务，当我设计完成最后的高潮之后，便会根据最后高潮的需要，对原有的设计进行一次巨大而细致的调整和删改，力求让所有的行动、转折点、隐喻和伏笔等，全都自觉地为最后的情感爆发和意义爆发服务，我想戏剧创作大约也应如此。

第五点，最后的高潮既然是所有事件和行动的终极目的，那么它也就应该是一个自立自为、避免干扰且易于理解的行动。因此，在最后的高潮到来之前，我们必须结束所有应该结束的故事因素，不能让主线故事中存在未完成的悬念或线索，或让副线故事仍有重要情节在进行。我们对人物真相的揭示也应该在此刻达到"临界点"，只有这样，读者或观众才不会受记忆和不必要的影像干扰，让他们做好充分的感受和理解的准备，能有一个清楚明白的心理状态来迎接这个完全出乎他们意料之外而又在情理之中的不可逆的转折点。

⑤结尾

在这部小说的结尾中，我用情态和人称来暗示熊阔海与裴小姐的故事走向，但这种结尾方式仅仅适用于小说，并不适用于影视剧，所以编剧还面临着一个任务——必须为这部戏找到一个意味深长的结尾。同时，由于这部戏的主线故事将与多个副线故事同时进行，所以便需要一两个副线故事跟随到全剧最后，这样一来，副线故事的结尾与主线故事的结尾在情感和意义上的相互配合与呼应就显得很重要了。从目前情况看，可能跟随到全剧最后的副线故事是熊太太和上级党组织，而在"24小时"结构中，我们又无法做到让熊阔海与这些人物再次相聚，所以难度巨大的分头结尾就变成了必然选择。我在这里提两个建议仅供参考，上级党组织的结尾可以使用为牺牲者守灵这一戏剧性场面，而他们认为的牺牲者当中，自然也就应该包括熊阔海——他们已经得知熊阔海在火车上必将被出卖（这都是可扩展的新内容，小说中没有），同时他们也就理应认为小泉敬二还没有死，刺杀任务并没有完成。至于熊太太的故事，在改造过程中必须将熊太太变成一个重要人物并发展出主要副线故事，可以让她自杀之后并没有死，而是避开各路势力的监视，从医院巧妙地逃了出来，并且从孤儿院救出女儿。这样一来，这个副线故事便有了两种可能的结尾，第一种结尾是她带着女儿登上开往济南的火车逃离天津，以便第二天从济南再乘车前往上海。第二种结尾，如果我们选择难度更大的设计，也可以让熊太太与熊阔海同乘一趟列车，并且中途夫妻相见，这样一来，熊阔海便不得不在他太太、裴小姐和小泉敬二之间忙得不可开交。至于怎样精彩又感人地描绘这段紧张且带有喜剧性的情节和结尾，就请编剧发挥创造力吧。

3.副线故事的戏剧结构

在这一节中我们只讨论各个副线故事自身的结构和它在整个故事当中的结构位置与作用，有关这些人物形象的设计问题，我将在后边专门研究。

①总体要求

在将这部小说改编成影视剧的过程中，小说有十个可以成为副线故事的元素：小泉敬二、裴小姐、熊太太、上级党组织、老于、杨小菊、安德森、老满、女儿和报童。这样一来，考察这些副线故事在全剧中可能的利用价值，并确定它们在全剧中的分量便成为编剧之初的重要工作。我们知道，副线故事在整个故事中具有多重功用，如何有分寸地使用它们，同样关系到整个故事的成功与失败。

第一，副线故事理应具有充当生动的说明性材料、明确主线故事重要性的作用，由于副线故事也从主线故事那里借取了一部分重要性，便使得没有机会被充分描绘的副线故事自身的意义也由此深刻、复杂起来。例如老满的故事，它原本只是"浪子回头"和敌对双方共谋一事的旧结构，但由于从熊阔海的故事中借取了重要性，他最后为了逃生而与日军发生的激战，就变成为掩护熊阔海脱险而主动"抗战"，于是从这个喜剧性小人物身上揭示出来的意义和人物真相自然就大不相同了。

第二，副线故事与主线故事既是互为因果和相互作用的关系，也是共为因果和共同作用的关系，因为我们在故事中引进的刺激因素不单单刺激了主线故事，同样也会在副线故事中引发一连串的反应。有时激励过程从副线故事开始，在主线故事终结，有的时候则会由主线故事引发或由其中一个副线故事引发，然后影响到所有的故事线索，或者只是两个副线故事在相互作用。其实，这种刺激与反应的关系结构，便是故事情节的主要生成方式。

第三，不论副线故事在总体结构中所占的比重有多么微弱，它都不能只从主线故事中借取重要性，而放弃自身的存在意义，这就要求每一个副线故事都必须具有内在的完整性，即使它的完整性在整部戏中没有空间展现，也一定要让被展现的部分能够引发充分的联想，从而让读者或观众下意识地替编剧补充"空白"。例如老于的故事，小说中我没有涉及老于的家庭生活，影视剧尽管仍然没有太多空间浪费在老于的家庭生活上，但为了让他在家庭和感情问题上与熊阔海形成对照与反讽，我们就有必要通过一些细节、小情节，甚至对话片段来暗示老于有一个幸福无比的家。至于如何幸福，观众自然会补充，同时也会为这位家庭幸福、理应留恋人生的革命者的壮举而扼腕。

第四，副线故事在结构中的作用。在故事开始之后，随着一个个人物出场，副线故事的各个元素也就自然而然地陆续展现出来，这时我们就面临着一个关系到整个故事成败的关键。结构经验不足的作家在创作中，通常会出现多个副线故事与主线故事齐头并进的情况,这是最大的危机。表面上看好像是赢得了故事的丰富性,其实是在分散读者或观众的注意力,考验他们的理解能力,同时也降低了主线故事的重要性。我们必须要牢记的是,副线故事永远是为主线故事服务的,它自身的发展是在辅佐主线故事的过程中完成的,而它最重要的职责就是为主线故事做好说明、铺垫、解释、设置悬念、调节气氛等基础性工作,而不是突出自己。如果在设计过程中发现某个副线故事在重要性和趣味性上居然接近了主线故事,我们就必须毫不留情地压缩并删减,绝不能让它来分散读者或观众对主线故事的注意力。

②小泉敬二的故事

小泉敬二是这个故事中的对抗人物,是仅次于熊阔海的第二号重要人物。虽然他在小说中出场很晚,但在影视剧中他就必须得早早出场,并迅速建立起自己的故事情境和主要叙述目的。对小泉敬二的人物要求是,他必须得比熊阔海强大,不论是可利用的资源,还是个人的意志力和能力,他都应具有多次击败熊阔海的能力。其实,这也是任何一个故事中对抗人物理应具有的基本素质,因为没有任何人想看主要人物轻而易举便克服困难、战胜对抗人物的故事。以小泉敬二为代表的对抗人物在故事中越强大,越难以战胜,给主人公熊阔海的造成挫折就越沉重,打击也就越全面,只有这样,我们才能有机会让熊阔海面临一次又一次的两难选择,并在选择之中揭示人物真相。另一方面,因为小泉敬二要与熊阔海在主线故事中完成一个自始至终的完整对抗,所以在设计这样一个人物的时候,我们往往只集中在主线故事中对他进行塑造和揭示，忽略他作为一个独立副线故事的价值。由于小泉敬二与熊阔海在绝大多数的时间里都没有直接见面，在推动主线故事时便有机会让小泉敬二独自表演，也就为揭示他的人物真相提供了一个建立副线故事的空间。小泉敬二的副线故事其实就是他为什么会被逼迫到面对熊阔海的机枪，虽然在小说中处理得很模糊，但在影视剧中必须得清晰、可信，而且必须得由人物真相生发出来。具体故事内容，我在分析人物时再详谈。需要注意的一点是，这个副线故事所产生的作用与意义，必须一直跟随至小泉敬二被"处决"，因为它是最后的高潮所形成的"意义群"中的重要组成部分。

③裴小姐的故事

裴小姐在整个故事当中的位置是"女一号"，她也是主线故事中跟随到结束的重要人物。但值得注意的是，我们绝不能将她简单处理成一个无意间插足他人家庭的"第三者"形象，所以我们必须为裴小姐设计一个她自己的副线故事，既用来解释她为什么心甘情愿爱上一个身于危险的"反抗者"，也用来将这个形象塑造完成，并在观众中产生移情作用。从小说现有的关系结构中我们能够看到，裴小姐并不是像她刚出场时内心忧郁得令人怜惜的形象，因为这种形象仅仅出自熊阔海的想象和男人天生盲目的认知，所以她既是熊阔海的支持者和事件的推动者之一，也是熊阔海的"对抗人物"之一。我之所以这样讲，是因为他们二人关系的发展，其实一直在裴小姐的掌控之中，由她策划并实施。她出于女人追求幸福的本性，一直在试图控制熊阔海。这样一来，揭示这种形象多个侧面和深层真相的任务，必须由熊阔海多数不在场的副线故事承担，也就是看裴小姐如何处理与杨小菊的关系。因为小说中是单一视点叙事，所以裴小姐的许多侧面我只能通过暗示的手法来完成，不够清晰，也不易理解。但在影视剧中我们就可以直接且细腻地进行表现，通过她的直接表演让观众了解她，并且爱上她。注意，她试图控制熊阔海是出于美好的爱情，更重要的一点是，国民政府虽然号召一夫一妻制，但对于"纳妾"还是会发给结婚证，特别是在日军占领区这种事更方便，所以从这个意义上讲，她对熊阔海的主动控制其实还带有主动牺牲或主动献身的含义。

④熊太太的故事

在小说中，熊太太和女儿存在的意义，在于给熊阔海造成道德上的责任和生活上的负担，并且在多方面压力之下考验熊阔海是否能忍心将太太和女儿主动丢弃在自生自灭的境地。然而，在影视剧中熊太太的故事应该具有更大的作用，她应该被提升为这部戏的"女二号"，她除了完成在主线故事中所应做的工作之外，还要有自己的副线故事。熊太太的副线故事应该是所有副线故事中独立性最强的一个，她与女儿应该构成一个完整的故事体系，因为这是一对被抛弃的母女，她们必须依靠自己来争取生存的机会。这个副线故事虽然结构不大，但母爱、智慧、勇气等一系列品质都应得到最充分的体现，让观众由对她的敬重进一步升华到对"母亲"的崇敬，因为她是故事所有人物形象中最伟大也是最无私的一个。同时，她的故事确实有必要跟随到整个故事的结尾，所以还是让她救出女儿后，与熊阔海在列车上相见吧，其间只需要注意一个细节，并由此生成列车上的部分情节，那就是熊阔海乘坐的是头等包厢，而熊太太只能乘坐三等甚至四等车厢。

⑤熊阔海女儿的故事

她的年龄还太小，小说没有让她发挥更大的作用，但是在影视剧中，她必须承担起更重要的任务，用来表现一个中心主旨——"孝"的力量。因为她与母亲构成了同一个副线故事，所以我们在结构上不宜让她过于独立，但是也必须给这个孩子两次独立行动的机会。这两次行动都应该发生在故事的前半段，即熊阔海给了她买药的钱之后，她逃过众人的监视，给母亲把药买回来。第一次当然是要失败的，第二次她才找到机会，乘着黑夜机智地逃了出去。母亲危在旦夕，而夜里药房不卖贵重药品，她又是如何找到药剂师？如何买到药？这都是惊险万分的情节，甚至要跨越三集以上的戏，于是她相当于表演了一出小小的"儿童历险剧"。当然，等她再想溜回来的时候，自然应该被抓住，也就自然失去了唯一的逃跑方法，同时她千辛万苦买回来的救命药，相当于给她母亲提供了"自杀"的工具。

⑥老于和上级党组织的故事

老于在故事中的作用很重要，因为他既是熊阔海的革命同志，也是熊阔海的"对抗人物"，因为是他代表组织要求熊阔海去执行这个不可能完成的任务。在小说中，我只强调了上述作用，没有涉及老于的其他侧面，在影视剧中我们需要他承担起一个重要的副线故事——他与上级党组织在这次行动中所做的一切。上级党组织在小说中没有出场,在影视剧中必须得出场,所以就需要设计一系列新的人物,建立一个新的副线故事。上级党组织的副线故事的核心是,明明知道这是一个必然牺牲的任务,但又不得不派熊阔海去执行。从这一点我们也应该看出,在一个内容丰富的故事当中,不仅仅是主人公会面临一次次的"两难结构",副线故事中的次要人物也要不断地做出"两难选择"才行。这样一来,党组织的任务就是要保证刺杀行动的成功,同时还要尽一切可能将熊阔海救出来。而老于则处在党组织的双重命令和熊阔海对他的不理解之间,地位尴尬,处境艰难,内心痛苦。同时,我在前边谈到,他还有自己家庭的幸福生活,还有自己对根据地生活的美好向往。因此,当他不得不放弃一切美好愿望,为了激发熊阔海的决心,也为了不妨碍熊阔海完成任务,最终选择跳楼自杀的时候,他在前边故事中让读者或观众所产生的一切不理解和不愉快也就烟消云散了,于是他成了英雄。

⑦杨小菊的故事

因为杨小菊与故事中的几乎所有重要人物都有着紧密的联系,而且作用很大,再加上他是极重要的一个喜剧因素,所以在他个人生活中就不宜再建构一个完整的副线故事,否则这个人物就太突出了,会与熊阔海和小泉敬二抢戏。我们应该将他个人的故事打碎,并紧紧依附于主线故事,以及裴小姐与小泉敬二的副线故事。具体故事内容我在分析人物时再研究。值得注意的一点是,杨小菊所表现出来的那些做作仪态和女性特征,未必就是他的真面目,该是一种有效的伪装,只是这一层内容在小说中无法表现,便在这里提出来给编剧参考。

⑧安德森的故事

安德森的情况与杨小菊不同,除了故事中他所要做的一切,他身上还承担着一个非常重要的任务——借他的口来塑造和评价熊阔海。因为只有他了解熊阔海今日性格的真正来源,也只有他了解熊阔海的心理疾病,而这些内容对于熊阔海这个形象又至关重要,所以安德森所承担的引进说明性材料的任务非常重要,于是我们在影视剧中就需要他有一张"大嘴"。至于他的副线故事,得看全剧设计的需要,因为在他身上还有两个非常有价值的内容:一个是他个人的副线故事,他逼迫熊阔海刺杀小泉敬二的理由,除了他弟弟的死,还应该有更深刻的缘由;另一个是他与租界当局的联系,可以将故事的展示范围扩展至当时英租界和法租界的上层,进而折射出英国与法国政府的对华政策,以及殖民者对待中国人和强大的日本军队的态度。这方面的内容不宜过多,除非根据需要我们设计出一部分全新的情节线索。

⑨老满的故事

在"24 小时"结构中,老满的出场依然不能太早,但熊阔海提出要一挺机关枪的要求则必须从第一集就做到,否则时间上来不及。因为老满在这个故事中没有一个人了解他的情况,所以他自身的一切都要由他自己讲出来。同时,他参与主线故事尤其是前半段故事,主要是靠言语而不是行动,再加上他是这部戏中唯一的既是结构性喜剧角色又是预设喜剧角色的人物,所以要特别精心地设计他的"口语",只有这样,他个人的副线故事(其实就是他个人的背景、行为动机等）才能讲得精彩。而他对主线故事的贡献则在于给熊阔海的工作既造成阻碍，同时又在某些方面成为熊阔海的老师——这是个好为人师的家伙。

⑩报童的故事

报童在小说中是个小角色，戏份也很少，却有其重要价值。他身上表现出一个少年对英雄全心全意崇拜的情感，单纯而真诚，富于牺牲精神。也正是基于这种原因，他用自己最后的行动来帮助熊阔海，而且根本没有顾及这件事有多么危险，更没有考虑这件事是不是真的会起作用，这就是少年人的特点。因此，报童的副线故事应该是个能叫人掉眼泪的故事，但是如果没有篇幅顾及于此，就应该只把他当成一个简单的工具。从另一方面讲，为了便于切换画面，便于在各个人物之间建立画面联系，特别是在故事后期，情节紧张起来时，便需要至少一个交通员在各个副线人物之间传送消息（《反恐24小时》用手机来建立联系，但在这部戏中电话尚且不普及，因此交通员是必需的），报童应该成为交通员之一，这也是戏剧中一物多用、充分利用资源的惯技。

◎ 主要人物——熊阔海

1.熊阔海的形象塑造

①外形塑造的基本原则

影视剧在人物外形塑造上具有小说无法比拟的优势，只需一组简单的镜头,便可以将一个人物或一个场景"吸干",然而它同时也存在非常严重的缺陷,那就是事无巨细、尽收眼底。为了避免在镜头前将人物的所有外形特征同时展现,以至于这些特征相互干扰,成为日常生活式的平视,我们就必须将与故事情节和细节密切相关的重要外形特征,分阶段、分层次地突出,例如对熊阔海眼疾的强调需要从哪个时段开始,在哪个时段再次强调,又在什么地方呼应等。这是基本原则,并不局限在熊阔海一个人身上,在刻画所有人物的外部特征时都应该有强烈的针对性,让它起到说明性材料、悬念、伏笔,甚至"抖包袱"的作用。如果没有明确的用途,那么这项特征就应该避免强调,或者干脆删除。国产影视剧中最常见的坏毛病,就是对人物特征和环境特征的滥用,结果相互消解、相互干扰,反而成为一场特征的杂耍。

②可见和不可见的外部特征

外部特征其实就是我们常说的人物塑造,它包括可见的和不可见的两方面内容。可见的内容就是人物的外貌,不仅要包括相貌、衣着等特征,更重要的是表情和言语,而其中的关键就在于人物标志性甚至隐喻性的表情和言语特征,言语特征尤为重要,必须得下足功夫。在这里我只能提出以上这些原则性的看法,至于在对白上如何体现熊阔海的言语特征,就请编剧根据自身的语言修为来创造。需要注意的一点是,所有的人物对白都务必口语化,整个故事要生活化。

熊阔海不可见的外部特征,主要包括出身背景、受教育程度、心理状态、身体状态等，这些都与他的"对白"和所有引进说明性材料的工作紧密结合在一起，要在叙事中一步步地作为"功能性因素"来展示并充分利用，因为这些特征是进一步揭示人物真相的基础，也是熊阔海做出"两难选择"的基础，所以至关重要。

2.冲突的三个层面

对于任何一个人物来讲，他在生活中都必须面对三个层面的冲突，即社会层面、个人层面和内心层面。只不过在同一个故事中，有限的篇幅只能保证主要人物在三个冲突层面上的充分展现与揭示，除了主要对抗人物以外，多数人物都只能展示其中一两个方面，其他方面则采用隐喻的方式或根本不加涉及。冲突的三个层面是揭示人物真相所必需的手段，只有在所有层面上对主要人物的人性进行深入探索，才能最终完成中心人物的"形象工程"。在这个故事中，熊阔海所面对的社会层面的冲突最为充分，这也是惊险故事的必然特征，在这一层面上与他发生冲突的有小泉敬二、上级党组织、老于、杨小菊、安德森。

小泉敬二与熊阔海的冲突是民族冲突，其实小泉敬二也是故事中所有其他人物的对立面。这一冲突层面所揭示的是个人在民族危机的前提下，将采取怎样的一系列行动，将激发出哪种昂扬的情感并在这种情感激励下做出怎样的英雄行为，并最终成为英雄，而这些行动的根本目的是揭示出熊阔海本质上是中华民族的一员这样一个简单却意义重大的道理。

上级党组织与熊阔海的冲突则是理想与行动的冲突，党组织意味着熊阔海所信仰的伟大理想，没有这个伟大理想支撑，没有民族主义精神的支撑，熊阔海也就不可能完成故事中所有的行动。然而，他们之间也必然会发生冲突，熊阔海对上级隐瞒了部分事实真相，例如他太太和女儿的事、裴小姐的事。随着事件的发展，这种个人生活的小小隐私便被裹挟进重大的行动中，并且引发对重要事实的一系列隐瞒。这也是人生当中常见的事情，为了一个小谎言我们必须得付出无数大谎言的代价。熊阔海与上级党组织的关系是，上级既认为他为了完成任务而牺牲是革命战士的光荣，同时也因为此前的失误导致他弟弟的牺牲而愧疚，在人情上感觉让兄弟二人先后牺牲有些不近人情，所以上级的情感是复杂的，但也是以民族利益为先的。而熊阔海则一直在苦苦地找寻让上级党组织和老于相信他、理解他的理由，这也是他在这一冲突层面上的痛苦所在，也是当时任何一个出身不佳的知识分子党员所面临的共同困扰。

老于与熊阔海的冲突则是同志之间的冲突，是不同文化、不同出身却具有共同理想，需要一同工作的人们之间的冲突，同时还有追求友谊与逃避友谊之间的冲突。这个冲突的意义在于，虽然是在共同的理想之下，但要将完全不同的人组织到一起，确实是一件很复杂的工作，当事者自己也需要做出巨大而精细的努力。当然，在这个故事中，他们双方的共同努力最终也没有结果，于是便有了悲剧力量，一个关于友谊的悲剧。

杨小菊与熊阔海的冲突是同盟与背叛的冲突，展现了不诚实不牢靠的同盟者之间的一切弊端,也是对当时国共合作的隐喻。

安德森与熊阔海的冲突则有两重内容:第一重是殖民者与被殖民者的冲突,安德森依靠殖民势力,强迫熊阔海去替他报私仇,在事件之初这仅仅是一种彻头彻尾的利用,而且没有代价;第二重则完全是个人的冲突,安德森自幼便在熊阔海的智慧控制之下,甚至有的时候还会是带着一些恶意的利用,虽然这仅仅是少年的恶作剧而已,但却成为安德森的心理阴影,所以安德森必须要在他们的关系中重新找回"当家做主"的感觉,这也是他不去逼迫老于替他杀人,而是专门选择了熊阔海的原因。

在个人冲突的层面上,熊阔海面对的是裴小姐、太太和女儿。在小说中,裴小姐既是个普通女子,又具有相当的特殊性。她身上具有任何一个知识女性在追求幸福和爱情时的勇敢、坚韧、周密细致和控制欲,同时她身上还具有一些非常特殊、在故事中独有的东西。例如,她明明意识到熊阔海将她因孤独导致的病态误认为是可怜惜的"柔弱美",她非但没有对熊阔海说明真相,反而充分地利用了熊阔海的同情心。再比如,对于普通女子而言,与爱人一起去死仅仅意味着得不到爱情的"殉情"而已,但裴小姐两次与熊阔海一同进入必死的危险境地,则意味着更深刻的用心,即"万一没死,你就不得不要我"。这真可谓是一种艰苦卓绝的控制欲,也就难怪熊阔海在小说结尾处的态度变成了对这种关系的畏缩与退避。而熊阔海在两人关系上所表现的态度和行为,则是任何一个心地良善的好男人应有的反应。只不过在影视剧的改编上,我们不能将裴小姐挖掘得如此深入,以至于达到反讽的水平,如果真这样做了,观众会骂大街的。在影视剧中,我们应该将注意力集中在这段情感的美好和牺牲精神上,特别是裴小姐对熊阔海的付出上,让每一个男人都梦想自己会遇到这样一个红颜知己,并让每一个有过相爱而不得的经历的女子都能深刻地同情并理解熊阔海的处境。因为这毕竟是影视剧,不是电影,俗套是无法避免且应充分利用的。

熊太太和女儿在个人冲突层面上是熊阔海真正的压力,却又是他最无能为力的。因为谎言,他不能向上级党组织,也就是他最信任的人去求助,只能求助于最不可靠的两个盟友。当他的两个盟友被证实当真不可依靠时,他只能选择将她们母女丢弃在自生自灭的境地。这是真正的痛苦,这种痛苦涉及男人和父亲的尊严,也涉及多重原因的悔恨和自恨,这才导致他有自杀的念头和行动。在这里需要注意的是,这个自杀的念头和行动是效果极佳的悬念,要让它与次高潮和最后的高潮同步进行,成为这个行动中复杂内容的一个重要组成部分。至于对熊太太而言,男人不可靠就不是嘴上说说那么简单了。安德森此间是用讲明真相的假关心从中挑拨,以便早些摆脱这个负担,但又不想背负一个自己明显可以意识到的背弃友谊的骂名,便在有关熊太太的言语和行动上有些左右摇摆、颠三倒四,这才造成他最终又不得不救出熊阔海的女儿。这一切也是在揭示安德森的真相,他仍然是当年那个没主意的小男孩,想使坏却又不能彻底。在这样一种复杂的情况下,熊太太便应该是一个洞明一切真相的冷静的母亲形象,她清楚地知道,丈夫想救她但无能为力,其他人或者想害她,或者像安德森这样半心半意,所以她必须得坚强起来,只依靠自己。而且到了这部戏的最后,即使到了火车上,熊太太的脱险也仍然只依靠她自己。这一点便对应了女性主义者的观念,对于那些具有独立意志的女观众和依靠老婆过生活的软弱男子来讲,熊太太毫无疑问是个伟大的妻子,因为她只依靠自己;她又是一个伟大的母亲,为了女儿,她几乎无所不为。熊太太与熊阔海发生的冲突,是这部戏在意义上的一项重要内容,对塑造和揭示熊阔海至关重要,对丰富整部戏的内容也很重要,必须得下大力气创造出小说中没有的一切。

3.熊阔海的人物真相

有关熊阔海的人物真相,其中的重要内容之一便是他内心冲突的层面,也就是他的"人物维"。"人物维"是存在于人物意识和潜意识之中的种种矛盾,每一对矛盾为一维,内心复杂的人物常常会有许多维,而熊阔海便属于这种存在多维矛盾的人物。前边我们常常谈到,通过转折点和人物的选择,在强大的压力之下揭示人物真相,所揭示的对象之一便是"人物维"。粗略地统计一下,我们便能发现,在熊阔海的内心之中存在误解与理解、忠诚与离弃的矛盾(与上级党组织的关系中),友谊与背叛、利用与被利用的矛盾(与杨小菊和安德森的关系中),民族大义与被动执行使命、杀戮与珍爱生命的矛盾(与小泉敬二的关系中)等等,以及存在于他潜意识之中的有关母亲的"病症",更是他这个人物多种行为和选择的根本。在熊阔海与周围每一个人的关系上，我们都会发现多种矛盾形态，而这一切便构成了熊阔海极度复杂而又痛苦的内心世界。这既是特殊状态，又是当时那种生存环境中的常态，也是让我们能够理解、同情，进而移情于这个人物形象的缘由。

关于熊阔海人物真相的另外一部分，则存在于他潜意识当中的不自觉欲望。这些欲望不同于他的主要叙述目的，而是人物自身常常没有意识到的欲望，而这些欲望必须得由作家一步一步地揭示出来给读者看。他潜意识中的第一重不自觉欲望最重要也最根本，是找寻自我的欲望。小说中他常常无法认清自己的身份，而身份意识是作为人的根本意识，他通过整个事件来找寻并确定"我是谁"，或者证实"我什么都不是"，这一点至关重要。在编剧的过程中，抓住这一根本矛盾和欲望，他所有的行为和选择便都可以理解了，同时影视剧所需的新情节和戏剧性场面便有了产生的契机和依据。他的第二重不自觉欲望，是对裴小姐的性幻想，这个欲望在小说中也没有进入到意识层面，仅仅表现为他对裴小姐盲目的怜惜，以及对裴小姐内心世界和生活状态自以为是的猜测。这些盲目的幻想和猜测随着故事的进程被一点点打破，显现出来的真实的裴小姐虽然依旧惹人喜爱，甚至得到了读者的移情，但在小说结束的那一刻，熊阔海还是不自觉地流露出了疏离感，因为裴小姐此时已不再是他的不自觉欲望中的那个人。他的第三重不自觉欲望来自于长大成人的欲望，潜意识当中他母亲被杀的印象始终困扰着他，这一直都是他拒绝长大、拒绝承担责任的借口，所以才会在行动中对上级党组织撒谎，才会故意刁难领导，才会事事都要找寻理由为自己开脱。只有在他能够真正承担起责任的那一刻,他才能摆脱病症,才能从某些儿童的心理特征中解脱出来,变为成年人。因此,这个故事中的这一部分有着成长故事的内核。揭示人物潜意识之中的真相,是一项极为艰难的工作,用语言文字尚且难以完全表达,我就更不知道该如何用镜头语言来表达,所以这一切都烦请编剧费心吧。

◎ 对抗人物——小泉敬二

我们以往最容易忽略的一个事实,便是任何一个成功故事的根本,都在于是否有一个强大且内容丰富的对抗人物制造动力。无论对抗人物是人、兽、自然现象或社会现象,没有对抗人物,便没有故事可言。在这个故事当中,几乎所有人物都具备成为主人公熊阔海的对抗人物的特征,而其中起最根本作用的还应该是小泉敬二。

对抗人物的基本特征有两个。第一个特征是他要强大到足以多次击败主要人物,这一点我们在前边谈过了。在这个故事中,英法租界只是弹丸之地,周围全部是日军控制地区,而自从1939年《有田—克来琪协定》签订后,英法租界虽然没再遭到日军的封锁,但日军对租界事务,特别是对租界中抗日分子的活动,便有了极大的干预权,并且取得了引渡权,日本特务在租界内的暗杀、威胁等活动也非常猖獗,所以这一时期租界中的抗日处境比1939年之前要严峻得多。由此可见,虽然熊阔海隐蔽在租界中活动,但对于他来讲几乎没有什么安全可言，小泉敬二随时可以派人进租界暗杀或绑架他。从另一方面来讲，小泉敬二在意志力上也明显比熊阔海强大，对整个事件的掌控能力和心理战能力也要强很多，更不要说他所掌握的各种武力资源。我们设计出这样一个几乎让熊阔海无法战胜的人物，并非是故意折磨熊阔海，而是陈述事实。因为在当时的情形下，抗日分子身处的环境比这部小说中写的还要恶劣得多。作为故事，小泉敬二凶恶到这个程度也就足够完成他的叙事任务了，他足以多次击败熊阔海，挫败他的行动，让他处于两难之中，以至于走投无路，并让我们有机会在他的选择中揭示人物真相。更重要的是，面对这样一个明明无法战胜的人物，而熊阔海最后居然成功了，于是给读者带来的就不仅仅是狂喜了。

对抗人物的第二个特征，是他与主要人物一样，也是多维人物，也有欲望和不自觉欲望。这也是我们不必过多渲染小泉敬二残暴恶行的原因，我们更多需要的是这个侵略者复杂的内心。因为小说结构的关系，小泉敬二这个人物很晚才直接面对读者，所以无法集中揭示这个人物的内心世界，只能在一个个关键点上渗透、暗示和隐喻，这种方法在影视剧中就不可取了。编剧应该像揭示熊阔海的内心世界一样，将小泉敬二的人物真相揭示出来，当然他的丰富性和趣味性必须比熊阔海有所降低，否则便会对熊阔海的形象有所损伤。注意，次要人物永远也不能比主要人物有趣，这是原则。

为了能够塑造一个内容丰富的对抗人物，需要在影视剧中给小泉敬二加很多戏，需要让他与许多次要人物发生联系，让他既要面对熊阔海的刺杀,也要面对个人生活的困扰和来自上级的强大压力。如果没有个人生活的困扰，他也就不会在火车上因抓住熊阔海而狂喜,并反复玩味自己的成功,以至于有所疏忽。在设计这一部分情节时,一定要注意日本人独特的心理特征和价值观,例如小泉敬二成功地躲过刺杀反而给自己带来了耻辱，这些事一定要讲到观众可以理解的程度才行。

◎ 次要人物的塑造

虽然我总说故事中几乎所有人物都是熊阔海的对抗人物，但这只是这些次要人物身上的特征之一，他们每一个人仍然都是内涵丰富的完整的人。注意,这个世界上没有简单的人,中国影视剧不成熟的关键原因之一,就是轻视次要人物,将他们全部当成简单的"扁形人物"、概念人物。其实,将一个具有鲜明特征的"扁形人物"转变为"圆形人物"，往往只是一两句对白或一两处细节,影视剧中有太多这样的机会。我们唯一需要做的，只是在设计这些人物时多费些心思,让他们与中心事件和中心人物发生更丰富而微妙的联系,进而不由自主地完成由"扁形人物"到"圆形人物"的转变。

第五节 《代号》影视剧改编意见

◎ 需要首先说明的几个问题

这部小说采用的是双主人公交叉视点的叙述方式，在改编成影视剧时，须改为第三人称全知全能视点的叙述方式。小说中的这种视点可以保证在有限的篇幅之内，使主要人物得到最充分的表现，同时又可以将大量的次要人物和副线故事隐藏到背景中，使小说的内容更丰富，但又不占用文字空间。这种叙事技术可以为影视剧改编提供极大的便利，让小说中所有有意隐藏的内容都能够在影视剧全知全能的视点下得到表现的机会，并为影视剧所需要的大量戏剧性场面和人物关系提供足够的元素。

小说采用的是双主人公结构，因为只有交互视点才有足够的视野反映故事的主体，否则我就会采用单一视点，那样的话故事会更凝练，但却不足以揭示整个故事的复杂性，因为这个故事牵涉到的人物和事件太多了，人物关系也太复杂。不过在影视剧的全知视点下，复杂的人物关系和事件反而会成为优点，它们可以使绝大多数戏剧"时段"都充满紧张的内容和趣味。

小说中有些人物是根据小说的需要安排的，从而被故意简化了，例如百灵、大福妈、大福、茶房、上级领导等人。这些人物在影视剧中却都是非常重要的多功能人物，编剧对这些人物要有足够的认识，并充分利用他们，让他们在故事中起到重要的作用。

在改编电影的过程中，有一点是必须要强调的，就是这部小说结构的特殊性。小说所讲述的故事其实是一个"折叠"起来的故事，也就是说，我把两年前"吉田事件"的发生、发展、多种真相和后果，全部都"折叠"进现在进行的事件当中。对于小说写作来讲，这有利于节省文字空间，使故事更加复杂化，生成新的阅读趣味。然而，这种结构对于电影可能较为合适，但对于电视剧是否适用，就需要详加考察了，所以我下边要谈谈将"折叠"故事展开后的利用方法，给大家提供参考。

第一种方法，编剧基本依照小说的结构，故事会非常紧张刺激，错综复杂。

第二种方法，编剧首先将这个故事的全部事件铺展开来，然后依照线性时间理清所有人物关系。也就是说，应该从"吉田事件"开始，刺杀吉田次郎的准备、人物之间的分歧、行动的困难程度、事件发生、出现重大失误、事件的恶劣影响、领导对事件的处理、所有参与者在事件后受到的冲击与影响等等，然后在"吉田事件"与"小仓出场"之间的时间空白上，利用小说中的种种因素，设计一系列过渡性故事，最后进入当前的时间段。换言之，现有小说的时间跨度只应该占电视剧演出时间的三分之二甚至是一半，但应该足够了。这样一来，这个故事就会变成有首有尾、平铺直叙的结构，便于观众理解与欣赏。

过渡性故事之一，可以利用蓝小姐的脱党，以及后来成为交际花并与冯九思相恋的线索，小心地塑造一个脱党后又重新回到革命队伍的人物。这样的人物在中国文学作品中极罕见，大有利用价值。

过渡性故事之二，可以利用狸猫之死。将狸猫的假死直接表演出来，甚至可以直接向观众交代他的假死，以及他与周孝存之前的关系等等，给后边的故事造成压力与悬念。而这些只要几位主人公不知道就可以了。

过渡性故事之三，可以利用上级与冯九思之间的关系，以及他因何不再受信任、他与领导的冲突、百灵的告密、他与周孝存的关系、他与蓝小姐相识并相恋的过程。要让冯九思早早便见到蓝小姐并对她产生好感，甚至一见钟情地爱上她，只不过此前他一直无法真正结识蓝小姐（上级领导也绝不会允许他们相识）。一直到冯九思深陷其中、不能自拔的时候，才在蓝小姐已经成为交际花之后与她结识。这一是场充满挫折与无奈的恋爱。

过渡性故事之四，冯九思与杨炳新的误会与矛盾是后半段故事的基调，所以其间还应该让他们再合作一次，再次失败，以此来激化矛盾，同时这也是后半段故事的内部压力与悬念。

过渡性故事之五，杨炳新与大福妈的故事是这部戏中必不可少的苦情内容，必须加以充分利用，会赢得观众许多同情的眼泪。同时，也可在人物塑造上与冯九思形成鲜明对照。革命者两种完全不同的生活，但他们都是英雄。

过渡性故事之六,洋巡捕安德森是重要的喜剧人物,冯九思被降职和安德森被提升,是两个人物关系的关键,他们的关系是极有趣也极出彩的小故事。这既是办公室故事,也是两个粗鲁警察相互对抗的故事。

过渡性故事之七,正面展现百灵的工作和生活,她的故事是一出真正的悲剧,对观众有极大的吸引力。况且,还有周孝存这样一个重要人物需要塑造。因此,有必要提升百灵的重要性,并让她所参与的事件更多一些,起的作用也更大一些。

如果有必要,需要在冯九思身边再设计一个喜剧人物。在小说中,专职喜剧人物是安德森和茶房,兼职喜剧人物是蓝小姐,是不是在冯九思的生活中再安排一个喜剧人物,或者利用冯九思与杨炳新之间的误会制造结构性喜剧,从而使他们危险而艰辛的革命工作充满了趣味?注意,结构性喜剧才是真正的喜剧,冯九思与杨炳新的关系、冯九思与周孝存的关系、冯九思与领导的关系、冯九思与安德森的关系都存在结构性的喜剧因素,小说无暇充分挖掘这一部分内容,只有请编剧一展大才。需要特别强调的是,这个故事过于紧张和残酷,必须得有充分的喜剧内容来调剂观众的情绪。

需要注意的一点是,小仓身份的神秘性是故事趣味性的关键之一,所以在吉田次郎被炸之后,一定要让观众相信他真的死了,只有这样,最后对他身份的揭示才会有力量。

◎ 故事类型和影视剧时长

这是一部具有侦探和惊险因素的革命历史生活剧，同时也应该是一部充满喜剧因素和励志内容的故事。

电影长度：120分钟。

电视剧长度：30集。

◎ 主体故事结构

如果简略些看，这应该是一个依据自然时间发生的线性故事结构，但由于多条副线故事与主体故事同时发生，在改编电影时，故事结构很自然地变成了以主人公追求主要叙述目的为核心，由副线故事丰富戏剧内容并在广泛的生活层面上反映时代风貌的结构样式。但在整个复杂的人物活动当中，除了事件所表现的内容之外，还存在着一些内在的结构因素，例如"真相"的结构、事件序列的结构、高潮与次高潮的结构、各个转折点所形成的结构等等。在改编过程中，这些内容都是需要研究透彻并充分加以利用的。下边我分别谈一谈与这部戏的结构有关的几项主要内容。

1."真相"的结构

这个故事存在着多种"真相"，可以说，对各种真相的追逐与揭示是这个故事的主要内驱力。而其中最大的、作为主要叙述目的的"真相"，就是"吉田事件"的真相。对这个真相的追求贯穿故事始终，到了故事的高潮，冯九思和周孝存将"吉田事件"的真相广播出去之后，它仍然在起作用，因为故事的结尾是依靠"真相"被揭露之后产生的反作用力形成的。事件的真相、人物的真相，其实世间的所有真相都是具有故事趣味性的内容，也是对读者和观众具有最大吸引力的要素，把握住这个作为主要叙述目的的真相，读者和观众就不得不从头看到尾。

"吉田事件"的真相又是整个故事结构的核心，所有出场人物和事件都围绕它发生，利用现有小说的内容完成一部电影应该足够了，如果在改编时一定要引入新的人物关系和事件，也必须让它们与"吉田事件"紧密地结合在一起，不能让其他的趣味性分散了观众的注意力。

各个序列的真相：在一个长篇故事中，仅有一个核心趣味远远不能够满足读者和观众的需求，当代读者和观众都具有太丰富的阅读经验和观影经验，只有复杂的趣味才能够让他们陷入其中、如痴如醉，所以除了主要叙述目的之外，还必须为每一个情节"序列"都设置独立的趣味核心——每个序列除了正常的故事趣味之外，还必须得有一个相对独立的需要揭示的"真相"。

除了事件真相之外，故事中最重要的是人物真相，特别是主要人物的真相，而最有趣味性的则是人物之间互为真相，有关这方面内容，我在谈人物的时候再详谈。总之，这个故事充满了各种各样的真相,改编的过程中要创造性地使用这些素材,因为它们既是结构,也是戏剧性内容,需要发挥最大的想象力和创造力。

2.激励事件

①全剧的激励事件

全剧的激励事件,也就是故事开篇有这样几个可以被读者追问的真相:第一,冯九思是个什么人?这样一来,在塑造这个人物的同时,也给了读者和观众提出疑问的机会,因为我们此时只能看到冯九思的外貌,看不到他的内心,更不要说他的人物真相了。第二,上级党组织为什么要派一个明显与冯九思有矛盾的人来与他共事?第三,上级为什么不信任冯九思?除了表面上冯九思不像个共产党人之外,还要让读者意识到,必定还有更深层的理由。第四,杨炳新为什么不信任冯九思?他们之间发生过什么事?第五,谁是杀害那些同志的凶手?这个疑问虽然是激励事件必然会引发的兴趣,但它与其他几个疑问一样,都把目标指向这个故事真正的激励事件——两年前发生的"吉田事件"。我之所以把故事的开篇写得这样复杂,是因为简单的趣味已经无法吸引今天的读者和观众了,所以在开篇之处应该尽可能多地埋下后续事件的"钩子",让读者和观众带着这些疑问往下看,然后用这些"钩子"钓起后边的一个个情节"序列"。

②各序列的激励事件

在后边的人物序列中,不论是吉田次郎、杨炳新、蓝小姐、百灵、狸猫,甚至大福妈和安德森,每一个人物在出场之前或在出场之后,都会有自己的激励事件，如果他们身上不存在激励事件，也就不足以成为一条条与故事主干紧密结合在一起的副线故事（具体内容等谈到各个人物时再谈）。同样，故事当中的每一个情节序列，也同样具有独立的、不可或缺的激励事件，例如大象的被杀、保护百灵的战斗、解救人质等，因为电影放映时间较长，观众可能会忘记我们在前边下的"钩子"，所以序列的激励事件就尤为重要。

3.几个主要的结构性转折点

在任何一个成熟的故事中，都充满了密密麻麻、形形色色的判断、选择，并由此构成转折点并产生各种各样趣味，这些转折点所起的作用便是塑造人物、揭示人物真相、推动事件发展等，并且常常集多种功能于一身。在这里我只谈事件结构上的几个大的转折点，因为它们是故事的"枢纽"。

第一个事件转折点是杨炳新弟弟的死。这个转折点对冯九思来说是职责上的松懈造成的失误，同时引出了杨炳新与蓝小姐的关系，特别是杨炳新的义弟狸猫，还引出了周孝存。这也就意味着，整个故事前半段的人物关系在此得到集中的展示，并指明这次杀人事件背景的复杂性，同时暗示读者和观众，后边必定还会有一系列的暗杀事件。

第二个事件的转折点是大象的死。大象的死本身并不重要，重要的是借着这个事件，故事的多重戏剧结构得以展开。首先是大象、蓝小姐和杨炳新三个人对"吉田事件"的不可靠叙述，三个人都站在自己的角度,无法构成事实,反而使事件更加扑朔迷离。其次是冯九思和杨炳新两个人由互相不信任到互相怀疑,以至于互相提防,这便顺理成章地继承了开篇处由互不信任形成的趣味,并将这种趣味一直延续到故事的一半以上。同时,这个转折点也是吉田次郎在其他事件参与者面前公开亮相的机会,对后边的影响巨大。

第三个事件转折点是百灵。百灵的身份、所涉及的多种真相、所面临的危险,以及保护百灵的行动,这几方面构成了一个重要的转折点,因为后边一系列事件的发生、发展,多半都是由这个转折点生发出来的。

第四个事件转折点是冯九思和杨炳新在拘留所里的对话。这个转折点决定了两位主要人物的关系,同时也让周孝存和小仓先生在杨炳新面前制造了新的迷雾。注意,不可知是这一阶段两位主人公最大的困惑,同时每一个新的线索又都将他们引向新的歧途。

第五个事件转折点是解救人质的行动。这是整个故事的次高潮,让读者和观众明白了"吉田事件"的真相,也明白了事件的关键之处,从而带着更大的悬念走向最后的高潮。这个转折点的结果非常关键,它导致出乎所有人意料的结果,并形成新的叙述目的——周孝存背叛了他们,而他却是最关键的人物。当然,这里边还解决了许多次要的内容。通常情况下,次高潮会结束一些次要的叙述目的和人物关系,但因为这个故事里的人物较少,所以次高潮便以揭示"吉田事件"真相来满足观众的需要,而让人物关系在高潮处再行了结。

第六个事件转折点是交换人质和广播。这是个不可能完成的任务，但是当他们以出乎所有人意料之外的方式完成的时候，观众必将得到最大的情感满足。同时，在这一部分内容中，杨炳新、狸猫和大福妈都死了，吉田次郎、周孝存和蓝小姐的人物真相也被揭示了出来，按照通常的讲述方式，故事应该在这个地方结束。然而，如果我们就此结束整个故事，就只能怪自己水平不高，跟银幕和电视上的那些平庸工作并无二致。

第七个事件转折点是杀死吉田次郎。此前所铺垫的一切"钩子"和悬念都已经在高潮中燃尽了，所以我们必须得从灰烬中生发出一个全新的高潮，让整个故事形成双高潮，这需要巨大的创造力和想象力。需要注意的是，小说的故事结尾采用冯九思一个人的单一视点叙事，为了让冯九思既能杀死吉田次郎，还要看到周孝存的汽车爆炸。但是影视剧具有更自由的视点空间，不妨对这个结尾做些改动，使两件事分头交代，并形成两个并立的结尾高潮。

小说的结尾是冯九思和蓝小姐到达香港的一段小戏，是个意味深长的结尾，然而这样的结尾在电影中是否足够充分，还请编剧多费思量。

将每一个事件转折点的发生、发展构成四到六集的戏，便可以将系列剧常有的趣味性和叙事技术引入长剧，使戏剧内容更丰富。

4.人物即结构

在任何一个故事中，设计事件的目的大多是为了揭示人物真相，揭示人物自觉的欲望和不自觉的欲望。在这个故事中，重要人物应该有七个:冯九思、杨炳新、吉田次郎、蓝小姐、百灵、狸猫和周孝存,其中冯九思是核心人物。在改编时应该时刻注意,所谓的事件和真相其实都是围绕着人物生成的,情节与故事也是与人物共生共荣的,不可偏颇。失去了人物,事件便成了无源之水,转折点也就缺乏情感力量;同样,没有"吉田事件"等一系列的事件,人物揭示也就没有了根由。因此,我们必须将事件与人物的功用结合在一起,这样一来,既可节省篇幅,也可以在有限的时间内充实更丰富的戏剧内容。

发挥次要人物的作用。这类人物在这个故事中有不少,他们不能成为核心人物,在趣味性上绝不能对冯九思构成威胁,但是,由于他们自身独特的性格特征和在故事中的独特地位,在改编时有必要将他们从小说中的次要人物提升为电影中的重要人物。最有代表性的应该是百灵这个人物,完全有必要让她成为从一开场便介入事件的人物,因为她与周孝存的这条线是仅次于吉田次郎的副线故事,而这个人物在故事中的关键作用,又让她不得不时时出现,这样她便有了成为重要人物的本钱。其他类似的人物还有安德森,他可以给冯九思提供除吉田次郎、杨炳新和上级领导之外的第四种压力,而且可以是贯穿始终、随叫随到的压力。这种人物在电影中简直就是个宝,不好好利用就太可惜了。再比如上级领导,在小说中他们可以神龙见首不见尾,但到了电影中,他们便是重要戏剧内容的角色,不可轻忽。

关于多功能人物问题:在这部小说中,几个次要人物都有鲜明的特色,足以完成自身的叙事任务,但是在电影中,这些人物仅仅起到小说中的作用就远远不够了。从极端的角度来讲，一部电影的成功与否，有三分之一的原因在于次要人物的运用是否成功。次要人物是作家手中最重要的工具，如何精确地使用次要人物？首先要学会"合并"人物。故事中人物过多，往往是因为事件复杂，时时需要次要人物来提供说明性材料，或者参与事件进程。然而，即使是长篇电影，戏剧空间也是有限的，无法容纳太多的次要人物，更何况人物过多必然会琐碎，自然也就谈不到精彩。同时，观众的记忆力也是有限的，引入太多描绘不充分的陌生人物会让他们产生厌烦情绪。解决这个问题的唯一方法，便是合并人物，就是将故事中次要人物的繁重劳动由少数几个活跃的次要人物承担，这类人物我们称之为"多功能人物"。在这个故事中，最有代表性的多功能人物就应该是茶房了，考虑一下给这个人物赋予哪些新的使命，在他身上再增加哪些压力，在整部戏中他会起到多么重要的作用，想想都是件有趣的事。其实，即使是光使用他的嘴来讲述说明性材料，他也可以成为一个非常有用的角色。其他类似的角色还有很多，都可以在略加改造后光芒四射。

5.多层戏剧结构

如果一个故事只有一重或两三重戏剧结构，它只能算是一个简单的故事。在这个故事中，我们担心的不是戏剧结构的层次太少，而是太多了，容易在叙事中造成不均衡，使次要戏剧性抢了核心戏剧性的"戏"。因此，我在这里简单提示一下故事中的几个主要戏剧层面，至于其他细微的戏剧层面，就由编剧在写作过程中从小说里就地取材，发挥创造力吧。

核心戏剧层面由侦破连环杀人案、揭露"吉田事件"真相、杀死吉田次郎三个主要叙述目的构成，是故事的主干，也是表层的戏剧内容。

上级领导与冯九思的关系是另一个戏剧层面。这个层面决定了冯九思这名共产党人的特殊性，也是以往革命历史题材文艺作品中未曾出现过的人物形象。

冯九思与杨炳新的关系，这个戏剧层面打破了以往革命同志团结一致的传统，还原了生活的真实。那个时候要团结一切可以团结的力量，像冯九思这样的人与其他同志格格不入在当时是很常见的。注意，在这个故事中个人情感和个人文化特征是第一位的，尽管他们团结在同一理想之下，但个人之间的冲突必然存在，而且很常见。

冯九思与蓝小姐的关系，这个戏剧层面绝不仅仅是一个简单的爱情故事，看看蓝小姐的身份和经历我们就应该知道，这个女子身上应该有多么丰富的戏剧性。

冯九思与吉田次郎的关系，这个戏剧层面表面上看应该是与故事主干重合的，其实不然，我们完全应该把它当作一个独立的戏剧层面充分表现，因为这里边存有太多的戏。当吉田次郎化名小仓，帮助冯九思破案的时候，冯九思与他是一种关系；当冯九思对他产生怀疑的时候，又是另一种关系；当吉田次郎的身份被揭示出来之后，他与冯九思的关系并不是简单明了，而是更加复杂，其中不仅仅有欺骗与反欺骗的关系，还涉及人格的力量、尊严的价值等一系列内容。这应该是仅次于故事主干的戏剧层面。

冯九思与周孝存的关系。周孝存是指使狸猫制造"吉田事件"的元凶，他在租界生活中又是冯九思的朋友，通家之好，他还是百灵的丈夫、蓝小姐的"老斗"，这是一个真正的"多功能人物"，他的重要性在故事的前期比小仓更重要。同样，在他身上可以产生的戏，除了小说中所描写的内容，还应该有他与百灵在家中的关系、他与狸猫的关系等小说中没有涉及的内容。对这个人物应该挖得深、用得细，但有一点需要注意，不能让他身上的趣味性比冯九思更大，否则冯九思这个主人公就很容易被淹没在众多过于丰富多彩的戏剧人物当中，失去了核心人物的地位。

杨炳新与狸猫的关系，这是第二号男主人公杨炳新最具独立性也最富有个人色彩的戏剧层面，不论是塑造人物形象，还是揭示杨炳新的人物真相，这个层面都很重要。

杨炳新与大福妈的关系，这个戏剧层面在小说中涉及不多，在电影中应该视情形而定，特别是视大福妈的戏份而定。如果我们把大福妈当作一个有相当分量的次要人物进行运用，让故事深入穷苦人的生活，那么大福妈便应该有一番作为。但是如果仍然像小说中那样把故事主要集中在租界，集中在惊险而非日常生活，那么大福妈还是应该像小说中一样，做个有作用的次要人物即可。

吉田次郎与狸猫的关系，这一戏剧层面在小说中几乎没有正面描写,是否引入电影,由编剧决定。

狸猫与蓝小姐的关系,这一戏剧层面在小说中只是利用纸花来服务于事件和塑造蓝小姐这个人物,对狸猫并没有正面描绘。由于电影有足够的空间,而且这是一段痛苦的感情戏,我觉得编剧应该给予足够的重视。

杨炳新与领导的关系。从小说中可以看出,杨炳新也是刚刚通过审查不久,但他对此事的反应理当与冯九思截然不同,然而是让他一味地"愚忠愚义",还是让他也有所不满,这一点要小心斟酌。为了与冯九思形成明显的区别,还是让他"愚忠愚义"比较好。

以上的各个戏剧层面都是故事中最明显可见的内容,除此之外还有些更细化的内容,在这里就不一一分析了。我在这里特别要强调,戏剧层面并不等于副线故事。在这个故事中,除去主干故事之外,几乎每一个次要人物都能形成自己独立的副线故事。副线故事讲的是一个次要人物与整个事件的关系,可能会涉及故事中的许多人和事,而这里谈到的戏剧层面,是在故事主干向前推进发展的同时,与它并行且同时发生发展的故事。每一个戏剧层面都能够对整个故事形成独特的压迫力和推动力,使故事的事件和情感发生转移和转向,这才是戏剧层面应该起到的作用。不同的戏剧层面具有各自不同的趣味性,有正剧的,也有喜剧的和悲剧的。自二十世纪现实主义文学艺术成熟之后,就再没有单一趣味的文艺作品了,所以在发展复合趣味的时候,多重戏剧层面的作用会非常突出。

◎ 故事的价值与意义

1.故事的正面价值是忠诚、友谊和真相。

2.忠诚的双重负面价值是自我背叛。

3.友谊的双重负面价值是自我厌憎。

4.真相的双重负面价值是以假象为真相。

◎ 副线故事结构

1.现有的副线故事

吉田次郎的副线故事。在小说中，小仓或吉田次郎只是与故事主干有关，并没有谈到他个人的生活，那么他除了对冯九思和狸猫起作用之外，还会对什么人起作用呢？那就是周孝存，这一重戏剧层面在小说中没有空间使用，但在电影中却可以。

周孝存的副线故事。周孝存与百灵的家庭生活，以及他与蓝小姐的"老斗"关系，这些在小说中都已体现出来，编剧可以根据需要选择使用。但他与吉田次郎的关系却因为小说视点的缘故而被省略了。如果在电影中加进这一重戏剧层面，那么就有很多现成的故事因素可以利用，例如周孝存的手下为什么也会接连被杀？这些人应该是被日本人杀的，但为什么杀、怎么杀的？结合周孝存的性格特征，我们需要在周孝存与吉田次郎之间发展出相互利用的副线故事。我在这里提一个建议，我们是不是可以让周孝存厌倦了地下工作，同时又担心百灵的身份被上司发现，还担心"吉田事件"的真相被发现，种种压力导致他决定清除自己的手下，然后制造一个同样的"被杀"场面，好给他制造一个带着家人逃往国外的机会。这时他与吉田次郎的副线故事便应该是背叛与密谋。有一点需要注意，在设计副线故事的时候，必须严格遵守整个故事的逻辑关系，不能出现失真的现象，要多追问自己几个为什么，例如周孝存为什么要如此行事？另外，周孝存与狸猫的关系是"吉田事件"的关键，如果不在此基础上发展出副线故事，便有些浪费材料了。

杨炳新与大福妈的副线故事，利用价值已在前边讲过了。

蓝小姐的副线故事。蓝小姐是个内容丰富的人物，如果她身上没有一条独立的副线故事，就说明我们暴殄天物了。蓝小姐身上具有多重戏剧层面，她与冯九思的关系就不用说了，再比如她与周孝存的关系、她与上级党组织的关系、她与狸猫的关系、她与杨炳新的关系、她与百灵的关系，她与大福妈的关系、她与茶房的关系等等，这样复杂的人物自己就能撑起一部戏，所以必须要好好利用。

2.可发展的副线故事

上级党组织的副线故事。在小说中上级领导出现得很少，但在一部大戏中，上级领导便是很好的戏剧内容。

大福妈的副线故事。目前在小说中大福妈与故事主干联系不够紧密，如果需要这条副线成为独立的有作为的故事，就应该强化大福妈的性格塑造，并让她与杨炳新之外的其他小说人物产生联系，例如上级党组织、狸猫等。这个人物不是很好处理,设计这个副线故事的时候一定要谨慎,以免分散观众的注意力。

百灵的副线故事。在电影中,百灵这个人物必须要得到强化,让她成为一个重要的戏剧人物,这样一来,她本身的工作和生活所具有的特殊性便显得很重要了。百灵身上的戏剧性不亚于蓝小姐,很有挖掘的价值,具体内容我们在后边详谈。

狸猫的副线故事。这个副线故事必须要存在,而且非常重要,但占有多大比重、如何设计? 必须要小心处理,以免狸猫的趣味性超过了吉田次郎和周孝存。

安德森的副线故事。这个人物不应像小说那样让他中途消失,而要让他贯穿整个故事,直到最后利用他的房子刺杀吉田次郎的时候也有可能出现。他在故事中最大的价值就是给冯九思提供持续不断的次要压力,不断地制造各种干扰,并形成次要转折点的契机。同时,他与租界上层的关系,可以使故事的触角伸到另一个生活层面。但在设计安德森的副线故事时,我们必须得注意以下内容:第一,他是一个喜剧人物;第二,作为喜剧人物,他执着于什么? 第三,他有什么烦恼? 如何让他的烦恼与他的执着联系在一起?

3.需要补充的副线故事

大福的副线故事。为了不浪费任何材料,我们应该考虑到现有的所有材料。大福这个孩子在故事中还能起到什么作用? 假如我们不让他得病又会怎么样? 这些问题都可以大胆地设想。另外,这个孩子也可以成为一个有效的喜剧人物，这一点很重要。

茶房的副线故事。茶房是小说中的另一个喜剧人物，除了他在小说中完成的那些工作之外，像这样一个鲜活的人物，我们是不是应该多给他分配一些工作？例如他是卧底、坐探？不管是哪家的，也可能他同时替好几家工作。茶房身上的趣味性极为充分，观众一定喜欢看他出场，应该多让他干点活。

◎ 主要人物

1.塑造主要人物的基本原则

在这方面，我相信编剧必定有着丰富的经验，所以我只提出在主要人物塑造和揭示上可能会产生的几种缺陷，供编剧参考。

人物塑造与人物欲望不相符。在这一点上，冯九思粗鲁、好怀疑的性格特征和公子哥的外部形象，与他后来的行为并没有出现偏差。需要提醒的一点是，冯九思在故事的发展过程中虽然内心会发生极为深刻的变化，但性格特征和外部特征是不会变的，要避免冯九思在故事的后半部分变成一个坚定的革命者时，人物的形象与开场时出现太大的变异。

主人公被动。这一点在这个故事中显得尤为重要，冯九思和杨炳新调查"吉田事件"的过程中，很多时候都受制于狸猫和吉田次郎，所以很容易就会将主人公的行为写得很被动。若在改编时出现这个问题，便是一个大错误，因为没有任何观众会喜欢一个被动的主人公，即使他们处于被动的局面，也一定要让冯九思行动起来，形成局部的主动也好。

主人公欲望单一。冯九思好像根本不存在这个问题，但是在一部长剧中，冯九思复杂的欲望是不是能够在各个戏剧性场面中都得到体现呢？其实，每一个写故事的人都知道，在戏剧性场面之中，至少会存在两种欲望——主要叙述目的和场面叙述目的，但这还远远不够。这部戏将会出现许多复杂的戏剧性场面，改编时要把握好每一个人物的欲望，同时还要赋予主要人物多重甚至互相矛盾的欲望。

主人公没有足够的意志力。这一点不成问题，成问题的有可能是将冯九思身上的消极逃避思想表现得太多、太正式，从而抵消了对他完成任务的意志力的表现。冯九思身上毕竟具有很强的喜剧色彩，所以那些消极的东西不妨采用喜剧的方式来表现，这样一来，观众也就不会太当真了。

主人公毫无取胜的机会。这一点是好故事与差故事的区别。这个故事在这一点上表现得不错，我让冯九思在故事的每一步发展上都面临绝境，走投无路，但又让他通过自己的判断与选择，使工作进行下去，最终在几乎不可能胜利的绝境中完成了任务。只有这样，故事才能具有真正的感染力，读者和观众才能得到最大的情感满足。

主人公不能产生移情作用。这一点对任何一个故事都很重要。冯九思在外部形象上完全能够满足读者和观众对硬汉革命者的期望，下边我们要做的，就是让他在绝境中做出正确的选择，一步一步押上更大的风险价值，形成一个又一个转折点，让他通过选择和行动进行深刻的自我揭示和批判。能做到这些,移情作用自然会产生。

次要人物比主人公更有趣。冯九思是这个故事的核心人物,他的戏最多,他是一切选择和行动的核心,他身上的戏剧性元素和趣味性应该最丰富,如果让其他人物,例如杨炳新和吉田次郎在趣味性上超过了他,就会给读者和观众带来疑惑,使他们的兴趣发生偏离,最终影响到整部戏的品质。

主人公最后的行动不是唯一的行动。正像我前边所说的,这个故事的最后高潮需要进行大的改写。然而不论怎样改写,最后的行动都应该是冯九思押上了最大的风险价值,是"两害相权取其重"的两难选择的结果,是理想和意志力战胜了私利和恐惧的结果,是一个真正的革命者唯一的选择。如果不能如此,甚至观众在观看之后还会产生这样的疑问,例如"冯九思难道不能假意投降,身在曹营心在汉吗"?那么我们的工作便在最紧要的关头失败了。

2.主要人物——冯九思

①冯九思是第一主人公

在小说中我虽然采用了双主人公的双视点叙述方式,但那是为了扩展叙述视野,实际上这个故事的男主人公只有冯九思一个人。

冯九思的主要欲望是侦破连环杀人案、洗清"吉田事件"带给他的耻辱、赢得领导的尊重。这是故事发展的基本动力,也是主要叙述目的。

冯九思的人物真相,是他希望能认清自己的内心,认清自己到底是不是一个坚定的革命者，如果不是，他便会带着蓝小姐去过一种平庸且幸福的生活。这是他潜意识中的不自觉欲望，我们的故事只有揭示并解决了这个不自觉欲望，才真正算是艺术品。

在人物的外部塑造上，改编的过程中应该注意这样几点：第一，冯九思是一个有理想的中共党员、坚定的抗日分子，这是冯九思的人物本质，我们绝不能让他身上花哨的外部特征掩盖了本质。第二，冯九思身上那些与中共党员身份格格不入的外部特征，是这个人物赖以生存的必需，是性格和人物真相的外化，同样是真实的内容，也是演员进行表演的依据。第三，这些外部特征也同样是冯九思身上的伪装，可真可假，这是冯九思的人物特性，他绝不是老实的表里如一的人物。第四，这些外部特征也是这个人物戏剧性的来源之一，它们虽然不能在主人公做出选择的时候提供判断力，但能够造成干扰，同时在事件的发展过程中，冯九思这一身的臭毛病往往能成为将他引向歧途的可见契机。

②冯九思的人物维

所谓人物维指的是人物内心之中的多项矛盾。任何一个文艺作品中所谓的圆形人物，都会像现实生活中的人一样，内心之中充满了矛盾，而这些矛盾才是这个人物最真实的内心世界，是他性格外化时最可靠的依据。因此，分析主要人物的人物维，可以帮助我们有效地理解人物，使我们能够更好地将人物真实化、戏剧化。

每一个人物身上都会有一个起决定性作用的矛盾，叫作人物维主干，而冯九思的人物维主干是他是否继续从事革命工作的矛盾。

这个矛盾是他潜意识中的不自觉欲望,与他积极为党工作、揭露"吉田事件"的主要欲望相对立。而我们在作品中要揭示的人物真相,其实就是深藏于人物潜意识的矛盾与不自觉欲望。在正常情况下,从事危险地下工作的革命者身上,动摇与悔意是存在的,只不过因为大义所关,因为理想的约束,他们才最终克服了这种不自觉欲望,把握住了人生正确的方向,所以在揭示冯九思内心世界的过程中,我们必须要弄清楚这一点。从另外一个角度讲,由于冯九思性格中有着丰富的喜剧成分,时真时假,半真半假,所以在处理这个人物的时候,我们应该将这种不自觉欲望的表现控制在情绪化冲动之下,例如故意做假以迷惑、气恼别人,若非如此,这个人物的品质就很容易被观众质疑。

除了人物维主干之外,冯九思的内心世界应该是一个充满矛盾、荆棘丛生的痛苦之地,我在这里简单分析一下他的内心还有哪些人物维或内心矛盾。

第一,他与上级领导的关系,这是他内心之中的主要矛盾,是对他造成巨大压力,进而形成玩世不恭的工作态度的根本原因,也是他作为一个革命者内心真正的痛苦。

第二,他对待蓝小姐的矛盾心理,这一点也很重要,因为这主要揭示了人物的情感所在。在这个问题上,冯九思身上有资产阶级的新思潮,也同样有封建主义的旧思想,既深情款款,又玩世不恭,更重要的是,这是一个无法解决的矛盾,只能等待蓝小姐的身份真相逐渐被揭示出来之后才能得到缓解。

第三,冯九思对待杨炳新的态度,他们二人的关系是这个故事前期的基调。作为一个革命同志,他理应公正地对待杨炳新,但因为杨炳新给他带来种种伤害,再加上种种由于组织保密所造成的误会,他个人又无法原谅杨炳新。

第四,冯九思与金钱的关系。在这个故事中,冯九思对钱财的态度和将个人钱财用于革命工作的方式,都注定了他要与其他革命同志产生完全不同的心理。正是由于这种施恩反遭伤害的局面,才造成他对钱财更加偏激的认识,这一点在他与杨炳新、周孝存的关系上表现得最为突出,特别是杨炳新所代表的贫困党员的生活,是令冯九思有些望而却步的。

第五,他对周孝存的态度。周孝存是个正派的"租界人",在租界生活中他是君子,但在政治生活中他却是个小人,这种人性的反差对冯九思有着极大的冲击力。

第六,杨炳新弟弟和大象的死对他造成的挫折感,这是他工作中的失败,特别是在不受信任这样一种特殊的情况下,这种失败在领导面前简直就是致命的。

第七,他对小仓的态度。他明知对方是个日本人,但并没有把小仓当成侵略者中的一员,而是当作一个正常的外国人对待。他明知道上级不会赞成,但他仍然坚持这样做,这说明在许多问题上他与上级的观点和意见是完全相反的,而每到这个时候,他特立独行的性格就会让他选择自行其是。

第八,当小仓变成吉田次郎之后,在冯九思的内心之中必然会产生新的矛盾，那就是自我怀疑与自我批判。在自我批判这一点上，冯九思像每一个正派的中国知识分子一样，是个自觉的人，这也是他能够克服身上多如牛毛的缺点，最终战胜敌人的关键所在。

冯九思是个内心复杂的人，他身上的人物维比哈姆雷特并不少，在这里只举出上边这几项，其他枝节性的内心矛盾，编剧可以结合小说中的内容，在改编过程中灵活运用。需要注意的一点是，人物维和人物真相是紧密结合在一起的，故事的结构是根据人物的选择来决定发展方向的，对主人公认识得越深入，越容易生发出戏剧性和深刻的故事内涵。

③冯九思面临的压力

一个主人公必须得在压力之下出场，同时还得在故事的进程中逐渐经受越来越大、越来越难以忍受的压力和考验，只有这样，他最终实现的目标才是有意义的，才能让读者和观众得到真正的情感满足。

完成任务的压力。最初冯九思并没有把这个任务当回事，然而这件事却在发展中无限放大，越来越复杂，越来越危险。他所面临的不仅仅是无法完成任务的窘境，而是个人的生命、爱人的生命和"吉田事件"所有参与者的生命都陷于安全困境之中；到了最后，他的任务进而扩大为转移所有被困同志的艰巨工作。面对这样的压力，依照故事开篇时冯九思的形象，他必定是要退缩的，然而故事在逐级放大，冯九思在自我认识和自我批判的过程中也在成长，由一个玩闹孩子变成了坚强的革命者。

洗刷耻辱的压力。在故事的开始部分，这项压力很重要。试想，一个革命者举债从事革命工作，而最终却不被理解，遭受怀疑和调查，这是一种怎样的耻辱！然而，正因为冯九思是一个有理想的革命者，这才让他在耻辱中继续工作，并积极找寻洗刷耻辱的办法。他所有的牢骚和不满，其实是性格特征的表现，而在内心深处，他仍然认为自己是个很不错的革命同志。同时，这项压力也是领导带给他的压力，不是领导一贯正确没有错误，而是客观现实使然。

来自杨炳新的压力。这是一种让人极度痛苦的压力，冯九思在从事着一项高尚的事业，却又不得不与曾给他带来严重伤害的同志共事。在这一点上，杨炳新也理应感同身受。

来自蓝小姐的压力。这不仅仅是婚姻上的压力，因为蓝小姐提出的要求是让冯九思放弃理想，追求平庸的幸福。同时，蓝小姐带给他的还有价值观上的压力，因为道德，因为世俗观念，因为冯九思自身对婚姻与爱情的认识。

来自狸猫的压力。狸猫的狡猾与难缠确实出乎所有人的意料，而狸猫的生死之谜、"吉田事件"的真相之谜，都使这个对抗人物身上具有丰富的戏剧性内容，而这些内容作用到主人公身上，却完全变成了沉重的压力。在故事的前半段，吉田次郎还没有恢复身份时，狸猫是冯九思的主要对抗人物，他理应强大到难以战胜，狡猾得无法判断，而且理当比冯九思更有力量，占据更多的有利因素。

来自小仓的压力。在恢复身份之前，小仓只是一个好奇心甚重、过于热心的局外人。然而，在抗战的环境之下，与日本人密切交往本身就是不会受人称赞的事，更何况冯九思还要寻求他的指点，让他帮助自己破案。这会让其他同志越发地认为冯九思无能，让激愤的民族主义者认为冯九思无耻。所以，与小仓的交往给冯九思造成的是环境的压力。但小仓给他的指点却是别有用心的，这一点读者和观众会随着故事的进展逐渐认识到，于是小仓的"好心"指导其实对冯九思又有着欺骗和诱惑的压力。

来自吉田次郎的压力。吉田次郎在恢复身份之前，是在利用冯九思，在恢复身份之后，他又成了冯九思最主要的对抗人物。压力之大，我在详谈吉田次郎这个人物时再讨论。

这个故事的内容很复杂，人物和人物、人物和事件之间有着复杂的压力关系，以上我谈到的只是冯九思身上的几种主要压力，除此之外，还有许许多多作用于局部和戏剧性场面的压力就不一一解释了。

④冯九思面临的诱惑

主要人物在追求主要欲望的时候，特别是为了某个理想主义目标而苦苦挣扎的时候，必定会有各种各样的诱惑出现，引诱他放弃理想，脱离苦难和危险。

冯九思面临的最大诱惑就是带着蓝小姐逃离此地，因为在故事开始时，他明显已经对自己的生活感到厌倦了。虽然他没有明确地讲出来，甚至没有明确的意识，但事实确是如此。这是人之常情，并非此人本质上的缺陷。

冯九思面临的另外一个重大诱惑，就是简单地处理事件、草率地完成任务，就如同他当年处理"吉田事件"一样。这种诱惑对于冯九思同样有着强烈的吸引力，因为随着对事件调查的深入，他渐渐发现，即将被揭示出来的真相对他个人会非常不利，这会使他成为一个被吉田次郎利用并欺骗的愚蠢角色，同时他也被周孝存利用和欺骗了。这会使他的自尊心受到极大损伤，让他在领导和同志们面前抬不起头来。但是，他最终还是战胜了这种私利，勇敢地承受一切，并最终完成了任务。

⑤冯九思面临的两难结构

在整个故事中，冯九思处于一系列两难境地。

他对领导有意见，却又不能背叛理想，所以必须得努力工作。

他对杨炳新有私愤，却又不得不与他一同工作。

他厌恶蓝小姐的职业，对她知之不深，却又不可救药地爱上了她。

小仓是日本人，他理应与小仓疏远，却又不得不寻求小仓的帮助。

周孝存明明在解救人质的过程中背叛了他，他却不得不说服周孝存与他一同战斗。

即将揭露出来的事实真相对冯九思个人极为不利，但他必须得完成这项工作。

类似的两难结构在冯九思每一次面临选择的时候都会出现，造成的压力有大有小，都很让人难以承受。只有在艰难处境中做出正确的选择，人物形象才会产生真正的感染力。

3.主要人物——杨炳新

杨炳新是这个故事的二号主要人物，他的重要由他身上所关联的一系列重要人物关系所决定，而这些戏剧性内容则是冯九思接触不到的。

杨炳新的自觉欲望：他需要向领导也向自己证明他的工作能力，希望解决生活中各种难以解决的问题，例如他与冯九思的关系，例如"吉田事件"。他想赢得尊重和信任，但首先他得尊重并信任别人。

杨炳新的不自觉欲望：他想要说服自己，认为他所面临的种种艰难仅仅是追求理想的必然过程，例如大福妈的事，例如生活艰难的事，但在不自觉之中他又难免对此产生怀疑。他渴望得到尊重，渴望友谊，渴望富足的生活，但在现实生活中又难以实现。

①杨炳新的人物维

杨炳新的人物维主干是如何克服内心之中对冯九思的厌恶。像冯九思这样一个不可靠的小资产阶级、贪污受贿的租界警察、生活腐败的公子哥，即使没有"吉田事件"这个前因，杨炳新仍然会厌恶他。他与冯九思在性格、文化、观念、才能、伦理等各方面的差异与冲突，是他内心之中经常产生的痛苦，但他又不得不依靠冯九思来完成任务，甚至不得不向冯九思借钱以救急。对于杨炳新这样的汉子来说，他跟冯九思在一起工作会有多么屈辱，不是寻常人可以理解得了的，但我们又必须让观众理解并感同身受。

杨炳新与领导的关系是他内心之中的另一重矛盾。依照正常的情况，他应该是一个全心全意信赖领导的好同志，然而他却迟迟不肯向领导汇报他与大福妈的关系。他还应该是不折不扣执行领导命令的同志，但他却在"吉田事件"中自作主张，把并没有在现场出现的冯九思拉进事件来共同承担责任。

杨炳新与狸猫的关系，反映了他内心之中最珍惜也最尊重的中国传统道德——义。狸猫对他的欺骗和背叛让他感觉到义的痛苦，他与狸猫同归于尽，又让他表现出了义的崇高标准。

理想的富足与现实贫苦之间的矛盾，这是杨炳新身上最现实的痛苦，甚至让他无法自尊自爱。

②杨炳新面临的压力

杨炳新与冯九思的冲突，主要原因其实是冯九思的知识分子身份。尽管杨炳新自己也有文化，但他是通过工人夜校或自学得到的文化，与当时的知识分子有着本质的区别。一方面，在当时的环境下，知识分子党员本身就是可怀疑的身份。另一方面，冯九思的生活方式也是杨炳新所不能容忍的。当时穷人对富人的看法与我们今天有所不同，今天的贫富之分是大家在同一个基础上起跑后区分出来的，由能力、社会关系、运气等方面的因素所决定，贫富差异造成的敌视还不太严重。但在当时，贫富之间是一种相当敌对的关系。基于这些观念，无论是在政治上，还是在生活上，杨炳新和冯九思都理应格格不入。

来自上级领导的压力。上级领导对他的看法，是杨炳新最为看重的。上级让他领导冯九思侦破连环杀人案，他虽然不情愿，但必须得认真执行。他所面临的其实是一个忠厚老实的革命者必然要经历的痛苦。这种痛苦躲不开、推不掉，只能硬着头皮去干。

来自狸猫的压力。义弟狸猫还活着这件事，应该是杨炳新人格上最大的耻辱，这还不单单是一个不知人的问题，其中还有他缺乏智慧、误导上级的问题。而义弟居然杀死了那么多的革命同志，又给他带来沉重的负疚感。更重要的一点是，他非常看重自己在结义时的誓言，这就让他更痛苦了。

暴露百灵身份的压力。这件事对杨炳新来讲实在太可怕了，怎样形容都不过分。

来自大福妈的压力。在当时的社会生活中，不结婚而同居的情况非常普遍，但是作为一名党员，不请示领导便与别人同居，却是一个重大的错误，不论他有什么样的理由，这都是一个错误。在故事中，杨炳新面临着向领导开口请求结婚的压力，虽然大福妈对此没有表示，但杨炳新是个有古人之风的君子，他必须得对得起大福妈，而最终他却只能对不起大福妈。

来自敌人的压力。在这一点上他与所有人是共通的。

③杨炳新的两难戏剧结构

杨炳新与冯九思一样，也一直被"两难"困扰，例如行动的领导权问题，对待小仓、周孝存等人的态度问题，行动方法的选择问题，大福妈的问题等。由于他没有掌控全局的领导才能，再加上冯九思喜好指挥别人、自行其是，他便越发地痛苦。

杨炳新在这个故事中面临的最大"两难"，便是百灵要求他杀死自己这件事，这虽然是一个简单的两难戏剧结构，却有着强烈的戏剧力量。

◎ 关于对抗人物

1.塑造对抗人物的基本原则

对抗人物要强大到足以多次打败主要人物。这是塑造对抗人物的根本，如果吉田次郎和狸猫都既软弱又愚蠢，那么也不会有现在这个惊心动魄的故事。因此，在改编的过程中，要时刻牢记这一点，对抗人物要强大到让读者认为主人公根本就无法与之对抗，几乎没有取胜的希望，只有让观众产生这种绝望的认识，才能营造故事最大的悬念，因为观众知道主人公最后一定是要取胜的，但怎样取胜、怎样出人意料才是故事真正的趣味。

对抗人物也应该是多维人物。如果吉田次郎和狸猫仅仅是简单的敌人，那么与之对抗的主人公也必然会成为简单的人物。因此，在设计对抗人物的时候，我们也应该像设计主要人物时一样精心，为他们设计出与主要人物相对立的人物维主干和多条人物维，让他们也具有意识明确的欲望和潜意识中的不自觉欲望。例如吉田次郎、狸猫、周孝存这三个人，如果他们的个人欲望不存在复杂性，内心之中没有充满矛盾，他们就不会像现在这样吸引人。

对抗人物的移情作用。通常情况下，人们多数是谈主要人物的移情作用，往往忽视对抗人物的邪恶魅力对读者和观众的吸引力。人类的"性善"与"性恶"是同时存在、互为补充的，我们用主人公的行为和意志满足人们内心之中的理性、"性善"需求，也必须通过对抗人物的魅力满足人们潜意识中的"性恶"需求。因此，我们有必要将略低于主要人物的趣味性赋予对抗人物，使他们同样成为光彩照人的人物形象，只要他们对观众的吸引力不超过冯九思即可。

2.主要对抗人物——吉田次郎

吉田次郎是这个故事中最重要的对抗人物，因为他在前后两个阶段扮演了不同的角色，让这个形象更易于产生趣味性。

①吉田次郎的欲望

复仇的欲望，这是吉田次郎一系列行动的基本驱动力。

履行职责的欲望。在小说中，我只在高潮部分才将吉田次郎身上与职责有关的内容引入文本，但是我们不应该忘记，吉田次郎是个职业间谍，拥有巨大的权力和资源，他伤好之后再次回到中国，绝不会仅仅是为了复仇这么简单，他还有许多职业上的工作需要做。这样一来，他便可以把职业带给他的权力和资源运用到复仇当中，同时他也自然而然地会把复仇行动与职业需求结合在一起。

②吉田次郎的不自觉欲望

吉田次郎是个知识分子，也是个职业间谍，他认为自己很高明、很了不起，所以他在这次行动中不仅仅要复仇，还要充分展示自己的聪明才智，将复仇对象戏弄个够。

吉田次郎是日本人。要知道，日本人强烈的自尊心和对亚洲其他民族的傲慢态度，已经成为他们民族的痼疾，而在二十世纪初期的时候，则是日本人历史上最自信、最傲慢的阶段，是今天的日本人无法比拟的。根据他的民族特性和自身条件，他觉得"吉田事件"让他丢了脸，无颜面对同胞，所以他必须要用一个出人意料的方式来完成复仇，同时还要借着复仇实现更大的野心——抓捕租界中的所有抗日分子，特别是高级领导人。只有证明了自己比中国人更高明，他才能在日本同胞中挽回颜面。

③吉田次郎的人物维

为对抗人物设计复杂的人物维，是艺术创作中必须要用心的工作。一个故事的对抗程度有多高，是否能够形成一系列精彩的转折点，根本原因并不在主要人物身上，而在主要对抗人物身上。只有对抗人物强大到让主要人物难以战胜，主要人物才必须不断地选择，不断地押上更大的风险价值，不断地寻求超出自身能力的解决办法，才能给读者和观众出人意料的享受。

吉田次郎的人物维主干不是要不要复仇的问题，而是怎样复仇的问题，这是他心中最大的矛盾。如果是一个内心世界简单的人物，在利用狸猫给冯九思和杨炳新制造压力，并最终发现百灵之后，他就可以迅速动手将这些人全部杀死，完成对"吉田事件"的复仇。然而，吉田次郎的性格、知识水平和意志力决定了他不会这样做，因为他不单要显示自己的高明，更重要的是他有敬业精神。他就像每一个从事正当职业的日本人那样，受过极深刻的敬业教育，所以他必须将个人的复仇行动与"帝国大业"结合在一起，争取更大的成果。

吉田次郎是不是冷血地、不分青红皂白地，一定要杀死所有的"吉田事件"参与者呢？我想未必，这便是他内心之中的另一个矛盾。

吉田次郎为了复仇，或者为了达到他的全部目的，要不要不择手段呢？这应该是他内心之中的又一个矛盾。在小说中，吉田次郎先后使用欺骗、利用他人、谋杀和处死、利用职务追捕等令人发指的恶劣手段，但是我们不要忘记，吉田次郎是个职业间谍，他的职业要求他精通搜集和分析情报、从事破坏和颠覆活动，他的工作要求他可以使用这些手段达到目的。从职业角度和战争背景来看，他并没有使用下流的、不道德的手段。那么，如果他运用了更下流的手段，无所不用其极会怎么样呢？那我们讲述的就应该是另一个人物的故事，而非吉田次郎，在这个故事中吉田次郎是个还算"正派"的敌人。

3.次要对抗人物——狸猫

在小说的前半段，狸猫充当了主要对抗人物。他在自己的情节序列中有转折点、有高潮，相当精彩，但他毕竟是一个阶段性的人物，特别是在整个故事高潮到来之前，他便失去了行动的自由，所以只能算是一个次要对抗人物。

在这个故事中，所有次要人物都是可扩展的人物，狸猫和百灵则是最需要扩展并充分利用的。

虽然狸猫只是一个次要人物，但他在故事中的作用却非常重要，改编时对这个人物一定要给予足够的重视。为了让他能够有充足的戏来展示自己，改编时应该让狸猫在故事的开篇便出场，要给他足够的戏剧空间和充分的描绘。

狸猫的重要性还在于他是故事中身份最复杂的人物之一，他是假死的前中共党员、叛徒、前土匪（在张家口干没本钱的买卖）、杀人凶手、被周孝存收买并欺骗的不成熟的坏人、被吉田次郎利用并欺骗的成熟的坏人……

4.次要对抗人物——周孝存

周孝存是一个充满魅力的人物,优雅、世故、精明能干、爱妻如命,同时他身上也充满恶的魅力,例如擅长欺骗、利用他人、背叛等。周孝存的最终结局是他身上最具趣味性的内容。

两难的戏剧结构既来源于事件的结构,也来源于人物内心的矛盾。周孝存所面临的最大两难,便是他明知道妻子百灵是中共地下工作者,但他又爱她,不忍伤害她,因为他在日常生活当中是个君子。

周孝存的另一个两难来源于前一个两难。妻子的身份是他生活的隐忧,他在租界中从事抗日和削弱中共的工作,不利于他爱护妻子、教养女儿,他该怎么办?所以当"吉田事件"被揭露出来之后,他就必须做出选择,是继续从事自己的工作,还是带领妻女远走高飞?这个选择其实很难,只有等到百灵牺牲,他自己也陷入困境之后才能做出选择,而且代价极高。

5.次要对抗人物——安德森

安德森是这个故事中最重要的喜剧人物。一个正常的故事如果没有喜剧人物和喜剧情节,必定是很乏味的。由于小说的篇幅所限,安德森出场的次数不多,但在改编成电影的时候,他便成了一个非常有用处的多功能人物,应该让他贯穿始终,一直到冯九思住进他的房子时,他仍然有很大的利用价值。例如因为职务的原因,日本人不能让他活着，所以他必须逃走，而可以帮助他逃到大后方或回国的人只有两个——冯九思和周孝存。

作为一个喜剧人物，安德森必须得有所执着，而他所执着的事情,便是证明自己比冯九思有能力、有智慧，但又屡屡失败。

喜剧人物的特征是执着不弃，在这个故事中表现为安德森不断地给冯九思制造干扰。除了小说中已经描写的内容，安德森还应该有很多可表演的内容,例如他与吉田次郎或小仓可以发生关联,也应该与周孝存有关系,这样一来,他便参与到整个故事当中来,成为一个不可或缺的人物。

如果找外国演员不方便,也可以将这个角色改成中国人，但是那样就不会像现在这么有趣了，因为欧洲人，特别是爱尔兰人的性格在中国会有许多令人开心的表现，例如他们的坏脾气、傲慢和软心肠,还有爱尔兰人著名的吝啬。

6.作为女主角的次要人物——蓝小姐

鉴于女主角在全剧中的特殊性，应该将蓝小姐的作用上升为主要人物。

①蓝小姐的人物维

这个人物最特殊的地方,就在于她身份的复杂性,同时她的人物维也因复杂性而充满矛盾。

蓝小姐是一个脱党的党员。在那个年代,这种情况并不少见,但像蓝小姐这样处境复杂的却很少。蓝小姐的人物维主干是追求理想和追求个人幸福的矛盾，她的所有行动与选择都由这个根本的内心矛盾生发出来。

蓝小姐是狸猫的前未婚妻，这是她身上非常复杂微妙的一层关系。第一，他们同在党内时成为未婚夫妻；第二，他们分手后却又相继脱党；第三，蓝小姐也是"吉田事件"的参与者，而狸猫却被人利用，杀害所有"吉田事件"的参与者；第四，狸猫对蓝小姐仍然不忘旧情，不断送纸花，甚至他还应该百般推脱杀害蓝小姐的任务，而主张先杀别人；第五，蓝小姐怀疑狸猫仍然活着，却又无人可以商量，故而内心痛苦；第六，冯九思侦破连环杀人案，与狸猫针锋相对，这让蓝小姐的感情更复杂起来。

蓝小姐是冯九思的追求者。最初她把冯九思当成了摆脱旧生活中一切麻烦、建立全新的幸福生活的救命稻草，但很快她便发现了冯九思身上的可依靠、可信赖的内容，便真心爱上了这个男人。冯九思受命调查连环杀人案，证实狸猫还活着，居然就是连环杀手。她虽然明确地站在冯九思一边，但她复杂的生活背景又让她不敢相信冯九思真的会全心全意地爱她。

周孝存是蓝小姐的"老斗"。"老斗"这个概念来源于清代相公堂子，到了交际花盛行的年代，人们拿这个已经消亡的概念指代包养交际花的富人。蓝小姐、周孝存和冯九思的关系绝不是自由恋爱时代的"三角"关系，而是一种封建时代的关系，这里边包含着复杂的"游乐文化"和"游乐伦理"，是一种充满戏剧性的关系。然而，身处这种关系之中的蓝小姐却并没有像真正的交际花那样感到快乐和自得，而是非常痛苦，因为周孝存是个君子，是她的衣食，而冯九思则是她所爱的人。交际花如果不是玩世不恭，爱人、嫁人都不容易，这也是她的痛苦所在。

蓝小姐是百灵的交通员。这一层关系在小说中没有，要在电影中加以发挥，好使这个故事中的所有人物都产生紧密的联系，使故事增加凝聚力。我们现在可以设想，蓝小姐虽然已经脱党，选择了自己的生活，但她仍然可以为党组织工作，而百灵是党组织最重要的情报人员。为了避免让那些平日里参加抗日工作，有可能暴露身份的同志与百灵直接接触，以至于给她带来危险，上级领导要求蓝小姐"帮忙"也在情理之中。然而，这又是一重十分尴尬的关系，因为周孝存是百灵的丈夫，同时又是蓝小姐的"老斗"，在当时的社会生活中，这两个女人见面，双方都会感到十分窘迫，更何况在蓝小姐脱党之前她们就有可能相互认识。

蓝小姐与杨炳新的关系。这也是一层复杂的关系，杨炳新是个讲求旧道德的人，对"义"的理解有独到之处，所以他对待既脱党又抛弃他义弟的蓝小姐，自然满腔愤恨，而蓝小姐却又对他无从解释。

②蓝小姐要产生移情作用

蓝小姐是这个故事里的"女一号"，应该加强这个人物在故事中的作用，给她足够的"戏"。

蓝小姐应该是那种让男观众艳羡的可爱女人，又应该是让女观众同情、赞赏的历尽磨难、始终不渝地追求幸福的奇女子。

7.次要人物百灵应成为主要人物

与蓝小姐不同,百灵是这个故事中的关键人物。几乎可以说,没有百灵也就没有后半段精彩的故事,所以在改编的时候,要让百灵在故事的开篇便出场,一直到她在高潮中牺牲,给她足够的戏。

百灵与周孝存有十年左右的婚姻历史,但根据她的思想政治水平来看,她绝不会是嫁给周孝存之后才加入党组织的。

百灵的重要性在于她与多个真相之间的关系:

百灵了解领导为什么会不信任冯九思。

吉田次郎只知道在"吉田事件"中还有一个关键人物,但并不知道这个人就是百灵。

百灵了解狸猫与周孝存的一般关系,却没能发现周孝存与"吉田事件"的关系。

百灵了解蓝小姐的情况,却不了解冯九思的情况,同时她还认为冯九思更不可能了解蓝小姐的情况。

百灵掌握了国民党军统局破译日本密电后得出的结论——日军即将进攻美国。这是上级领导急需拿来与他们从苏联得到的情报——佐尔格的消息——进行对照的关键情报。

吉田次郎知道百灵在党内地位重要,特别是他知道百灵的一些背景情报,例如她在中共早期活动中结识了大部分的领导人,但是他不知道周孝存的太太就是百灵。

吉田次郎知道有一个女人是制造"吉田事件"的关键人物,但不知道她就是周太太,更不知道她就是百灵。

冯九思信赖周太太,但他却不了解周太太就是党内同志,更不知道她的重要性。

百灵除了参与主线故事,还与周孝存、冯九思、蓝小姐、领导形成一个颇有趣味的副线故事。这样一来,领导的形象也就加强了,出场的机会增多,避免了小说中的单薄。

百灵还应成为冯九思的密友,但这与党组织无关,因为他们并不知道对方的身份。在这里,百灵只是以一个类似"长嫂"的身份关心冯九思,关心他的婚姻大事,给他介绍富家小姐,强硬地反对冯九思与蓝小姐交往。

8.次要人物——大福妈

大福妈在故事中的作用小是正常的,但她是杨炳新副线故事的重要组成部分,是典型的扁形人物,所以在改编时人物身份和性格特征要鲜明。

如果一定要利用大福妈,我们可以在改编时由大福妈引出一个新的戏剧环境,即由杨炳新弟弟、大象、大福等人构成的戏剧环境。

9.次要人物——上级领导

上级领导在这个故事中其实是非常重要的组成部分,他们是冯九思、杨炳新、蓝小姐和百灵等人理想主义的根源,同时也是他们的"束缚"。

上级领导与冯九思、杨炳新的关系是改编中重要的戏剧成分。

上级领导与蓝小姐、百灵的关系是改编中的另一部分重要戏剧成分。

需要特别注意的，代表上级党组织出场的领导的人物形象需要全新的设计。对这个人物的要求很高，他必须得有坚强的，超出冯九思之上的意志力，同时还要有明显但并不让观众生厌的缺陷。

10.次要人物——茶房

茶房是个典型的多功能人物，在故事中非常重要，因为他关联着蓝小姐、周孝存、冯九思，甚至还关联着吉田次郎、狸猫，当然他还可能是法租界巡捕房的坐探，但也可能属于任何一方势力或同时为多个势力服务。

茶房还是一个典型的喜剧人物，他的特点就是"多事"，给所有与他有关的事制造小的麻烦，提供小的便利。可以不必让他参与"吉田事件"，但应该让他参与几位主要人物和对抗人物的生活。

由于茶房的特殊职业和在故事中的功用，他可以成为一张极好的"嘴"，通过他来引进大量的说明性材料。

11.次要人物——大象

大象是个典型的序列人物，在小说里他只出现在一个情节序列之中。

是不是应该让他在牺牲之前参与杨炳新的生活，给他和杨炳新的弟弟一个小小的叙述目的，与上级领导的戏和大福妈的副线故事结合在一起,在电视剧中应该是可行的,但在电影中就用不上他了。

12.次要人物——大福

在小说中我让大福只是一个符号,但在电影中却不可如此,因为他是个很有利用价值的人物。

在任何一个故事中,小男孩都应该是非常有用处的角色,他可以完成一些大人无法完成的任务且不引人注意,特别是在抗战期间。

不要让大福得病,而是让大福妈得病,这样就可以把大福利用起来,直到故事的高潮。如果有需要,不妨也让他参与报社大楼的高潮。

第六节 《接头》影视剧改编意见

　　《接头》讲述的是个人之间的对抗，或是中共党组织与各方势力抗衡的情况，且中共党组织处于弱势。在这个故事中，日本人只是背景，不宜直接进入故事，因为如果将日本人作为主要对抗人物引进故事，情节设计就太容易了，这种容易也难免会导致流俗、无趣和陈词滥调。这个故事应该是在日本人包围租界的大背景下，地下工作者在危局中求生存、求发展的生活故事。当然，国共两党之间的斗争不可避免地会占用一定的篇幅，所以在处理的时候应该适可而止，要充满趣味地表述，而非将人的劣根性过分夸张与渲染。

　　我们制作的是一部中国电视剧，而非电影，所以不必追求电影效果，也不必追求类似美剧的过分繁复的情节和人物关系。我们要做的就是给观众讲述一系列人物妙趣横生的人生故事，展示一种具有陌生感但又似曾相识的生活，故事结构巧妙到观众不会中途放弃观看，内容丰富到各层次观众都能看懂且找到自己熟悉并喜欢的东西，思想深度恰好拿捏在可理解且能引发共鸣的分寸上。

◎ 故事类型、视点、改编方向

1.故事类型

这是一部生活剧,而不仅是谍战剧。这个故事的特殊之处,就在于它讲述了中共地下工作者的真实生活,而故事趣味性的来源,也在于地下工作这种特殊职业给正常生活带来的种种令当事者意想不到的冲击。在这种独特而复杂的生活状态之中,这些独特的人物身上便会衍生出无数妙趣横生的戏剧性冲突,所以我们要力争完成一部中国影视史上从未出现过的生活剧,专门关注地下工作者独特的生活状态、情感状态和心理状态,令观众陌生而又可理解。

2.视点问题

这部小说采用主人公单一视点的叙述方式,在改编成电视剧时,须改为第三人称全知全能视点的叙述方式。小说中的这种视点可以保证在有限的篇幅之内,使主要人物得到最充分的表现,同时又可以将大量的次要人物和副线故事隐藏到背景中去,使小说的内容更丰富,但又不占用文字空间。这种叙事技术可以为电视剧改编提供极大的便利,让小说有意隐藏的所有内容在电视剧全知全能的视点下得以表现,并为电视剧所需要的大量情节、戏剧性场面和人物关系提供足够的元素。

3.改编方向

既然是生活剧,我们就应该明确一点,那就是主人公所从事的地下工作只是他的生活内容之一,生活是第一位的,谍报工作是生活的一部分。这样一来,故事就要依照以下几种戏剧类型进行归纳:

这个故事讲述的是中共地下工作者的工作状况,他们所从事的是一种独特的行业,包括关大宁招募梁公肃、控制黄若愚、创建艺术沙龙,以及他与美国间谍杰克关的关系。如果电视剧有需要,他的工作还应该再增加更多的内容,而这一切都离不开地下工作。因此,这是一部行业剧,也就是间谍剧。

这个故事讲述的是地下工作者关大宁在特殊境遇下被扭曲的情感生活,包括他与淑娴的假夫妻生活、他与谭美刻骨铭心的爱情生活,这两段人物关系极有戏剧价值,特别是他与淑娴的关系是前所未见的。因此,这是一部情感剧。

这个故事讲述的是地下工作者关大宁的家庭生活,他与母亲的关系、他与同父异母大哥的关系、假夫妻关系、假太太淑娴与性格多变的婆婆的关系、他的情人谭美与淑娴的关系、淑娴与原配丈夫的关系、母亲与义子的关系、他和母亲那些破落皇亲国戚的关系,一系列的复杂关系组成了主人公关大宁的生活。因此,这是一部家庭伦理剧。

这个故事中还有很重要的两部分内容:一部分是关大宁与老杨、陈正泰及上级领导的关系,特别是关大宁与上级领导要花招、出难题、"斗智斗勇"的关系;另外一部分是黄若愚在中统局北平站的工作，再有就是梁公肃对中统局北平站的管理，中统局北平站与天津其他国民党特务，特别是中统局天津站的关系。这几部分内容，可以在这部戏中反映出一整套生活规则与生活观念，也就是办公室政治的内容。因此，这又是一部办公室政治剧。

黄若愚先为关大宁所用，再被谭美控制、利用和抛弃，然后被梁公肃利用，直至最终与谭美终成眷属，这是一个痴情男儿的故事。因此，这也是一出痴情戏。

大特务梁公肃在生活中是个"正派人"，同时他仍然是一个无所不用其极的国民党特务，他为之努力的工作有一部分是抗日，但相当一部分是与中共党组织的对抗，还有一部分是与特务同行对抗。他是这个故事中的主要对抗人物之一，同时他的个人生活和家庭生活又构成了另外一套奇异的风景。他与关大宁的对抗咱们且按下不提，只说他对残疾女儿的爱心、他凄凉的鳏夫生活，这就是一出苦情戏。更不要说他的上司必定会给他可怕的工作压力，他从北平迁来天津属于寄人篱下，中共对手和日本对手必定会给他造成极大的威胁，他的中统局天津站的同事必定会给他挖坑使绊，于是他的生活就变成了奇特的反面角色的苦情戏。

谭美的艺术沙龙应该是这个故事中最有利用价值的部分之一，她在那些租界大亨当中游刃有余，种种利用妙趣横生，这便是租界上流社会的一出社交戏。同时，她在租界内外投机倒把，这便又成了一个女"拉斯蒂涅"的野心剧。

领导清楚地了解关大宁纨绔子弟的性格特征，清楚地了解谭美爱虚荣、爱奢华的心态。同时关大宁和谭美也演出了种种逃避艰苦生活的小戏。同样，领导也清楚地了解淑娴的"贤良淑德"，了解老杨的愚忠和陈正泰的纯真善良。因此，领导绝非刻板、僵化的领导，他应该知人善任，不拘一格，继承了曹操唯才是举的遗风，尽管使用关大宁他冒了很大风险，并多次受到批评。因此，这又是一出讲述领导艺术的戏剧，是一个具有创新精神的领导的故事。当然，如果可能的话，中途给关大宁换一任领导，让他尝尝强硬领导对他的才华不理解的苦处，也同样有很强的戏剧性。

关大宁被迫成为天津头号美国大间谍之后，必定会有精明之人利用此事，不仅仅是梁公肃，还应该有艺术沙龙的人、社会上的人，这又是一出典型《钦差大臣》式的闹剧。

这个故事充满结构性喜剧因素，只是由于小说的文字空间有限，仅将结构设计出来，并没有在这方面展开描写。

第一，主人公关大宁的身份、性格与党组织的要求差异巨大，如果唯才是举，他是可造之才，如果严格要求，他便一无是处。这里特别要提到的，就是关大宁身上的自以为是、轻浮任性等性格特征，对自身的工作和组织纪律都是严重的挑战，但他在情报工作上又极有偏才，有极大的创造性才能，让领导不忍将他舍弃。有关他的性格问题，我在后面分析人物时再谈，但这样一个人物从事着那样一种要求严格的工作，而他居然还成功了，这本身就是喜剧。同样，关大宁与领导的关系，从骨子里讲也同样是喜剧结构，只不过这种喜感不能过分外露罢了。

第二,关大宁的母亲关老太太,是从典型的清朝格格、少奶奶到婆婆的形象,她的家族虽然败落,但她的派头和架子不倒;她虽然年老,但仍然是个老小孩;她想有家长的威严,也知道当婆婆的所有规矩,但她就是不会当家过日子;她心地良善,但又一肚子封建恶习……这是个典型的喜剧人物。需要注意的是,她的变化只表现在对淑娴的态度和理解上,而且多有反复,千万不要把她争取过来,成为"革命母亲"。

第三,关大宁与淑娴的假夫妻关系绝非《潜伏》中的喜剧结构,而是一个苦情戏结构,可是,一旦关老太太搅和进来,便又成了地道的喜剧。

第四,黄若愚的痴情,如果我们没有将可悲的痴情之苦与喜剧人物夸张的执着结合在一起,这个人物就无趣了。

第五,老杨是个多功能人物,必要的时候,他也有着喜剧任务。

第六,关大宁与美国领事杰克关的关系,也同样是喜剧结构,杰克关也是一个喜剧人物。

第七,小环节上的喜剧因素在这个故事中随处可见,例如当陈正泰与黄若愚都住进关大宁家中时,这座小楼里的人物结构就是一个彻底的喜剧结构。因此,这个故事是一出真正的喜剧,但它是结构性喜剧,绝非语言类节目。为了尊重历史和观众,我们不能将它完全写成喜剧,而是教会观众认清每一个需要记住的喜剧结构,在该笑的时候笑出来即可。

有关梁公肃女儿和福生的戏剧内容虽然不多,但在整个故事中起到了关键作用,如果从中生出妙用,这又是一出"儿童剧"。

最重要的一点是,这部戏讲述的是人物如何战胜个人私欲,明了为理想和信念献身的意义,并且开始行动的故事。因此,这是一部不折不扣的励志剧。

任何一部完整的大戏都绝不可能是单一的戏剧类型,所以在这部电视剧中,我们要从小说中挖掘出足够丰富的故事类型来满足各个人物和各阶段情节的需要,同时这也是为不同年龄、不同学识、不同兴趣的观众准备的一桌五味杂陈、色彩纷呈的盛宴,可以赢得最广泛的观众。当然,全剧的哪一部分由哪种类型唱主角,又由哪些类型唱配角,还有哪些需要补充、需要再创造,就请编剧费心了。

◎ 故事的主旨

故事中主要人物和多数次要人物所面临的困境,集中在对他们道德水准的考验上,所以故事的主旨是"人生存于道德之中,无可逃避"。

这个故事同时还讲述着这样一种生活状态——人情世故乃是基本的生活准则。不论是革命者,还是反革命分子,统统生活于人情世故之中,不遵循人情世理,生活寸步难行。主人公关大宁往往在关键时刻出点花样,找点便宜,走走捷径,结果必然碰得头破血流,因为他总是在挑战上级领导、革命同志、租界生活和对抗人物的道德底线——主人公的失败是戏剧成功的关键。

这个故事还讲述了另外一方面的内容,就是道德多重性的问题。

这一点容易在读者和观众心中造成混淆，从而影响他们对人物和故事的判断和接受，所以我在小说中对此并没有过多强调，电视剧中就更不宜过多表现了。

◎ 主体故事的结构问题

《接头》的主体故事其实就是关大宁、谭美和淑娴这三个人物的故事，这是一个错位的故事，而绝非三角恋爱，这一点必须处理得非常清楚。而这个故事的时间跨度，可以是小说中的两年，也可以向前或向后延伸，但都是紧密地围绕着这三个人的故事。三人结构消失了，故事也就结束了。

主体结构的任务，就是塑造和深入揭示这三个人物的人物真相和内心深处的不自觉欲望。所有的情节设计、转折点设计和人物关系设计，都要以这个任务为根本。

最重要的一点是，我们虽然清楚地知道塑造并揭示主要人物的结构主干，但又不能让观众清楚地意识到这一点。观众所看到的是人物在行动、在经历磨难，看到的是一个又一个的实际工作、生活欲望和挫折造成的转折点，而我们对人物的塑造与揭示，则是通过人物的行动和转折点自然而然完成，把得出结论的工作留给观众自己完成。

转折点的形成，多半应以人物的缺陷为诱因，或者让他掉进自己制造的旋涡，或者引来对抗人物的打击。单纯的外部打击，在故事的开端部分还可理解,但随着故事的发展,所有针对人物的打击,以及人物的困境,都必须有前因,最好是在故事的前半部分已经准备好的诱因——横空出世的打击没有说服力,也不易被观众理解。

主人公关大宁面临的第一个转折点,其实是他独特的性格引发的生活旋涡,是前往根据地休养,还是回天津承担新工作,结果他选择了自己的欲望,就是回天津与谭美结婚,但这是个注定要失败的选择,揭示出的是他也有私心——结果他将自己一步一步推入"娶活人妻"的困境。

他面临的另一个转折点:为了打赢与梁公肃的那个至关重要的赌,是冒着生命危险保护黄若愚,还是简单地学习租界绑匪的方法毁尸灭迹?他最终选择了保护自己的情报员,这里揭示出他的道德——其实他在这里流露的却是孤傲和自以为是,因为他在潜意识里不完全相信领导,不信任同志,只信任自己,并想尽一切办法,采用最戏剧化的方式证明自己的能力、道德、人格力量等一切优秀品质给领导和对手看。

小说的高潮,大连码头的戏剧性场面,是两个主要人物关大宁和淑娴各自的转折点,也就是他们押上最大的风险价值才能败中取胜。对淑娴而言,风险价值就是亲人的生命、个人的安危、辅助关大宁工作的责任、良善之心造成的对小菊的保护,以及对特务头子梁公肃世俗意义上的承诺。而对关大宁而言,风险价值就是抛弃三十年根深蒂固并引以为荣的纨绔子弟思维方式,从此用革命者毫不利己专门利人的方法进行思考和行动,这对他的考验在生活意义上甚至比牺牲生命还要大，这是他赖以为生的根本，是他的世界观和人生观，是他的几乎全部生活乐趣——完成这个转折之后，他就再不是过去那个人了，这个转折的不可逆就在于他在关键时刻彻底背叛了自己的世界观和人生观。

◎ 事件与行动设计

不论我们讲述哪一种类型的故事，都面临着同样的难题，就是如何保持住观众的注意力。这部戏至少也得有三十集，那么在这么大的篇幅、这么长的观看时间中，只凭借一两组故事"钩子"，绝无可能让观众将注意力保持到最后。同样，如果我们只凭借一两种类型的故事"钩子"，不能翻新花样，不能于不着痕迹中生出无穷妙用，那么观众很快就会对我们的手段了如指掌，就会失去新鲜感，电视剧也就自然失去观众。

我们常讲，故事就是主人公有欲望去做一件事。但在电视剧中，主人公就不能只做一件事，而是要做一系列甚至多个系列的事，要让主人公经常处于"按下葫芦起来瓢"的状态，要成功与失败共存，得意与窘迫并举。因此，在这部戏的同一时间段内，至少也要有三个甚至更多的主副线事件同时进行，要让主角、配角时常处于重压之下的求生、求财、求人的危局。

依照这种要求，这部戏需要增加许多小说中没有的事件与行动。需要重点关注的内容如下：

主人公关大宁的家庭生活是这部戏的重点内容之一，而这部分内容的主干是假夫妻关系、婆媳关系和母子关系，在这三种关系当中，不能只是让夫妻、婆媳冷战，或只是毫无内容的言语冲突，而必须要设计一些新的突发事件和冲突，既要借机揭示人物、展示生活，又要由此激发、促进其他事件的发生和发展。

　　主人公关大宁的工作是贯穿全剧始终的情节，他必须得不断处于行动之中。这样一来，就需要在他的谍报工作中增加新的事件，例如领导交派的新任务，或是现有工作中自动生成的新工作和新危局。关大宁在这个故事中是一个"全才"的间谍，他需要招募新情报员，需要维系旧情报员，需要创建情报机构——艺术沙龙，需要完成领导不断交派下来的"任务清单"，需要处理与领导"别扭"的上下级关系，需要保护自己不要暴露身份，需要保护领导、同事和家人不被伤害……除了杀人放火，所有间谍该做的工作关大宁都需要做，于是他便很忙，也就容易忙中出错；于是他很累，自然会被累得病倒；于是他很操心，但百密一疏，难免在亲人、情人、同事、领导身上少了些耐心，以至于生成误解……他自以为聪明盖世，洒脱无双，其实是一个劳心劳力、受累不讨好的可怜人。

　　谭美在艺术沙龙中进行的具体工作，小说中没有详细描写，这是因为我有所顾忌。虽然在中共地下工作历史上，确实存在过类似的真人真事，就是地下工作者以"交际花"的面目出现于上流社会，通过社交活动为党工作。但是，"交际花"这个社会身份放在地下党员身上，今天的观众必定难以接受，而且格调确实不高，所以我们在这部戏中就绝不能将谭美的身份往交际花上靠，这一点是必需的。然而，这部分内容又奇妙无比，充满了趣味性，难以割舍，所以我的意见是"解放思想"，放下包袱，充分利用这一部分内容。但怎样利用呢？我想，我们应该将谭美的艺术沙龙办成一个真正的格调高雅的所在，让这里成为天津话剧界的中心、艺术界的中心，参加艺术沙龙的是两类人：艺术家和艺术赞助人。而那些以艺术赞助人身份出现的租界大亨们，至少在沙龙里暂时抛下铜臭和好色之心，或者把这个地方办成一个联谊会、俱乐部的形式。这种情况在中共地下工作历史上是有先例的，例如"上海市保险业业余联谊会"，最后在谭美进行投机生意时，很自然地就可以从中生成经济实体。也可以办成李烛尘的"三五俱乐部"样式，更进步一些，群体活动和宣传抗日的活动更多些。这样一来，这个故事就会免去了被指责为低级趣味的可能。而且，这样的改变可以让谭美的活动范围更大、更广，同时也并不影响小说中涉及谭美的情节。

谭美在艺术沙龙中的工作分成两个部分，前一阶段是为根据地购买重要物资，后一阶段则主要是情报和联络工作，包括领导最初打算由她来招募梁公肃，后来让她出国做华侨工作等。要想让这一部分内容丰富起来，需要设计新的配角，例如租界大亨等人物，也要有些太太、小姐，还需要剧团中的团员做些辅助工作。当然，最重要的还是需要为她设计一系列具体的任务，需要强化她在艺术沙龙的活动完全是正义的行动，以此来冲淡观众可能产生的误解。还有非常重要的一点就是，她的所有行动必须得与关大宁发生关联，但这并不意味着关大宁必须得协助她工作，关大宁无意间破坏了谭美的工作也是两个人发生关联。他们在这个故事中所能犯下的最大错误，就是两个人各行其是，让两条故事线索相互之间失去了联系和影响。

陈正泰要提前出场。由于小说是单一视点，不得不让陈正泰很晚才出场。在电视剧中，陈正泰可以在淑娴出场时便出场，然后派他出去执行任务，并且"牺牲"，而"牺牲"的见证人就是老杨和另外一个同志——这样在日后就能给老杨身上增加更大的道德压力，同时由于关大宁"娶活人妻"的混蛋要求和工作压力，领导又不得不要求淑娴"新寡再嫁"，这样也能够使戏剧冲突更强烈，并将同样的道德压力加诸领导身上。而在淑娴嫁人的那一刻，我们就应让观众看到，陈正泰其实并没有牺牲，他还活着，只是受了重伤，又遇阻碍，失去了与组织上的联系，也无法回来。于是，日后他再回到天津的时候，为了保护地下党组织，他这段失踪的经历又必须进行严格审查，自然也就推迟了他与淑娴见面的时间。而这一切，都是关大宁的罪孽和老杨的负疚。不过需要强调的是，剧中必须得表明，这件事虽然开始于关大宁故意给领导出难题，但最后领导嫁淑娴是迫不得已，关大宁娶淑娴也是迫不得已，这种"娶活人妻"的不道德行为，既是误会，也是走投无路之下的无奈之举，千万不能给观众留下指责角色的任何借口。

领导、老杨和陈正泰三个人要组成一个相对独立的生活圈子，这是一个贫困、劳苦、艰难，但又坚强不屈的生活群体，与关大宁和谭美的奢侈生活形成对照，但绝不要刻意强调这个差异，否则会削弱主要人物和主要戏剧结构的力量。淑娴的父母亲也应该是生活内容的一部分。他们的生活,贫困但有信仰。

梁公肃在中统局的工作内容需要加强,但所设计的事件必须得与关大宁有关联。黄若愚的生活也是如此。同样,梁公肃的家庭生活也很重要,因为在最后阶段,他的家庭是一个重要的戏剧场景,所以事先铺垫并设计一两个小事件,对塑造并揭示梁公肃这个人物很重要。

谭美买来的那些重要物资的运输问题,要不要让关大宁出面掌握黑社会的走私团伙?如果这样做,后边这条线索应该有妙用。

◎ 感动观众的设计

这个故事当中有许多感动观众的契机,编剧也必然会增加许多新的契机。在这里我只提示一些简单而必要的内容。

在这个故事中,我们必须要杜绝过分的煽情,就像我们杜绝小品式的喜剧因素一样。对观众的感动我们要建立在人物命运和人物关系的结构上。

在这个故事中,有这样几条感动观众的人物线索,既来源于人物命运,也来源于人物关系。

关大宁的命运。稍有一些知识的观众都能想到,像他这样的人在当时的革命根据地,可能是被批判和改造的对象,然而就是这样一个人,他背叛了自己的阶级,为了改变中国的命运,为了改变黑暗的社会，为了改善民众的生活，毁家纾难，冒着生命危险从事秘密工作。观众必然会对这个人物寄予同情，同时由于他的工作和爱情，由于他的困境、窘境、危局，以及他由此表现出的勇敢、坚强、热情，到了最后，甚至他身上那些可笑的缺点，都会成为观众移情的契机。因此，关大宁是整个故事中对观众最具有吸引力的，也是最具移情价值的人物。于是，命运对他的捉弄、折磨、不公平，都会深深地打动观众，观众也会为他的成功和幸运而欢呼，为他的挫折和失败而扼腕。

举例说明之一：关大宁的几次挫折和失败，他畏惧大哥，又被大哥设计抢走了淑娴的儿子，而真正感动观众的地方，则来自于他知耻而后勇，明知无法战胜大哥，却仍然勇敢地、坚持不懈地与大哥斗争。这是一个争夺儿子的故事，只要我们不像琼瑶剧那样滥情，就会让观众随着关大宁的一次次失败，陷入深深的痛苦和感动之中。

举例说明之二：关大宁与黄若愚的关系。在开始阶段，他们既是利用与被利用的关系，同时也有着关爱与同情的成分。关大宁是以一个间谍老手的眼光来看待误入歧途的黄若愚，他在无意识之中应该产生与他母亲同样的感觉，就是将黄若愚当成了他死去的弟弟，特别是在他们的关系正常化之后，他从黄若愚身上找到了已经被他大哥破坏得千疮百孔的兄弟之情。在这样的情感基础之上，观众就很容易理解他决定冒死保护黄若愚的行为，随着这一系列行为逐步深化，观众必将在每一个关键点上都被深深感动。

举例说明三：关大宁对谭美的爱情，既是他的动力，也是他的幸福，同时还是他的折磨。这是他在整部戏中唯一的爱情，他对此坚贞不渝,不惜为此挑战、冒犯和欺骗领导,不顾被重病击倒的危险,冒着暴露身份,甚至暴露同事和领导身份的危局,一定要赢得他的爱情和婚姻。这种用情专一的男人,对任何观众都具有极大吸引力,同时也是感动的源泉。

举例说明四:关于淑娴,她的命运就不用多说了,这个人物形象会对观众造成的感情冲击也不用多说了,她简直就应该是一个"造泪机器"。我这里要说的是,要善用淑娴身上这种悲情的影响力,让这种影响力有针对性地扩散,以在其他人物和事件中造成更多感动观众的"反射点",特别是不幸的她却无时无刻不在关心和帮助他人的时候。

梁公肃是这个故事中最大的坏人之一,但他的身上难道没有感动人的地方吗?如果没有,又如何将他的家庭生活改造成苦情戏呢?特别是当淑娴进入他的家庭之后,这个家庭将会如何让观众心碎?这一切都在编剧的大才之中。

陈正泰是故事中最大的悲剧人物。在淑娴结婚的时候,他就应该出场,告知观众他没死。但是,他伤重或由于某种原因无法回到天津。而回到天津之后,他又一时找不到领导,找到领导之后又被隔离审查了很长时间。直到所有的证明材料都齐全了,才允许他工作。因此,关大宁把淑娴还给他的时候,其实他不是因为工作外出,而是被领导带走进行审查了。地下工作必须得安全第一,不能有半点轻忽。领导深知自己"误嫁淑娴"的错误,尽一切可能加快调查,但找到证人和证物很困难,同时领导也不想将陈正泰远远派走,还是想弥补错误，让他们夫妻团圆，所以才坚持调查。既然这样，就派个人物指责淑娴的丈夫背叛革命吧，这也是一个极好的故事情境和压力，也是领导合理的调查理由，同时也是迟迟不肯让淑娴回到陈正泰身边的理由。

由上边的例子我们可以在现有的人物中发现，这个故事随处都能发现真正感动人的内容，例如关老太太、陈正泰、领导、老杨、小菊等等。为此，我们只需把握一个关键点，还是那句话，只有人物命运和人物关系结构才能真正感动观众，千万不要仅仅依赖台词、摄影和音乐等煽情手段。

◎ 关大宁的人物设计

1.关大宁的身份问题

我们每一个社会人都有自己的身份，对这个身份多数人都没有自觉意识，其实这是一个极复杂的、充满矛盾和谬误的社会、性格和心理问题，也是人物生成故事的主要趣味来源之一。

他在本质上是一个善良的好人。

他却时常会变成一个"坏人"，不论是对敌，还是对友。

他是一个中共地下党员。

他也是一个纨绔子弟。这两种身份相互争斗，互有胜败。

他的党员身份要求他毫无代价地承担责任和义务。

他的性格中又有许多偷奸耍滑、使巧占便宜的本性。

他信仰革命理想。

他也迷恋租界奢华的生活。

他对中共党组织充满了崇敬与热爱。

他并不了解中共党组织真正的组织生活和组织纪律。

他知道自己的工作是推翻旧政权、建立新生活。

他并不是真的清楚自己的工作目的，正是要推翻自己最心爱的租界生活方式。

他是一个需要低调、内敛的间谍。

他也是一个张扬、好热闹的社交动物。

他是一个用情深到极处的好情人。

他也是一个可恨的逼"娶活人妻"的假丈夫。

他无私到为了信仰毁家纾难。

他也自私到为了爱情不顾一切。

他聪明到可以完成最艰难的工作。

他也愚笨到把自己的生活搞得一团糟。

他是一个好下属，为领导建功立业。

他也是让领导最头疼的下属，时常给领导出些难题。

他通常是一个善良、细心、慷慨的好同事、好伙伴。

他有时也是一个尖刻、坏脾气、记仇的坏同事、坏伙伴。

他是一个受传统道德严格约束的人，认为道德是为人的根本。

他也是一个感情冲动、任意胡为的人。

他是个孝子。

他也是个不肖子孙。

他是一个勇敢的人，对工作和对手，"虽千万人吾往之"。

他也是一个怯懦、胆小的人，对亲人、朋友、同志，他有些妇人之仁。

他是一个立场坚定的人，忠诚党的事业，维护党的利益。

他也是一个摇摆不定的人，常会不自觉地同情敌人和对手的弱点。

他是一个具有强大意志力和自信心的人，认为自己可以完成一切任务。

他也是一个病人，随时都可能病倒。

如果一一列举，关大宁身上存在的矛盾还会有许多，这就是这个人物的真相，他是一个矛盾体。当然，也只有充满了矛盾的人物，才能表演出最丰富多彩的故事。

2.关大宁面临的压力和个人的转折点

关大宁所面临的压力很复杂，随着故事的进展，旧的压力尚未解除，新的压力却已经到来。

举例说明之一：在故事的开端，关大宁带入故事的压力有这样三项内容。第一，他是作为一个失败者离开香港的，也就是说，他在工作上成绩突出，但在生活和工作作风上让领导忍无可忍，所以他的离开类似于被撤职。于是，他便面临一个看似简单，其实却是类似于陷阱的两难选择，就是他或是前往根据地休养、学习，或是回天津开展新的工作。香港的领导自然希望他回根据地休养，其实是想对他进行思想改造。关大宁虽然没有在组织内部，特别是在根据地生活过，但是他总还是会通过其他同志对根据地的情况有所了解，像他这类人到了根据地可能不被待见，当然这种担忧还不足以动摇他的信念。第二，回天津结婚并不是领导给他的选择，天津的领导需要的是他的特殊才能，想让他回来完成他们无力完成的任务，所以他选择回天津与谭美结婚，这就意味着，工作刚刚开始他便违背了领导的意志，违犯了纪律。第三，他身有痼疾，随时都可能发作，而且事先毫无征兆，这也就意味着，他的身体状况根本就不适合地下工作，但他还是回来了，回到比香港的环境恶劣百倍的天津租界。因此，在重重压力之下，故事刚开始，关大宁便面临选择，面临着一个重大的转折点，而他押上的风险价值，则是他的个人安危——这个风险价值对于地下工作者来讲并不算很大，而他所选择的则是自私——错误的选择对他日后的行动既是危局，又是压力。

举例说明之二：关于"娶活人妻"这件事，是整个故事的核心，没有这个事件，也就没有整个故事。然而，在处理这个事件的时候，不能像我在小说中那样，将这件事简单地归结为关大宁的性格问题。电视剧与小说不同，所以要给观众提供充分的理由，让这件事发生得合理而又无奈，不论对于领导，还是对于关大宁和淑娴，要造成这样一种事实——他们不得不如此，不如此就是对革命工作的懈怠，对同志的不负责任，他们这是在牺牲个人私利。当然，关大宁是这个事件的最初发动者，对这件事造成的负面作用，观众也应清楚地知道，他必须得为此付出代价并对此产生期待。因此，处理这个事件时要把握一个根本原则，就是所有参与者都是不得已而为之，每一个人都走投无路了，只能选取这样一个下下之策。这是整个故事最重要的转折点之一，不仅仅是关大宁一个人的，而是所有人的转折点，此事过后，所有人都背上了一笔沉重的债务——道德的、人情的、人格的等等。而由此生发出来的后续故事，都是在这个沉重的压力之下产生并发展的。

如果这一部三十集的电视剧，仅仅是关大宁一个人就至少应该面临二十个以上的重要转折点，小说中现存的材料虽然还算丰富，但编剧的作用是最为关键的，所以使用哪些现有的转折点，创造哪些新的转折点，就全都拜托编剧了。

◎ 淑娴的人物设计

1.淑娴的人物真相

要将淑娴塑造成每个男人都梦想的妻子，善良、传统、细心、全心全意地奉献。

她是一个英勇无畏的战士。

她也是一个温柔到极处的女人。

她是一个全心全意替别人考虑的女人。

她也是一个容易受他人影响的女人。

她是一个全力支持关大宁工作的伙伴。

她也是一个自觉自愿的封建儿媳。

她的精神坚强到可以忍受婆婆、丈夫，甚至领导的折磨。

她的潜意识中却有一块脆弱至极的禁地——生育和养育。

她身上的母爱远远大于情爱，这是她最强大的情感力量。在这个故事中，不论是陈正泰，还是关大宁，对于她来讲，都类似于儿子，而非丈夫。

她的母爱也让她失去理智，特别是当她失去儿子福生的时候。

她对党组织是"愚忠愚孝"。

她对自己不管不顾。她不单自己压榨自己，还帮助领导压榨自己，以求得自己能为组织和事业产生一点点作用。

她对于婆媳关系的理解是传统的，再加上这是她的工作和任务，她就越发自觉地逆来顺受，所以她的软弱可欺既是工作态度，也是生活态度。

她对封建家庭关系的反抗仅仅停留在家庭琐事上，尽一切可能避免真正伤害到婆婆和关大宁。

她一直在寻找让自己对组织、对事业更有价值的方法和工作。

她也一直认为自己对组织毫无用处，贡献太小。这是一个英雄的情怀。

2.淑娴这个人物中途要发生变化

我们不能让淑娴这个人物一成不变，因为她在故事中太重要了，如果一成不变会有趣味性降低的危险，所以在她身上至少要发生三次变化。

第一次变化:淑娴在嫁给关大宁之前是恭顺的革命同志,在嫁进关大宁这个封建家庭之后,她变成了彻底的封建儿媳——这是上级领导要求她变化,是任务,也是她的自觉。在嫁给关大宁之前,我在小说中给淑娴的评语是"贤良淑德",并且让这个品格一以贯之,直到失去儿子之后。然而,如果电视剧也像小说中那样做,这个人物就有些太乏味了,缺少生成趣味的基础。对于观众而言,她的一切行为就都能被预见到了。因此,在改编电视剧的时候,我们必须得让她在出嫁前后有所差异。但这个差异的关键内容在什么地方呢? 我想,还是应该从"贤良淑德"和好儿媳的方向去寻找,她的自觉工作和迷信领导的性格,让她将这项儿媳的工作发挥到了极致,让观众发现她的可亲、可爱,对她产生深度同情,同时又产生发自内心的敬重。

第二次变化:失去儿子之后,家庭生活状况也随之发生了变化,于是淑娴性格中反抗封建家庭的成分和潜意识中有关生育、养育的症结便应该表现出来,要给她一个契机爆发。这个变化会给关大宁本人和他的家庭带来巨大的冲击,使故事的氛围和趣味性都有了新的变化。

第三次变化:故事的高潮处,淑娴必须得在丈夫、儿子和梁公肃的女儿小菊之间做出选择,也就是要求她在工作与私利之间做出选择。当她选择工作,放弃丈夫之后,她就变成了另外一个人,这是一次不可逆的转变。如果电视剧需要从这个地方延续下去,进一步讲述他们离开天津之后的内容,那么从印度到中国的流浪就应该让淑娴变成一个坚韧的勇士，变成一个伟大的母亲，变成一个拯救者和自救者。

◎ 谭美的人物设计

1.谭美的人物真相

要将谭美塑造成每一个男人梦想的情人。

要让谭美充分发挥她的工作能力和聪明才智，使每一个领导都盼望有这样的下属。

她是一个中共地下党员。

她也是一个租界小姐。

她是一个有着坚定信仰，愿意为组织工作的革命同志。

她也是一个习惯于奢侈生活，稍有虚荣心的俗人。

她爱关大宁胜过所有男人。

她爱自己的独立意志胜过爱关大宁。

她幻想着像根据地的同志们那样，能体验到抛头颅、洒热血、物质贫乏但内心狂喜的生活。

她也很满意租界中能最大限度地发挥她的创造力和想象力的社交生活。

她是一个通过艺术活动和社交活动为党组织努力工作的特殊战士，绝不做交际花，也痛恨别人误会她是交际花。

她也是一个热心得吓人，交际手段高妙，天生丽质，身边不可避免地会围绕着一群男人的女人。

她在关大宁面前是一个痴情的女人。

她在租界生活中却是一个刚强的"拉斯蒂涅"和女投机家。

她可以柔情似水,让关大宁和黄若愚为她神魂颠倒。

她也能硬起心肠,抛弃黄若愚,断绝与关大宁的交往。

她尊重领导的人格。

她有时也怀疑领导的决定。

2.谭美的关键内容

在电视剧中,谭美绝不是交际花,不论是她的内心、她的行为,还是她的艺术沙龙,都证明她不是交际花。一定要时刻警惕这一点,以免出错。

为了避免交际花这个敏感的内容,也可以将她的艺术沙龙办成统战色彩较浓的联谊机构,物资采购与情报工作只是其中一部分任务。在这一点上,可以参考"上海市保险业业余联谊会"的做法,这在中共地下工作史上也是有先例的。

谭美为什么会同意与关大宁幽会,并与他上床,在小说中我没有写,因为担心这部分内容的趣味性会引起读者过多的关注,以至于分散了对淑娴的注意力。但在电视剧中就不同了,关大宁与谭美的爱情是重头戏,要大写特写,要充满了波折,要写成一场充斥着"三十六计"的"战争",是关大宁在故事前半段重要的胜利,也是他在故事后半段的失败。同时,这也应该是一段内容丰富的感情戏,是对谭美和关大宁极重要的塑造机会。当然，在此期间自然不能脱离他们所从事的工作，一定要注意这样一个喜剧事实，他们是假借工作之名行幽会之实。

谭美与上流社会大亨的交往，她"女投机家"的称号不是白来的，这又是一系列好戏，也是塑造和揭示这个特殊人物的机会，也让观众明白组织派她干这项工作是多么恰当、多么知人善任。她是一个了不起的人物，令男观众爱上她，令女观众想替代她。

谭美与黄若愚的关系是很危险的内容，如果处理不好，就可能会引起观众对谭美的恶感。如果出现这种情况，就是我们的失败了。

谭美是个双面人，但这个双面人只涉及关大宁，并非此人天生两面三刀。

◎ 主要对抗人物设计

1.是否设计新的对抗人物

是否要设计一个全新的、危险的对抗人物，我一直在犹豫。如果这个人物出现，故事中谍战的成分必然会大大增加，而生活的成分就会相应减少。但是，如果没有这样一个人物存在，故事中的主要人物又缺少危机感，缺少直观的、无可逃避的威胁。因此，我还是先将这个人物设计出来，至于是否有用，怎样使用，还请编剧定夺。

这个人物的身份最好是中统局天津站的站长。这样一来，他就同时成为中共党组织、梁公肃、黄若愚和杰克关的对抗人物。同时，他也必然会成为关大宁大哥的盟友。

这个人物的势力远远大于小说中的所有人物，对所有人都是威胁。

这个人物与关大宁、谭美、黄若愚是谍报工作上的对抗，是党外政治。

这个人物与梁公肃是党内派系间的对抗，是党内政治。

因为此人是中统局特务，主抓"党务"工作，又必须得让他与梁公肃明显区别开来，所以这个人物必须得是虚伪的"党棍"，不论是言语，还是行动，他必须得有充分的"党棍"特征。

2.对抗人物梁公肃的人物设计

①梁公肃的困境

他是个在夹缝中求生存的人物。因为日军占领华北，他被迫将中统局北平站的机关迁到天津租界，虽然他的行动合理，但并不等于上级对他没有看法，所以他只能倚仗与"二陈"的旧关系，暂时求得安身之地罢了。

他带着机关和大批特务挤进天津租界，自然就侵占了中统局天津站的地盘，所以他也就给自己树立了一个地头蛇式的强大对手。

从官场角度讲，我们完全可以设计一个梁公肃与天津站长共同追求的目标——调回大后方并委以重任，这样一来，他们的矛盾必然升级。

需要特别强调的一点是，绝不能将梁公肃写成同情中共或者帮助中共，绝不能如此。中统特务与军统特务最大的不同，是这些人是

"党务"人员，他们的忠诚度是特务中最高的，其中像梁公肃这样的知识分子特务，甚至会是有理想的人才。虽然当时国共合作，但因为他们的理想和政治目的与中共针锋相对，所以即使发生联系甚至合作，他们也只能是抱着利用的态度。在这一点上，双方都清楚得很。

中共党组织招募梁公肃，并没打算让他背叛国民党，然后加入共产党，最初是想利用他的生活困境、思想矛盾和对现实政治的不满，由谭美接近他，走一步看一步，看能否发现可生发之处。后来出现了杰克关这层奇妙的关系，谭美自然用不上了，理所当然该由关大宁出面，来推动梁公肃上演一出理想破灭、乘槎出海的妙剧。

②梁公肃的人物真相

他在日常生活中是个正派的君子。

他在工作中是个尽职尽责的特务。

他对朋友优雅、谦逊，可亲可爱。

他对敌人冷酷无情，周密决绝。

他对女人才华横溢，妙趣多多。

他对男人诚实坦率，语出惊人。

他到艺术沙龙是来做生意，谋财。

他到艺术沙龙也是追求谭美，续弦。

他寻求出国，表面上是为了给女儿治病。

他寻求出国，内心深处是因为理想破灭。

他每日努力工作，既抗日，也攻击中共。

他每日努力照顾家人，既贪污纳贿，也亲情深厚。

总而言之，他是个利用职权的贪官、舐犊情深的父亲、理想破灭的知识分子、中共党组织的对手、日本人的敌人、"前程远大"的特务……他的手上必定沾染过共产党员的血，所以他与中共绝不可能走到一起。

③梁公肃的出路

他的出路并不多，其中之一是继续往上爬，升官发财，并与中共为敌。

第二条是积累财富，带着女儿出国治病，同时也可以逃避他已经厌倦的特务政治。

好像没有第三条路可行了。

第七节 《古风》电影设计方案

◎ 主旨

从各个层面和角度拷问李金鳌的"道德",忠孝节悌、礼义廉耻等,特别是义的各个层面。

◎ 基本原则

这个故事以李金鳌为核心,所有的事件、人物、行动,都必须以考验和揭示李金鳌的人物真相为原则,无此作用者一律剪除。

◎ 故事的讲述方法

我们既要有勇气将李金鳌逼入绝境,又要有智慧让李金鳌从绝境中挣脱出来,进入更高一级的斗争层面,直至故事结束时,李金鳌变成另外一个人。

◎ 叙事结构

第一种方案：用跨越六十年时空的调查，串联起李金鳌的这次事件。但这调查部分只是在极为必要下的点滴，由不同的人因为不同的理由对他进行调查，从新中国成立之初、"文革"，直至改革开放。注意，是只对他一个人的调查，占用篇幅要小到极处，事后如果发现这样处理有可能打断故事，便要立刻删除。

第二种方案：只用两次调查，从故事中李金鳌即将被领导处决的那次调查开始，到"文革"时期的调查结束。

第三种方案：只将故事限定在事件发生的这段时间，仍然是从他被认定为叛徒开始讲起，故事会很紧凑。我支持这个方案。

第四种方案：从他买小凤开始讲，但这种结构容易"松懈"和落入俗套。

◎ 主要人物

这个故事的核心，就是一个男人所必须承受的道德考验。人物关系也都要依据这项要求设计。

李金鳌所有的人物关系，都在考验他道德上的各个侧面。父母、主人（李善朴）、从下人到爱人（小凤）、义兄、领导、幼时伙伴、同志等。

故事的每一个转折点，都要将对李金鳌的考验提高到一个新的层面，更直指人心，更严酷，更难以解决。

小说中李金鳌的结局是一个"低落结局"，并不适合电影。在电影中要对这个结局加以改造，让他的结局既是昂扬的胜利，同时又是深刻的失败。

◎ 主要对抗人物——李善朴

李善朴这个人物特殊的身份与内涵在以往的文艺作品中极少有同类。

他与李金鳌的关系近似于上帝与亚当的关系，这在同类题材作品中也是一种全新的戏剧结构。

他的智慧、才能、力量都必须远远超出李金鳌。他对于所有抗日组织都是最危险的敌人，只有这样，李金鳌最后的成功才能震撼人心。

此人大奸，但绝非大恶，至少在对待李金鳌时，他是一个试图改造不肖子孙的父亲，只是他又不得不隐瞒父子关系。他也很难，同时又很自负，认为只有自己的办法最正确。

因为小说篇幅太短，我没有直接描写李善朴针对抗日组织的破坏活动，但在电影中，他的这些行动就不仅是需要，而且是必需的。因此，让李善朴针对抗日组织的破坏与李金鳌对他的刺杀同时进行，交错表现，才能使电影的内容足够丰富，情感冲突足够激烈，也才会有更多的契机揭示人物真相。

◎ 女主人公——小凤

她既是故事的女主角，又是最重要的多功能人物。

小凤的身份有着多重隐喻性，她是李金鳌母亲"通房大丫头"身份的隐喻，是李金鳌与李善朴"主仆关系"的隐喻，是李金鳌妻子的隐喻，也是李金鳌希望存在却并不存在的姐妹的隐喻……

小凤这个人物在故事结构中具有多功能性。在故事结构中，李金鳌不能做或做不到的事情，有些是需要小凤来做的。有许多从李金鳌的角度无法交代的说明性材料，也是需要小凤引入的。

在故事后半段，她是联系李金鳌与李善朴的唯一纽带，而且极具戏剧性。从而，她既是破坏李金鳌对他人的信任的最后一击，也是重建李金鳌对革命同志信心的开始。

李金鳌和小凤的爱情是一个渐进的过程，从小凤的角度看，故事的结局证明，她坚持不懈的追求、无私的爱情、健全的人格和伟大的牺牲精神，都是最终赢得李金鳌真爱的"重要手段"，也是帮助李金鳌走向"道德完善"的重要组成部分。这是这个爱情故事的关键之处。

在小说最后阶段，由于我太过于强调小凤身上的趣味性，让她的行动过多，以至于让李金鳌的个人魅力和主动行动的价值被降低了很多。这个错误在小说中不明显，但在电影中却是致命的。因此，不论小凤多么有趣，在电影的高潮部分必须以李金鳌为核心，以李金鳌的行动和选择构成最后的转折点。

◎ 上级党组织

此处线索要单纯一些，魏知方和廉铁人足以代表两级领导和基本政策。因为每多一个出场人物，就多一分说明性材料的引进，对故事极不利。

魏知方在故事中的重要性仅次于李善朴。由于电影的空间有限，我们不必交代魏知方因何叛变革命，而是从他的行为和最后的选择上，让观众替我们补充原因。

魏知方最后是否身份暴露，这需要编剧根据自己对故事的再创造来决定。他的身份暴露是常态，理应如此，所以必须为他设计一个出人意料的独立故事。如果采用小说中对他的设计，他的身份最终没有完全暴露，这个人物便是一个前所未有的全新形象。

廉铁人是一个矛盾的角色，他既是李金鳌的革命引路人，又是"义兄"，这两重关系在当时是极有分量的，而最终他又不得不亲自抓捕，甚至处决李金鳌。这对廉铁人这个人物的考验也是极严酷的，因此这个人物形象很有典型意义。

◎ 关于娄天士给李金鳌批的"命书"

如果保留,它便是《麦克白》式的预言,给故事造成天然的压力和悬念。

如果舍弃,便应有更具趣味性和功能性的内容补充进来。

我个人十分珍惜这个设计,但最终要由编剧和导演来做取舍。

◎ 国民政府的抗日工作者

如果需要增加国民政府这条线,就让拐走李金鳌太太的南大学生或青年教师回来,不但有功能性,同时也增加了一重危机。

我们可以设计成这样:李金鳌的太太被那个特务牢牢控制住,从事危险的工作,处境悲惨。这便可以考验李金鳌更高一级的道德水准和人性力量,即"原谅"或"忠恕之道"。我们在日常生活中对"原谅"的重视不够,其实我们很少真正原谅,不论是对人还是对事。我们通常用回避和淡忘来代替由衷的原谅。

后记 / 为小说技术说几句话

大约是从二十一世纪初开始，华语小说便被一种"新技术"霸占了，那就是"强叙述"。这种技术手法的特征是一切都在转述之中完成，转述的场景、转述的对话，甚至转述的心理活动，而这一切都在一个外来词的光环笼罩之下——叙事。

　　这种表面化的技术革新，实际上是一种倒退，是作者在技术手段上捉襟见肘的表现。

　　小说技术的发展不是一朝一夕的事，欧洲小说技术的发展，是在史诗与戏剧这两种叙事技术成功结合之后，到了十九世纪才形成传统小说技术的高峰——注意，这里是指西方语言基础上的高峰。在叙述、描述、人物、戏剧场面、心理描写和小说结构方面，当时都已形成非常成熟的技术手法，这些规律性的可操作的技术，在每一个作家的作品中都占有着重要地位。没有技术就没有现代意义上的小说。

　　二十世纪初期兴起的现代主义小说，是以哲学为依托，以新小说技术为突破口而发展起来的。那些伟大作家是我们后辈发展小说技术的可靠楷模，然而我们必须清醒地认识到，他们是在熟稔掌握传统小说技术的基础之上，再强化某一项或几项特殊技巧，以服务于他们的文学理想。我们不论是读伍尔芙的作品，还是读罗伯·格里耶的作品,他们的描述,他们偶尔一见的对话,都会显示出传统技术下完满的个性化特征(作家的个性化与人物的个性化),他们对具有反叛精神的自由联想的选择,同样带有强烈的作者操纵的"隐含技巧",不失为一种趣味盎然的叙事。

本人指责华语小说中的技术倒退,是因为正在流行的"强叙述"小说,其实是一种技术上粗制滥造的表现。叙述在小说技术中是最原始的叙事手段之一,以此为主要手段的小说,不可避免地会出现事件讲述的过程化、人物符号化、场面作用弱化、对话特征被主述者的语言特征代替、阅读趣味骤减等诸多缺陷。

在当今时代,读者肯拿出宝贵的时间来读我们的作品,已经算是给了我们天大的面子,而他们所期待的是一场多种趣味满足的盛宴,我们的任务是如何让读者在快慰的满足当中接受我们暗藏的思想。假如我们懒惰或笨拙得不能运用全部技术手段,在小说开篇之处便把读者紧紧地捆缚在笔下,让他们欣喜地跟随我们走完几十万字的漫长旅程,他们很可能在读到十几页时便心生厌憎,同时会牢记我们的名字,以免日后再因同一位作者而浪费时间。

每一位小说家都明白,叙述是最省时省力也最容易隐藏作者技术和知识缺陷的手法。以这种单一手段来完成作品,能吸引读者的办法并不多,它通常是虚构一个复杂得可怕的故事,或是伪装成现代主义的个人化剖析,但是过分复杂的故事和枝节,也会让读者生厌,更不用说枯燥乏味的作者自我心理分析。我实在不好意思说,这极可能是因为有些作者还没有做好小说创作的准备,甚至还没有学会大多数的小说技术手法，便匆忙地扑向电脑的结果。眼下我们看到的情况不得不让人担忧，谬种流传伤害到的绝不仅仅是一代人。

当然，近些年来许多东欧和非洲的作家获得了一些国际重大文学奖项，他们以叙述手段为主的一些作品，给今日投机取巧的创作方法提供了强有力的佐证。但我们必须要注意到，这里边有一些非常重要的区别，其中之一便是语言系统的差别。在这类叙述上，西语有它们独特的优势，例如精确的时态、意旨确切的修辞、能严格区分物类的名词等，这都是现代汉语所不具备或缺乏的。西语作家用他们的语言进行叙述，仍然能保有一定的戏剧性成分，描述的趣味仍在，人物命运的趣味反而被加强了，快速发展的事件进程因为时态的作用而条分缕析。这些都是现代汉语写作中的困难，我们不能凭借自己语言系统的短处来学习别人语言系统的长处，这是一种极不明智的方法，就如同瘫痪病人硬是要跳高一样不现实。

华语写作有自己的优势，我们的小说传统不同于欧洲的小说传统，虽然小说技术与西语小说家有极大的共通之处，但在技术的使用上还有着相当大的差别。当今华语小说若想在世界范围内取得成就，华语本身的特征和由华语生发出来的特殊表现手法是我们重要的资本，我们不能随随便便地抛弃自己最珍贵的东西，反倒拿来不适宜自己的技术，夸大自己的缺陷。如此这般，我们的小说读者会最先起来反抗，不论我们用怎样的包装、怎样的花言巧语和舆论宣传，当读者在小说中找寻不到能给他们带来愉悦的东西时，他们便会离我们而去。小说读者就如同北美大草原上的野牛，庞大的队伍让人们难以注意到它们数量的减少，而一旦发现这个种群在迅速消失的时候，已然无法挽回。让我们每一个从业者都满怀敬意地爱护他们，不要让他们因我们写作技术的粗劣而离去，否则最先消亡的必是小说家这一类貌似食物链顶端的动物。

龙一

作家、编剧

代表作品：长篇小说《迷人草》《借枪》《深谋》《暗探》《暗火》《代号》《接头》，小说集《潜伏》《刺客》《恭贺新禧》《藤花香》《美食小说家》。

小说技术

责任编辑 | 赵子源　　技术编辑 | 汤　磊
营销编辑 | 苏　晨　　封面设计 | 姚立扬
版式设计 | 李　颖